# 被遮蔽的

# 大师

王干 著

中国书籍出版社
China Book Press

**图书在版编目（CIP）数据**

被遮蔽的大师 / 王干著 . -- 北京 : 中国书籍出版社 , 2024.4

ISBN 978-7-5068-7748-0

Ⅰ . ①被… Ⅱ . ①王… Ⅲ . ①汪曾祺（1920–1997）—文学研究 Ⅳ . ① I206.7

中国版本图书馆 CIP 数据核字 (2019) 第 291639 号

**被遮蔽的大师**

王　干　著

---

**图书策划**　成晓春　崔付建
**责任编辑**　邹　浩
**责任印制**　孙马飞　马　芝
**出版发行**　中国书籍出版社
**地　　址**　北京市丰台区三路居路 97 号（邮编：100073）
**电　　话**　（010）52257143（总编室）（010）52257140（发行部）
**电子邮箱**　eo@chinabp.com.cn
**经　　销**　全国新华书店
**印　　刷**　三河市华东印刷有限公司
**开　　本**　880 毫米 ×1230 毫米　1/32
**字　　数**　236 千字
**印　　张**　11
**版　　次**　2024 年 4 月第 1 版
**印　　次**　2024 年 4 月第 1 次印刷
**书　　号**　ISBN 978-7-5068-7748-0
**定　　价**　68.00 元

---

# 目录

## 第一辑　经典如光

## 第二辑　序亦如歌

## 第三辑 答问似风

# 第一辑　经典如光

# 被遮蔽的大师

## ——论汪曾祺的价值

我们一直呼唤大师，也一直感叹大师的缺席。但有时候我们常常容易忽略大师的存在，尤其是大师在我们身边的时候，我们会选择性地“色盲”。有一个作家去世十八年了，他的名字反复被读者提起，他的作品反复被重版，年年在重版，甚至比他在世的时候，出版的量还要大，我们突然意识到一个大师就在我们身边，而我们却冷淡了他，雪藏了他。

他就是汪曾祺。

翻开当代的文学史，他的地位有些尴尬，在潮流之外，在专章论述之外，常常处于“还有”之列。“还有”在文学史的编写范畴中，常常属于可有可无之列，属于边缘，属于后缀性质，总之，这样一个大师被遮蔽了。

汪曾祺为什么会被遮蔽？有其现实的合理性。纵观这些年被热捧的作家，常常是踩到“点”上，引发了人们的关注和围观。那么这个“点”是什么？“点”又是如何形成的？

形成中国文学的“点”，大约需要纵横两个价值标杆。纵坐标是沿袭已久的革命文学传统价值，横坐标则是外来的文学标准，在1978年前，这个外来标准是由苏联文学的传统构成，稍带一点俄罗斯文学的传统，比如列宁肯定过的“俄国革命的一面镜子”托尔斯泰等；而1978年以后的外来标准则偏重欧美现代主义文学体系。而汪曾祺的作品，则恰恰在这两个价值标杆之外。

先说革命文学传统。这一传统在鲁迅时代已经形成，这就是“遵命文学”，鲁迅在《呐喊》的自序里明确提出要遵命，遵先驱的命。之后发展起来的新文学传统，将“遵命文学”的呐喊精神和战斗精神渐渐钝化，慢慢演化为“配合文学”，配合政治，配合政策，配合运动，到20世纪60年代开始发展到极致，最后变成了所谓的“阴谋文学”。改革开放以后的新时期文学，出现了“伤痕文学”“反思文学”“改革文学”，这些思潮在历史的进程中发挥着巨大的作用，而汪曾祺的创作自然无法配合这些重大的文学思潮，因而就有了“我的作品上不了头条”的感慨。汪曾祺对自己作品在当时价值系统里有一个清醒的认识。“头条”在中国文学期刊就是价值的核心所在。“我的作品和政治结合得不紧”，“不是也不可能成为主流”，“我的作品和我的某些意见大概不怎么招人喜欢”，“三十多年来，我和文学保持着若即若离的关系”，这些话正好说明汪曾祺在文坛被低估的原因。苏北在《这个人让人念念不忘》一文中曾经记述了汪曾祺和林斤澜的一段往事：

晚上程鹰陪汪、林在新安江边的大排档吃龙虾。啤酒喝到一半，林忽然说：“小程，听说你一个小说要在《花城》发？”

程鹰说：“是的。”

林说：“《花城》不错。”停一会儿又说，“你再认真写一个，我给你在《北京文学》发头条。”

汪丢下酒杯，望着林：“你俗不俗？难道非要发头条？”

林用发亮的眼睛望着汪，笑了。

汪说：“我的小说就发不了头条，有时还是末条呢。”

叶兆言在谈到汪曾祺的作品时说的一段话很有意思：“如果汪曾祺的小说一下子就火爆起来，结局完全会是另外一种模样。具有逆反心理的年轻人，不会轻易将一个年龄已不小的老作家引以为同志。好在一段时间里，汪曾祺并不属于主流文学，他显然是个另类，是个荡漾着青春气息的老顽童，虽然和年轻人的方式完全不一样，然而在不屑主流这一点上找到共鸣。文坛非常世故，一方面，它保守，霸道，排斥异己，甚至庸俗；另一方面，它也会见风使舵，随机应变，经常吸收一些新鲜血液，通过招安和改编重塑自己形象。毫无疑问，汪曾祺很快得到了年轻人的喜爱，而且这种喜爱可以用热爱来形容。”汪曾祺不屑于主流，主流自然也不屑于他，他被文学史置于不尴不尬的位置也就很自然了。

这也是目前的文学史对汪曾祺的评价过低的第一个原因。革命文学传统语境中的文学史评判规则所沿袭的苏联模式，简单地说就是政治标准第一，艺术标准第二。也就是说以革命的价值多寡来衡量作品的艺术价值。“上不了头条”的汪曾祺自然就难以占据文学史的重要位置。汪曾祺很容易被划入休闲淡泊的范畴，和林语堂、梁实秋、周作人一道，只能作为文学的“二流”。

长期以来新文学的评判标准依赖于海外标准。这个海外标准就是苏联的文学价值体系和西方文学尤其是现代派文学的价值体系为主，外加派生出来的汉学家评价系统所秉持的标准。汉学家的评价系统是通过翻译来了解中国的文学作品的。而汪曾祺正好是最难以翻译的中国作家之一，渗透在他作品中的中国气息和中华文化，是通过他千锤百炼的语言精华来体现的，而翻译正好将这样的精华过滤殆尽，汪曾祺的小说如果换成另一种语言就难以传达出韵味来。而在故事的层面汪曾祺的小说是没有太多的竞争力的，因为汪曾祺奉行的就是“写小说就是写语言”。而翻译造成的语言的流失，无异于釜底抽薪。汪曾祺在这两个标准中都没有地位，是游离的状态，以苏联的红色标准来看，汪曾祺的作品无疑是灰色。

1978 年新时期以来的西方现代主义热潮为何又将汪曾祺置于边缘呢?

这要从汪曾祺的美学趣味说起。汪曾祺无疑受到西方现代主义文学的巨大影响，但汪曾祺心仪的作家却是国内现代主义热潮中不受追捧的阿索林，他写过一篇《阿索林是古怪的》，称“阿索林是我终生膜拜的作家”，在《谈风格》中他说到阿索林：“他是一个沉思的、回忆的、静观的作家。他特别擅长于描写安静，描写在安静的回忆中的人物的心理的潜微的变化。他的小说的戏剧性是觉察不出的戏剧性。他的‘意识流’是明澈的，覆盖着清凉的阴影，不是芜杂的，纷乱的。热情的恬淡，入世的隐逸。”而

20世纪80年代一般人认为的现代派常常是喧嚣的、颓废的、疯狂的、不带标点符号的，叛逆而不羁，泥沙而俱下，我们从当时走红的两篇被称为“现代派”代表作的小说《你别无选择》《无主题变奏》，就可以看出它们恰恰是纷乱的、芜杂的、炎热的，宗旨是不安静的。之后出现的由《百年孤独》引发的拉美文学热，那种魔幻和神奇以及混合在魔幻神奇之间的拉美土地的政治苦难和民族忧患，好像也是汪曾祺的作品难以达到的。

而汪曾祺所心仪膜拜的西班牙作家阿索林在中国的影响，就远远不能和那些现代主义的明星相比了。这位出生于1875年、卒于1966年的西班牙作家，在民国时期被译作“阿左林”，戴望舒和徐霞村合译过他的《塞万提斯的未婚妻》，卞之琳翻译过《阿左林小集》，何其芳自称写《画梦录》时曾经受到阿左林的影响。但即便如此，阿索林在中国翻译的外国作家里，还是算不上响亮的名字，很多研究现代文学的人也不见得了解多少，至今关于他的论文和随笔译成中文的也就20篇左右。阿索林在中国的冷遇，说明了汪曾祺在相当一段时间内偏安一隅的境地是可以理解的。设想如果没有泰戈尔在中国的巨大影响，怎会有冰心在现代文学史上的崇高地位呢?

汪曾祺游离于上述两种文学价值体系之外，不在文学思潮的兴奋“点”上，也就不难理解了。而今他在读者和作家中的慢热，持久的热，正说明文坛在慢慢消退浮躁：夸张的，现出原形；扭曲的，回归常态；被遮蔽的，放出光芒。当中国文学回归理性，民族文化的自信重新确立的时候，汪曾祺开始释放出迷人而不灼热的光芒来。

汪曾祺的光芒来自于他无人能替代的独特价值。汪曾祺的价值首先在于连接了曾经断裂多时的中国的现代文学和当代文学。现当代文学之间的断裂是历史造成的，现代文学史上的作家在 1949 年后鲜有优秀作品出现，原因很多，有的是失去了写作的权利，有的是为了配合而失去了写作个性和艺术的锋芒。郭沫若、茅盾、巴金、曹禺等大师虽然有写作的可能，但艺术上乏善可陈，而老舍唯一的经典之作《茶馆》，按照当时的标准是准备作为废品丢弃的，幸亏焦菊隐大师慧眼识珠，才免了一场经典流失的事故。而 1949 年后出现的作家，在文脉上是刻意要和五四文学划清界限的，因而当代文学与现代文学隔着一道鸿沟。汪曾祺是填平这道鸿沟的人，不仅是跨越了两个时代的写作，更重要的是汪曾祺将两个时代天衣无缝地衔接在一起，而不像其他作家在两个时代写出不同的文章来。早年的《鸡鸭名家》和晚年的《岁寒三友》放在一起，是同一个汪曾祺，而不像《女神》和《百花齐放》，是两个截然不同的郭沫若。最有意味的是，汪曾祺还把他早年的作品修改后重新发表，比如《异秉》等，这一方面表现了他在艺术上的精益求精，同时也看出他愿意把现代文学和当代文学进行有效的缝合。这种缝合，依靠的不是言论，而是他自身的写作。

现在人们发现汪曾祺在受到他尊重的沈从文先生的影响外，还受到了五四时期另一个比较边缘化作家废名的影响。废名是一个文体家，不过他在现代文学史上的境遇不仅不如沈从文，连前面说到的“二流”也够不上。但废名在小说艺术上的追求、对汉语言潜能的探索不应该被忽略。而正因为汪曾祺优雅而持久的存在，才使得废名的名没有废，才使得废名的作品被人们重新拾起，才使得文学史有了对他重新估评、认识的可能。这是对现代文学史的最好传承和张扬。布鲁姆在《影响的焦虑》一书中，曾经说到这样一个观点：不是前人的作品照亮后人，而是后人的光芒照亮了前人。汪曾祺用他的作品重新照亮了沈从文，照亮了废名，也照亮了文学史上常常被遮蔽的角落。

人们常常说到汪曾祺受到沈从文的影响，而很少有人意识到“青出蓝而胜于蓝”。如果就作品的丰富性和成熟度而言，汪曾祺已经将沈从文的审美精神进行了扩展和延伸，发展到一个新的高峰。沈从文的价值在于对乡村的抒情性描写和摒弃意识形态的叙事态度，他从梅里美、屠格涅夫等古典主义作家那里汲取营养，开中国风俗小说的先河。汪曾祺成功地继承了老师淡化意识形态的叙事态度和诗化、风俗化、散文化的抒情精神，但汪曾祺将沈从文的视角从乡村扩展到市井，这是一个了不起的创举。一般来说，对乡村的描写容易产生抒情、诗化意味，在欧洲的文学传统和俄罗斯文学的巨星那里，对乡村的诗意描绘已经有着庞大的“数据库”，在中国文学传统里，虽然没有乡土的概念，但是中国的田园诗歌以及由此派生出来的山水游记、隐士散文，对乡村的诗意描绘和诗性想象也有着深厚的传统积淀。而对于市井来说，中国文学少有描写，更少有诗意的观照。比如《水浒传》，作为中国第一部全方位地描写市井的长篇小说，取得了卓越的成就，但《水浒传》里的市井很难用诗意来描写，这是因为市井生活和乡村生活相比，有着太多的烟火气，有着太多的世俗味。但生活的诗意是无处不在的，人们常常说不是生活缺少诗意，而是缺少发现诗意的眼睛。汪曾祺长着这样一双能够发现诗意的眼睛，他在生活当中处处能够寻觅到诗意的存在。好多人写汪曾祺印象时，会提到他那双到了晚年依然透射出童心的眼睛。眼睛是心灵的外化，汪曾祺那双明亮、透着童心的眼睛让他在生活中发现了一般人忽略或漠视的诗意。像《大淖记事》《受戒》这类乡村生活题材的作品自然会诗意盎然，在汪曾祺的同类题材作品中，这两篇的诗意所达到的灵性程度和人性诗意也是同时代作家无人能及的。而在《岁寒三友》《徙》《故里三陈》等纯粹的市井题材的小说中，汪曾祺让诗意润物细无声地渗透到日常生活的每一个角落。当然，或许有人说，描写故乡生活的“朝花夕拾”，容易带着记忆和回忆的情感美化剂，容易让昔日的旧人旧事产生温馨乃至诗意的光芒，因为故乡是人的心灵的出发点，也是归宿点。但当你打开汪曾祺的《安乐居》《星期天》《葡萄月令》等以北京、张家口、昆明、上海为背景的作品，还是感到那股掩抑不住的人间情怀、日常美感。汪曾祺能够获得不同文化层次、不同地域的读者的喜爱，是有道理的。市井，在汪曾祺的笔下获得了诗意，获得了在文学生活中的同等地位，它不再是世俗的代名词，而是人的价值的体现。汪曾祺自己意识到这种市井小说的价值在于“人”的价值，他说：“‘市井小说’没有史诗，所写的都是小人小事。‘市井小说’里没有‘英雄’，写的都是极其平凡的人。‘市井小说’嘛，都是‘芸芸众生’。芸芸众生，大量存在，中国有多少城市，有多少市民？他们也都是人。既然是人，就应该对他们注视，从‘人’的角度对他们的生活观察、思考、表现。”可惜这样的文学创作价值被忽略太久。

就语言的层面而言，汪曾祺的老师沈从文可谓达到了炉火纯青的地步，他的叙述语言和人物语言都是那么的精确和自然。但不难看出，沈从文的小说语言显然带着新文学以来的痕迹，这个痕迹就是西方小说的文体，当然这就造成新文学文体与翻译文体形成了某种“同构”。在白话文草创时期，新文学的写作自然会下意识地接受翻译文体的影响，像鲁迅的小说语言和他翻译《铁流》的文体是非常相像的。沈从文在同时代的作家中，是对翻译文体过滤得最为彻底的作家，沈从文的小说语言带着浓郁的中国乡土气息和民间风味，也带着五四新文学的革新气息，但毋庸置疑，读沈从文的作品，很少会联想到中国的古典文化和中国的文人叙事传统。而汪曾祺比之沈从文，在语句上，平仄相间，短句见长，那种比较欧化的长句几乎没有，读汪曾祺的小说，很容易会想到唐诗、宋词、元曲、笔记小说、《聊斋》《红楼梦》，这是因为汪曾祺自幼受到中国古典文化的熏陶，对中国文化的传统有着切身的体验和感受，比沈从文的野性、原生态要多一些文气和典雅。中国小说的叙事，在汪曾祺这里，完成古今的对接，也完成了对翻译文体的终结。翻译文体对中国文学的影响由来已久，也促进了中国新文学的诞生，但是翻译文体作为舶来品，最终要接上中国文化的地气。汪曾祺活在现代文学和当代文学之间，历史造就了这样的机会，让人明白什么是真正的“中国叙事”。尤其是 1978 年以后，中国文学面临着重新被欧化的危机，面临着翻译文体的第二潮，汪曾祺硕果仅存地提醒着意气风发一心崇外的年轻作家，“回到现实主义，回到民族传统”。汪曾祺作为现代文学的过来人，在当代文学时期仍然保持着旺盛的创作力，他不是那种只说不练的以前辈自居的过来人，他的提醒虽然不能更正一时的风气，但他作品的存在让年轻人刮目相看，心服口服。

汪曾祺的另一个价值在于他用作品激活了传统文学在今天的生命力，唤起人们对汉语言文字的美感。早在 1980 年代现代主义文学风起云涌的时候，他在各种场合就反复强调“回到现实主义，回到民族传统”，当时看来好像有点不合时宜，而现在看来却是至理名言，说出了中国文学的正确路径。过了 30 多年，当我们在寻找呼唤“中国叙事”时，蓦然回首，发现汪曾祺已经为我们提供了经典的文本。汪曾祺通过他的创作唤醒了沉睡已久的汉语美感，激发了那些隐藏在唐诗、宋词、元曲之中的现代语词的光辉，证明了中华美文在白话文时代同样可以熠熠生辉。传统文化的影响和传承渗透在汪曾祺作品的每一个角落，他的触角在伸向小说散文之外亦触及戏剧、书画、美食、佛学、民歌、考据等诸多领域，他的国学造诣润物细无声地滋润着读者。

汪曾祺的价值还在于打通了文学创作与民间文学的内在联系，将知识分子精神、文人传统、民间情怀有机地融为一体。五四以来的新文学运动，是现代知识分子对旧的文化的一次成功改造。一方面，由于五四时期的作家大多有着深厚的古典文学底蕴，他们的作品虽然都是拿来主义的色彩比较浓，但因国学融入血液之中，他们的作品并不是白开水式的无味；另一方面，五四以来的文学存在着过于浓重的文人创作痕迹，不接地气。汪曾祺早期的小说，也带着这样的痕迹。而在 1949 年之后的小说，则发生了巨大变化，他的小说文气依旧，但接地气，通民间，浑然天成。这种“天成”，或许是被动的，因为 1949 年后的文艺政策以毛泽东《在延安文艺座谈会上的讲话》为准绳，讲话的一个核心内容，就是文艺家要向民间学习，向人民学习。这让汪曾祺和同时代的作家必须放下文人的身段，从民间汲取养分，改变文风。而汪曾祺的得天独厚之处在于，他和著名农民作家赵树理在《民间文学》编辑部共事五年，赵树理是当时文学界的一面旗帜，又是汪曾祺的领导（赵树理是主编，汪曾祺是编辑部主任），汪曾祺很自然会受到赵树理的影响，汪曾祺后来曾著文回忆过赵对他的影响。而《民间文学》具体的编辑工作，又让他有机会阅读了大量来自全国各地的民间文学作品，据说有上万篇。时代的风气，同事的影响，阅读的熏陶，加之汪曾祺天生的民间情怀（早年的《异秉》就是市井民间的写照），让他对民间文学产生了浓厚的兴趣，并且融入自己的创作之中。而1957年在“反右运动”中被划成“右派”下放到远离城市的张家口乡村之后，他更加体尝到民间文化的无穷魅力。

他的一些小说章节改写自民间故事，而在语言、结构的方面处处体现出民间文化的巨大影响。已经有一些研究者对汪曾祺所呈现出来的民间文化的特点进行了多方面的研究。也许汪曾祺的“民间性”不如赵树理、马烽、西戎等人鲜明，但汪曾祺身上那种传统文化的底蕴是山药蛋派作家难以想象和企及的，雅俗文野在汪曾祺身上得到高度和谐的统一，在这方面，汪曾祺可以说是当代文学第一人。

汪曾祺是20世纪中国的文学大师，他的“大”在于融汇古今、贯通中西，将现代性和民族性成功融为一体，将中国的文人精神与民间的文化传统有机地结合，成为典型的中国叙事、中国腔调，他的作品是中国文学和文化的瑰宝，随着人们对他的认识深入，他的价值将弥足珍贵，他的光泽将会被时间磨洗得越发明亮迷人。

2014 年 11 月 17 日

# 现实主义的道路宽广而修远

## ——新中国成立 70 年现实主义小说论纲

从 1949 年到今天，中华人民共和国成立 70 年，共和国的文学也走过了 70 年的辉煌历程，70 年的小说创作皇皇巨制，产生了很多伟大的作品。回顾这 70 年的小说创作历程，我们发现一条可以寻觅的路径，这就是现实主义的创作思想始终在场，现实主义的魅力弥久愈新，现实主义的作品终成经典。

### 一、对现实和历史的双重书写

前一段时间，在强调现实主义和现实题材的重要性时，有人简单地认为描写现实题材的作品等同于现实主义，这是将现实主义狭隘化了，也将现实题材的创作方法狭隘化了。新中国成立以后现实主义之所以取得那么大的成就，就在于不仅描写了当下的现实生活，同时在历史题材方面也取得了巨大的成就。

我们先从历史题材说起。如今我们经常说起的“红色经典”，挂在嘴边的“三红一创”的“三红”（《红岩》《红日》《红旗谱》）

就是典型的历史题材创作，但释放出来的却是现实主义的巨大魅力，对读者的影响力甚至超过了写现实的作品，所以至今还拥有广大的读者，尤其是《红岩》，每年的发行量超过当下的很多畅销书。

新中国成立伊始，对新中国成立之前辉煌历史的回顾，对革命斗争过程的回顾，对人民英雄的歌颂，成为歌颂新中国的重要组成部分。因而这个时期的小说创作，战争题材占了重要的部分。最早出现的长篇小说是杜鹏程的《保卫延安》。小说塑造了以连长周大勇为代表的一大批解放军官兵形象，写出了保卫延安战斗中的英勇战斗的惨烈场景，显示了解放军一往无前的不畏牺牲的精神，也写出了国民党部队的骄横和愚蠢，当时被认为是“有推动现实主义创作运动”的“英雄史诗”（冯雪峰语，《文艺报》1954 年第 14、15 期）。

也就是说，这个时期战争历史的现实主义书写是一种“英雄史诗”的模式，带有古典现实主义的倾向，也体现了当时的意识形态特征。革命刚刚结束，抗美援朝正在进行，敌我双方阵线分明，因而在小说里，正面人物和反面人物自然也是清清楚楚，界限分明，因而小说里的人物往往是福斯特在《小说面面观》里所说的扁平人物，缺少圆形人物。这种英雄叙事模式在《红岩》里显得尤为突出，小说通过对许云峰、江姐、成岗、华子良等革命烈士壮烈胸怀和高尚情操的强烈书写，笔墨浮雕般塑造了共产党人的群像，是充满凛然浩气的共产党人传。其他的战争题材小说也基本是阵容分明、黑白对峙的结构。吴强的《红日》以涟水战役、莱芜战役、孟良崮战役为故事主体，描写了敌我双方的斗智斗勇，也是一曲英雄的战歌。而曲波的《林海雪原》、刘知侠的《铁道游击队》、冯志的《敌后武工队》、李英儒的《野火春风斗古城》则更多地借鉴了中国话本小说尤其是武侠小说的叙事手段，讲究故事传奇性、人物性格鲜明性，可读性强。

《红岩》作为革命现实主义的典范之所以能够传播到现在，还有一个重要的原因就是塑造了刘思扬这个人物。这个出身资本家家庭的叛逆者其实是《红岩》的隐含叙述者，他不是英雄，也不是叛徒，他的存在让《红岩》对革命历史的叙述多了一个维度，也衬托出共产党人的伟岸和刚烈。同样作为红色经典的《青春之歌》，并不是真正意义上的英雄之歌，卢嘉川、江华等共产党人的光辉形象是林道静走向革命的路标。这是一部真正意义的成长小说，林道静的成长如蜕，说明中国共产党取得天下的必然。这是《青春之歌》的真正主题。

在用现实主义讲述革命历程的革命历史小说中，梁斌的《红旗谱》、欧阳山的《三家巷》和那些以战役、事件、团队为主体的长篇小说不一样，他们都以家族叙事的方式来展现中国革命的历程，因而显得更为深厚而别致。或许家族叙事的方式本身不够革命，同时与当时流行的苏联社会主义现实主义模式相距甚远，家族都曾经是革命的对象，因而家族叙事在当代出现较晚。《红旗谱》《三家巷》的出现，增强了历史题材的艺术感染力，也写出了中国革命的复杂性和艰巨性，同时也丰富了现实主义创作的手段。这两部小说对后来的《白鹿原》《古船》等以家族为框架的小说都产生了潜在的影响。尽管他们都是受到《红楼梦》的影响，但这样的家族叙事方式正是对中国文学现实主义优秀传统的继承，开始注重小说的中国文化底蕴。值得一提的是，当时还有一部李六如的长篇小说《六十年的变迁》，也是一部充满现实主义品格的小说，作家以平静如水的笔墨叙述了清末到新中国成立60年的历史，文笔清冽，写人叙事极为到位，在很多地方和后来铁凝的《笨花》有着一种呼应关系。

在描写革命历史题材方面，现实主义的小说创作无疑取得了巨大的成就，在描写当下现实方面，现实主义的小说创作也进行了非常有益的探索，出现了以《创业史》为代表的现实主义经典。和那些革命历史题材小说创作以传奇话本为路径不一样的是，新中国成立初年的现实主义小说创作回避传奇色彩，而是继承了1942年《讲话》以后的文学传统，尤其继承了赵树理《李家庄的变迁》、丁玲《太阳照在桑干河上》、周立波《暴风骤雨》等创立的革命现实主义传统，注重深入生活，注重反映当下生活的最新动态，在叙述上，常常用口语甚至使用方言，放弃了五四以来形成的“文艺腔”，出现了柳青的《创业史》、周立波的《山乡巨变》、赵树理的《三里湾》、王汶石的《风雪之夜》、孙犁的《铁木前传》等描写现实生活的或厚重或清新的优秀小说。尤其是柳青的《创业史》，以厚重的现实主义笔法，以浓郁的生活气息，塑造了梁生宝、梁三老汉、徐改霞等一批在当代文学画廊里栩栩如生的农民形象。现在读来，虽然小说中的一些政策和政治说法时过境迁了，但由于作家严格遵循现实主义的创作原则，至今小说的人物还是很有生命力，成为当代文学第一座巍峨的高峰。

另一方面，新中国带来的前所未有的生活气象，也激发了一些年轻作家的创作热情。王蒙、从维熙、李国文、邓友梅、刘绍棠、陆文夫、方之、宗璞、徐怀中、林斤澜、茹志鹃、浩然这样一批在新中国成长起来的作家也在直接书写新的生活。宗璞的《红豆》、陆文夫的《小巷深处》、方之的《在泉边》、浩然的《喜鹊登枝》，或讴歌新的生活、新的人物，或描写新旧交替时期人们心理的波动，都清新明朗，吻合着那个时代的文学精神。尤其是王蒙的长篇小说《青春万岁》，几乎是新中国诞生的同步之作。小说描写了杨蔷云等中学生在新中国成立之初的成长经历，洋溢着新中国的青春气息，多年之后，仍然受到大中学生的欢迎，足见现实主义的魅力可以跨越年龄和时间的距离。

这一阶段的现实主义基本上遵循的是社会主义现实主义的路径和方法，指导思想受到苏联的社会主义现实主义的理论影响较大，机械反映现实的问题比较突出，但也有一些作家的作品，像柳青的《创业史》和王蒙的《青春万岁》能够贴近中国社会实践，融合了本土的经验和特色，没有拘泥于教条，因而超越时代限制和政治限制，至今在文学史上也有光芒。

1976 年 10 月粉碎“四人帮”之后，文学也重新焕发出活力，现实主义开始回到正确的轨道上，在校正创作方向的同时，又开始对历史和现实的双重书写。以“伤痕文学”“知青文学”为代表的反思文学潮流，开始了对历史的重新书写，王蒙、高晓声、张贤亮、方之、陆文夫、茹志鹃、宗璞、李国文等“归来者”对个人命运和历史情怀的梳理，出现了《绿化树》《美食家》《李顺大造屋》《那五》等一批富有历史深度的现实主义力作，而知青作家群的崛起，让现实主义在书写历史时又带有残酷青春的锐气和忧伤，梁晓声、张抗抗、张承志、铁凝、王安忆、张炜、贾平凹、赵本夫、周梅森等都在对历史和青春的回望与沉思中，写出了一批极有分量的作品。

既不是归来者又不是知青出身的刘心武，或许没有太多的历史故事可追溯，反而直接以直面现实的《班主任》率先开启了对当下现实生活的描写。班主任张俊石和小流氓宋宝琦以及好学生谢惠敏的形象引起了小说界的热烈讨论，对现实的关注、对现实的描写成为当时现实创作的另一股潮流。“文章合为时而著”，同样不是归来者也不是知青身份的蒋子龙，在1979年就推出了《乔厂长上任记》这样振聋发聩的“改革小说”，几乎引导了后来的“改革文学”的发展，同时对现实也产生了巨大的冲击力，有人甚至视其为“改革”的教科书。现实题材成为文学的热点，现实题材的魅力也让流行一时的“审美距离论”变得暗淡。与“乔厂长上任”轰轰烈烈不同，高晓声的《陈奂生上城》则率先进入城市文明和乡村文明的冲突之中，不仅陈奂生的形象成为当代文学人物画廊的标志性人物，他开辟的“进城”之门，后来也成为打工文学、底层文学、新乡土小说等的前行之路，改革开放之后对中国农民命运的书写，也使高晓声客观冷静的写实风格大放光彩。

这一阶段，陈忠实的《白鹿原》和路遥的《平凡的世界》成为书写历史和书写现实的两大扛鼎之作。《白鹿原》继承了《红旗谱》《三家巷》的家族叙事传统，又融进了魔幻现实主义等国外文学流派的一些手法，厚重而灵动。路遥在《人生》之后扎根生活，潜心创作，写出了长篇小说《平凡的世界》这样现实主义的巅峰之作，高加林们的人生奋斗命运成为一代人的青春轨迹。当时，有些评论家觉得路遥写的有些“土”，有些“笨”，但时隔多年之后，《平凡的世界》却展现出现实主义的巨大辐射力和影响力。

这一时期，还出现了贾平凹的《浮躁》、张炜的《古船》、李佩甫的《羊的门》、周大新的《第二十幕》、王安忆的《长恨歌》、铁凝的《玫瑰门》、张抗抗的《隐形伴侣》、王跃文的《国画》、柳建伟的《突出重围》等历史和现实交汇的写实之作。

## 二、现实主义的发展和丰富

19 世纪下半叶是现实主义高速发展的时代，也是大师辈出的年代，但进入 20 世纪之后，现实主义的主导地位受到了另一股文学思潮的挑战，这就是 19 世纪末出现的现代主义文学。起初人们以为会是更迭的程序，就像古典主义被浪漫主义取代、浪漫主义被现实主义取代一样，现实主义也会慢慢销声匿迹，慢慢退出历史舞台。

但是现实主义强大的生命力以及自身的自我修复能力没有被现代主义吞噬，反而和现代主义进行了持久的抗争和博弈。可以说，20 世纪就是现实主义和现代主义对弈搏斗的一个世纪，一部文学史就是一部现实主义和现代主义的作战史。现代主义为了攻克现实主义的堡垒，不断制造新的流派，不断开发打造新的“武器装备”，招式繁多，花样迭出，意象主义、象征主义、意识流小说、荒诞派、黑色幽默、新小说派等，轮番上场，轰炸现实主义的大本营。

现实主义为了抵御现代主义的攻击，并不恪守陈规，而是用开放的胸怀融合了新的艺术元素、新的武器来重新装备自己，现实主义的家族不但没有衰败，反而显得人丁兴旺，新的品种因不同的政治、不同的文化、不同的民族、不同的地域滋生出新的现实主义的形态，“心理现实主义”“魔幻现实主义”“结构现实主义”，以及“理想的现实主义”“社会主义现实主义”“革命现实主义”，还有中国作家贡献的“新写实主义”，都在不同范围、不同层次上取得了成功。以至于有人惊呼：“无边的现实主义”出现了。现实主义自身在分化中得到了繁荣，现实主义的家族和现代主义的家族在分庭抗礼的过程中有一种在变异中融合的趋势。

新中国成立 70 年的小说创作，是在现实主义道路和现实主义这样的“作战史”背景下展开的。虽然 20 世纪 40 年代末 50 年代初在世界文坛上，现代主义一度占据了小说创作的主导地位，但中国特定的意识形态和苏联的社会主义现实主义更为亲近，“革命现实主义”的提出也是对现代主义的一种隔离手段，70 年间的前 30 年现实主义占据了绝对的主导位置。改革开放以后，随着国门的打开，现代主义涌入，中国当代文学重现了现实主义和现代主义的作战史，多次关于现实主义的讨论，都促进了现实主义的开放发展。几次关于现代主义的讨论，现实主义虽然都处于“被烤”的位置，但后来实践证明，这些讨论从另一个方面迫使现实主义“当自强”，面对挑战，迎风起飞。

综观新中国成立 70 年的小说创作，虽然也出现过起伏，甚至在一段时间内现实主义也遭到质疑，但由于现实主义本身就是一个开放的系统，始终顽强地坚持探索适应新形势的叙事方式，不断调整丰富自己的家族，从最初的社会主义现实主义到革命现实主义再到新时期的现实主义的回归，以及 90 年代以新写实为代表的新现实主义，从单一走向多种可能，从平面走向立体，形成了一个颇为壮观的现实主义大家族。

新中国成立70年的现实主义小说创作之所以能够丰富多样地发展，离不开一种拿来主义的开放胸怀，无论是新中国成立初期对苏俄现实主义的继承与弘扬，还是改革开放之后对西方各种流派的借鉴，都能做到他山之石，为我所用。王蒙坦言《青春万岁》受到《青年近卫军》的影响，而陈忠实、路遥都以肖洛霍夫的《静静的顿河》作为自己创作的标杆。改革开放初期，王蒙、冯骥才、刘心武等人对西方现代派的讨论，推进了小说界更新观念，同时也促进了现实主义的深化和优化。王蒙在《春之声》《夜的眼》之后，写出了《在伊犁》《活动变人形》这样和他早期的《青春万岁》《组织部新来的年轻人》风格不一样的写实主义力作，而刘心武的《钟鼓楼》通过对京城小胡同24小时的精准近乎纪录片式的描写，对当时京城的现实生活进行了原生态的还原。

与此同时，陈忠实、路遥、贾平凹、张抗抗、张炜、阿来、王安忆等以现实主义的风貌登上新时期文坛的作家，也不满足于传统现实主义的格局，大胆地向现实主义之外的小说空间“拿来”新的元素。陈忠实的《白鹿原》明显受到拉丁美洲爆炸文学的影响，将魔幻现实主义和中国的传统志异小说巧妙地结合，熔铸出一种具有《三家巷》那样写实传统又有魔幻现实主义的叙事风格。贾平凹的写实小说最早脱胎于“荷花淀派”的清新、明朗风格，受八五新潮的影响，也将笔墨探索到《聊斋》等笔记小说的领域，成为自成一格的“平凹体”。

在1985年出现的先锋派作家余华、苏童、叶兆言、格非等，在经历过对现实主义的怀疑，进行了形式主义的多次反复尝试之后，最终写出来的代表作居然是写实主义风格的作品。余华是这一时期形式主义最杰出的探索者，他的《在细雨中呼喊》等小说都以卡夫卡的超现实主义的语感展现了一个梦幻般的语词世界，但是其后的《活着》《许三观卖血记》一改形式主义的腔调，以最写实的笔法写出了人的生存状态和精神世界。尤其是《活着》通过富贵一生的悲喜命运，写出了历史和生活的原生态，成为改革开放40年最具写实力的小说之一。苏童以《1934年的逃亡》《罂粟之家》等形式主义的小说著称，但他真正为人所知的却是用写实主义的笔法写就的《妻妾成群》。90年代之后，他放弃了形式主义的写法，一系列短篇小说《人民的鱼》《白雪猪头》《伞》《西瓜船》等以写实的白描手法取胜，达到了一个新的高度。

在向外国文学学习、借鉴的同时，对中国传统文学的汲取和转化，也是新中国成立70年小说取得重大成就的原因。被称为“山药蛋派”重要作家的马烽、西戎创作的《吕梁英雄传》，就直接运用了中国最传统的“章回体”。而《铁道游击队》《野火春风斗古城》《敌后武工队》则受到《水浒传》等武侠小说的影响，孙犁、汪曾祺等人则将中国文人小说尤其是笔记小说的精华融入小说的创作中。孙犁晚年直接用笔记小说创作了《芸斋小说》，而汪曾祺将中国文章的美学韵味移植到短篇小说的创作中，蔚然成为一代小说大师。汪曾祺早年受伍尔夫、阿左林的意识流小说影响极大，但深厚的国学功底和对汉语鬼斧神工般的运用，让他的小说“文起八代之衰”，《受戒》《大淖记事》《异秉》《岁寒三友》等都是写实主义的经典之作。在他的小说中可以看到深厚的写实力，还能感受到五四以来渐渐失去的汉语的韵律美、节奏美、腔调美。他的小说很多还暗合了“新写实”的美学精神。他的“回到现实主义，回到民族传统”的宣言至今仍有生命力。

这里不得不说风靡文坛多年的“新写实小说”。80年代末90年代初，出现了方方的《风景》、池莉的《烦恼人生》、王安忆的《小鲍庄》、李锐的《厚土》、刘恒的《伏羲伏羲》、余华的《河边的错误》《现实一种》、刘震云的《塔铺》《新兵连》、阎连科的《年月日》等小说，既体现出了对西方文学流派的借鉴，也显现出了对传统现实主义的继承和超越。当时《钟山》杂志社将此类小说命名为新写实小说，引发了一股新的小说热潮，和当时的现代主义先锋派抗衡。如今时间已经过去整整30年了，当初热闹一时的“寻根文学”“改革文学”甚至“先锋派”等思潮都已经烟消云散了，而“新写实”始终没有过时。在这30年内，出现了刘恒的《贫嘴张大民的幸福生活》、王安忆的《长恨歌》、铁凝的《笨花》、方方的《涂自强的个人悲伤》、韩东的《小城好汉之英特迈往》、金宇澄的《繁花》等长篇小说。年轻作家也在新写实的道路上前行，马金莲的《长河》、石一枫的《世间已无陈金芳》等都是新写实的某种延续。而老作家王蒙改写过的《这边风景》也在写实的基础上作了创新，前不久获得茅盾文学奖的徐怀中的《牵风记》，甚至也能找出新写实的痕迹。

“新写实主义”的最大特点，是对早期现代主义过于主观介入的个人主义情绪的一种反拨，同时也是对传统现实主义那种不接地气的宏大叙事的一种改良，他们往往以底层人物的视角为经，以底层人物的命运为纬，交织出日常生活的原生态图景。现代主义虽然在叙述上注重了个人视角，但依然是主观的而不是客观的，和传统现实主义的主体笼罩小说没有本质的区别，只不过一个是局限的小我，一个是无边的大我而已，尤其是新中国成立以后受苏俄影响的革命现实主义写作接近恩格斯批评的“传声筒”。而新写实主义的根本转变在于叙述主体的转变。这方面，应该是受到罗兰·巴特“零度写作”理论的影响。罗兰·巴特的新小说派理论建立在对现代主义主体浸淫奔放的批判基础上，因而回归到事物的现象学理解。我在《近期小说的后现实主义倾向》一文中将“新写实”的特色概括为“还原生活、零度写作、与读者对话”等，根本要点在于还是作家主体的更新，今天看来，“新写实”能够超越先锋派和“老写实”，不仅在于技巧元素方面的理解，更在于对“人”和“人民”的理解有了深刻的落地的表述，从抽象的人向具体的人转化，从不及物的人民向及物的人民转化，使其真正成为具有中国特色的现实主义。

## 三、新的时代召唤新的叙事结构

“召唤结构”原本是接受美学的一个概念，我把它用在这里，是借喻新的生活召唤作家创造新的叙事结构，回答新的时代提出的新的母题。召唤结构的说法最早是由德国著名接受美学家沃尔夫冈·伊瑟尔提出来的，他认为艺术作品因空白和否定所导致的不确定性，呈现为一种开放性的结构，这种结构本身随时召唤着接受者能动地参与进来，通过想象以再创造的方式接受。

“召唤”，正是我们这个时代对作家的一个强大的呼唤。召唤新的人物，召唤新的结构，召唤新的语言，召唤新的叙事，是时代赋予作家的使命。“召唤结构”的理论如果移植到作家与生活的关系，也可以成立，生活是一个巨大无比的文本，作家“阅读”这个文本需要新的“结构”。伊瑟尔认为，阅读不是外在于作品存在的活动，它内在于作品的存在和文本的结构之中，与文本间存在着一种互动的关系。因此，对阅读的研究不能脱离文本研究，也就是说必须将阅读的可能性作为文本的内在结构机制来加以研究。反之亦然。伊瑟尔用“文本的召唤结构”和“文本的隐在读者”这两个术语来探讨这一问题。生活留下诸多的空白，而作家就是被生活召唤的超级读者，因而构成了巨大的文本召唤结构。

时间进入新时代。新时代正以前所未有的风貌展现在作家面前，为作家呈现出博大而深厚的“文本”，如何解读这一新的“文本”，从而创作出新的现实主义力作，是召唤，也是挑战。首先，新的现实是新中国成立70年来“最新”的现实，是中国历史上从未有过的，也是人类历史上从未有过的，中国的新时代的生活是传统社会主义现实主义描写的场景所没有的，也是西方发达国家现代主义文学里也没有出现的，气势宏大，场景壮阔，这需要作家了解。现实主义的精神怎样和新时代的文化形成有机的融合，需要新的结构和探索。

在文学资源上，新中国成立70年来的现实主义基本形成了“红色叙事”的经典模式和“改革开放”的叙事模式。这两种模式记录了70年中国社会的进程和人心的轨迹，也是“文章合为时而著”这一中国文学传统光大的新成果。这两种叙事结构显然已经不能适应今天的文学现实，其局限性不足以包容和描写今天的现实，新现实需要新的叙事，现实主义任重而道远。

近年来，一些作家在现实主义写作上进行了一些有益的尝试和探索。徐怀中的《牵风记》通过对多年前战争历史的小视角的叙述，对人的命运的把握不同一般，而赵本夫的《天漏邑》在半传奇的村庄叙述中塑造一个新的现实，刘亮程的《捎话》体现了语词现实主义的魅力，融合了现代主义和中国笔记小说的一些元素，而葛亮的《北鸢》则是秉承了五四以来的叙事传统。李洱的《应物兄》是一部融后现代主义与新写实主义的诡异之作，处处写实，处处又荒诞不经。徐则臣的《北上》在对历史的书写过程中成功地为运河立传。而梁晓声的《人世间》虽然依然是他一贯的写实的笔法，但在对历史和现实的双重描写中显现出对种种叙事的融合和弘扬。这些作品在探索新的叙事结构方面做出了有益的尝试，为新时代的叙事结构大厦添砖加瓦。

1956 年秦兆阳以“何直”的笔名在《人民文学》6 月号上，发表了《现实主义——广阔的道路》一文，时过 60 多年，我们重新回顾新中国成立以来的现实主义创作，发现现实主义的道路依然是宽广的，但是依然需要艰难跋涉，才能创作出无愧于时代的文学高峰，从而建立具有中国特色的现实主义，就像屈原在《离骚》中写的那样：

“路漫漫其修远兮，吾将上下而求索。”

2019 年 8 月 30 日于润民居

（原载《文艺报》2019 年 9 月 9 日）

# 改革的呼唤　小说的开放

## ——论中国改革开放40年的小说

改革开放40年(1978—2018)的小说无疑是当代文学史上最浓墨重彩的部分，今天我们来探讨这样一个历史时段的文学，既是近距离，又是远距离。远距离是时间已经过去40年，从1978年开始的新时期文学，已然成为历史。而正在发展变化的文学过程，刚刚过去，又是超近的距离。我在这里重点阐发改革开放这样一个伟大的历史时期对小说的外部和内部产生的巨大影响，它催发出的小说思潮和小说变革成为五四新文学诞生以来的又一个高光时刻。在恰逢改革开放40周年之际，本文将40年改革开放与文学创作之间的互动从社会背景、写作理念、叙事、语言、美学以及阅读主体构成的变化等多方面纳入一个整体中来予以系统考察，多维度地呈现出改革开放后文学创作的生长性面貌和特有的历史节奏感，以推动改革开放文学经典化的研究继续走向深化。

## 一、“兴废”：改革策动与小说回应

“文变染乎世情，兴废系乎时序”，用刘勰在《文心雕龙》里的这句话描述改革开放与文学创作的关系是非常确切的。改革开放 40 年来，我们国家在经济、社会、文化等方方面面都取得了很大的发展，文学与改革开放是一起呐喊、一起前进的，成为改革开放文化中的重要组成部分，因为“文变染乎世情”。中国社会的变革与转型在 1978 年被推至一个临界点，这一时期既意味着巨大的机遇，也意味着一个持续的“乍暖还寒”的险境。1977 年《班主任》的发表也是呼应了时代，1978 年十一届三中全会的召开，奠定了从封闭保守、强调意识形态领域的斗争到认同现代化大趋势的对内改革、对外开放的大势。

1978 年底，《文艺报》和《文学评论》联合在新侨饭店礼堂召开了 140 余人参加的“作家作品落实政策座谈会”。以这次会议为新起点，文艺界才开始“落实政策”，恢复大批作家的名誉和自由。平反政策的落实让从事文艺创作和评论的工作者在心理上找到了认可和慰藉，逐步获得了相对合法的身份，也就是说改革开放为文艺创作提供了良好的社会环境。1979 年第 4 期的《上海文学》推出了李子云和周介人的文章《为文艺正名——驳“文艺是阶级斗争的工具”说》，并提供专栏展开讨论。这是文学对政治过度介入的一次公开的反拨，也是一次对文学艺术审美本质的呼唤。这次“为文艺正名”的讨论具有一种历史性开端的意义。

现在的文学史把“伤痕文学”“反思文学”“改革文学”作

为历时性的三股文学思潮，好像是文学不断进化的一个的过程，而今天我们重新来阅读这些作品，发现它不是直线的进程，三者有时候是相互交叉的，在批判揭露极“左”思潮的错误的同时自然会反思历史伤痕形成的原因，在如何摆脱历史困境寻找未来出路时，当然会发出变革社会的呼声。“伤痕文学”“反思文学”作为短暂的文学潮流在一定程度上控诉并释放了大众对于民族灾难和个体创伤的哀怨，接下来需要重新面对新的生活，因此“改革文学”代替“伤痕文学”“反思文学”的主潮也是时代所需，具有时代历史的必然性。“春江水暖鸭先知”，中国的作家先感受到时代春风的来临。同时，文学也反映出人民的心声，能够及时地传达老百姓对社会变革、对社会进步的诉求。作家通过写作品来呼唤时代变革，呼唤社会进步，呼唤我们对旧有的陋习、旧有的陈规进行变革性的改造，比如王蒙的《说客盈门》、高晓声的《陈奂生上城》、刘心武的《班主任》、何士光的《乡场上》、张抗抗的《夏》都隐隐地昭示着现实的变通的诉求。《说客盈门》带有“问题小说”的直白和真切，它首先感到现实的困局，期待时代的变革，是对改革的潜在的呼唤。

1979 年 7 月，蒋子龙的《乔厂长上任记》问世，“改革文学”就此开启，与“伤痕文学”和“反思文学”共时发展。改革是中国社会的伟大变革，作家自然成了马前卒，文学也吹响号角。改革文学借助于改革之风点燃激情，记录下万物生长的历史瞬间。改革文学是一种对中国当代现实的发展变化做出直接回应的文学，不仅客观记录了改革的进程和艰难，也呈现出现实的种种弊端。可以说，改革文学全景式地展现了转型与改革的社会场景，并深刻地书写出中国人对于现代化的期待与渴望，以及对于纠缠于新旧之间的改革的忧与思。如果说改革是一场大戏，那么改革文学则是这场戏剧的生动的脚本，里面记录了民族心理的脉动。《乔厂长上任记》《三千万》《沉重的翅膀》《鲁班的子孙》《花园街五号》《祸起萧墙》《改革者》《燕赵悲歌》《鸡窝洼的人家》《新星》《开拓者》等都是这一时期涌现出来的优秀的改革文学作品。

改革文学带有某种倡导性和探索性，在引起强烈反响的同时，也引起了争论。改革文学的开山之作《乔厂长上任记》刚发表的时候遭到天津市委的批判，是中宣部和中国作协给予了直接的干预，肯定了蒋子龙以及小说的意义。《人民日报》也登载了对《乔厂长上任记》《燕赵悲歌》等作品的肯定性评价，因此，改革文学反过来又促进了改革开放的步伐，对社会转型起到了很好的建设性作用，也有很强的介入现实生活的功能。而且，这种介入是全方位的，比如《乔厂长上任记》倡导的是工厂人事和技术革新，《沉重的翅膀》是对改革现实的书写，《彩虹坪》呼唤的是家庭联产承包责任制，《新星》关注的则是基层政治生态的改进。

改革文学之所以受到欢迎和关注，也是因为这种文学真实地展现了民族变革的热望并承载了大众的梦想，作品中改革者的形象为民族提供了可以参照甚至膜拜的偶像，契合了大众对英雄的期待心理。时代造就了英雄，也呼唤着书写英雄的文学，许多作家被时代改革的氛围所感染，陆文夫在创作《围墙》时就说他的目的就是支持改革者。也就是说，改革文学的创作与时代的步伐是休戚相关的，迎合了时代审美的“胃口”。《乔厂长上任记》中的乔光朴、《新星》中的李向南、《沉重的翅膀》中的郑子云等都是改革文学浪潮中的英雄，作家通过文本建构出一个个有魅力、能产生正向价值影响的改革者形象，这些形象受到了热烈的追捧，反过来也激励着现实改革中的类似形象的现身，因为民族的新生需要偶像的重构。

改革文学热潮四起，但那个时候作品的基本模式还是改革与保守的二元对立。随着改革进入深水区，90 年代初期，河北的“三驾马车”谈歌、何申、关仁山分别写下了《大厂》《信访办主任》《大雪无乡》，这些作品也是以广阔的农村和国有大中型企业为主战场，书写改革进程中的社会阵痛和突围。《大厂》是这一时期改革文学的代表作之一，此时的改革矛盾不再是简单的二元对立，而是涉及形形色色的人物，也不再是依靠个别英雄来完成改革的图景。这一时期的小说呈现出更为复杂更为交错的原生态。

90 年代后期，中国的改革不断推进，改革中出现的矛盾冲突加剧，官场出现了腐败现象，改革与反腐在作家的笔下产生了一种新的联系。原先的改革派和保守派之间的冲突往往还是观念上的差异，到了 90 年代之后，利益的冲突成为改革文学的新的焦点，这类作品的代表作有柳建伟的“时代三部曲”——《北方城郭》《突出重围》《英雄时代》(1997—2000)，周梅森的“改革三部曲”——《人间正道》《天下财富》《中国制造》(1997—2001)，张平的《抉择》与《天网》(2001)，陆天明的《苍天在上》(2002)等。以获得第五届茅盾文学奖的《英雄时代》为例，小说选取的是党的十五大关于国企改革、发展民营经济、政府机关机构改革等一系列政策实施之后，中国在向社会主义市场经济体制转型过程中的艰难历程以及同期人们的生存境遇。小说的选材更为广阔，人物上至省委市委领导，下至平凡的摊主，重点探讨了价值标准多元无序等现实问题对中国当代人命运的全方位影响。这些作品继承了改革文学的精神，又写出了改革的复杂性。到 2017 年周梅森出版新作《人民的名义》，形成了新的高潮。这部小说改编为同名电视连续剧播出，播出之后便成为一个热点话题。可见，反腐文学的生命力依然很旺盛，因为作品触及了改革深处的方方面面，对当下的现实场景有着深刻的描写和真实的呈现。

改革开放促进了社会的发展变化，也带来生活的急剧动荡，中国现代化的进程改变了中国社会的面貌，各个社会层面都发生了程度不同的变化，而小说家敏锐地捕捉到这些剧烈或细微的生活差异，构成了新的文学板块。

本世纪初，“打工文学”的出现，意味着改革开放对文学的影响从时代的层面转向对新的社会群体的关注。“打工”是改革开放以后农民进城的一个特定的方式，也是沿海地区最为常见的生存状态。“打工文学”这个定义起初缺少严密的界定，也经历了一个从模糊到清晰，从边缘到中心的过程。在后来“窄化”的过程中界定为主要创作者和题材内容集中在打工者中，也就是说打工文学主要是打工者写的文学，同时也是写打工者的文学。打工文学拓展了文学的题材写作领域，也打破了传统的文学生产模式，是一种典型的“我写，写我，我看”的模式，门槛低，互动性强，而且是真正的接地气。打工者最早出现于广东省部分地区与长江三角洲一带，他们除了有物质生活上的要求，还有着强烈地对城市生活方式的渴望，以及对精神生活的追求。后来随着年轻作家王十月、诗人郑小琼等人的作品的问世，打工文学在艺术上逐渐成熟，得到了更多的认可。王十月的《无碑》《烦躁不安》《31区》等长篇都具有强烈地批判意识和命运之痛，是打工文学中的代表作品。

比打工文学更有历史感和生命力的是都市文学，都市文学也是改革开放之后才出现的。1994年6月，《钟山》杂志和德国歌德学院北京分院在南京召开了城市文学研讨会，这是迄今为止第一个大规模的关于城市文学的研讨。这个研讨会非常有意味，对中国城市文学的研讨由外国的一个文化传播机构参与，意味着中国的城市化进程已经引起了世界的关注。20世纪30年代中国文学曾经出现过写城市的风潮，当时有新感觉派的“生与色”的书写，有茅盾的关于社会剖析的《子夜》的书写。40年代则有张爱玲的传奇式书写。改革开放以来，城市的书写逐渐显现出来，到了90年代则有王安忆的《长恨歌》，前几年还有金宇澄的《繁花》，这些都是描写都市的经典作品。现在年轻一代对于城市的书写，已经从对城市外在变化的描写转向了对中产阶级或准中产阶级焦虑的表达。之前对题材的分类，比如“工业题材”“农业题材”“军事题材”等，则显得苍白无力。

这些新的小说板块的出现，打破了原先乡土小说一统天下的格局，另一方面乡土小说在近年来也出现“再书写”的转机。“再书写”的一个特征体现在对农民精神家园失落的描写，写回不去的无归宿的苦楚。在上个世纪70年代末期，高晓声的一篇《陈奂生上城》，拉开农民进城的序幕。这序幕是进城小说的序幕，也是生活中中国农民进城的序幕。进入新世纪之后，农村城镇化的推进，加深了乡村文明的变迁和动荡。乡村文明的挽歌在作家的笔下缓缓地流了出来。“再书写”的另一个特征就是对家园告别之后的回望，回望之后的回不去的喟叹。莫言小说中的“恋乡”和“怨乡”，曾打动无数读者。近些年来，大量的小说以“故乡”“还乡”作为书写的主题，和20世纪八九十年代的那场“进城”（打工潮）遥远地呼应。这从另一个维度来表达改革开放之后人们心灵上的波澜。

## 二、“文变”：小说观念的开放与更新

今天我们来看待各种各样的小说形态，并不会诧异，但是当初文学界曾经由“三无小说”引起一番不小的争论。“三无小说”指“无情节”“无人物”“无主题”的带有实验性的作品，常常和意识流小说形态相关。而今天，这类“三无小说”显然没有发展成主流，更多的小说还是充满现实主义精神的“三有”之作，再者，这种充满主观情绪的小说出现了，也不会有人大惊失色地去指责。这说明小说观念已经从单一的定于一尊的某种小说模式走向了多元的开放的小说价值观。当然，这种价值观的形成也是经历了反反复复的过程。

“欲新一国之民，不可不先新一国之小说。”梁启超提出的小说观使小说的地位得到跃升。改革开放后，与小说观流变相伴的是小说地位的不断变化。1978年12月改革开放拉开大幕，“伤痕文学”“反思文学”以人道主义反抗极“左”思想，小说获得极强轰动效应。1984年之后，在“文本自身建设”的小说观下，先

锋小说大量涌现，疏离、解构传统叙事模式。小说观出现分化：伤痕、反思、改革小说创作和政治关系紧密，寻根、先锋、新写实小说等则指向文化和审美。前者注重意识形态导向及社会效应，后者强调文学的审美、拥抱个性、自由。1988年，王蒙发表了《文学：失去轰动效应之后》，文章揭示了在社会开放、作家分化、“严肃文学”或“纯文学”被边缘化等大趋势面前文学界的反思和期望。经历“文本自身建设”的“先锋”浪潮后，在冷寂中中国作家的小说观继续完善。90年代后期，先锋作家开始回归现实主义传统，新写实小说家持续开疆辟土，各种流派的小说观多元并存。21世纪，在商业社会背景下，“主旨在娱”的小说观与互联网新传媒联姻，网络小说大行其道；一种将生存法则、行业潜规则植入小说的类型小说，受到大众的热捧。纯文学与网络文学、类型小说的分野，是精英与草根的小说观的分野，也是一次回归或是小说观念的再度更新。

小说观念的变革来自国门的打开。纵观中国改革开放的历史，最早的“开放”来自文学艺术。70年代末期，大量西方现代主义文学被陆陆续续翻译出版，这是现代主义在中国的第二次登陆，20世纪20年代，新文学诞生之后不久，“现代主义”就登陆过中国，但之后随着历史风云的变化，在启蒙和救亡的双重奏下，“现代主义”渐渐消隐，甚至成了资产阶级文艺“颓废派”的别名。改革开放后，西方小说观念重新成为小说家创作的理论资源。1978年朱虹在《世界文学》第2期上发表了《荒诞派戏剧述评》。从1979年初开始，袁可嘉、陈焜、柳鸣九、赵毅衡、孙坤荣、陈光孚等人相继发表文章介绍现代派文学的状况。1980年袁可嘉、郑克鲁等编选的《外国现代派文学作品选》（八卷本）出版。

1979年至1980年代初，王蒙的《春之声》等一系列小说，茹志鹃的《剪辑错了的故事》，宗璞的《我是谁》等都不约而同地显示出“意识流”的痕迹。1982年，冯骥才、李陀、刘心武、王蒙四人所写的信，被称为“四只小风筝”。冯骥才大声疾呼“中国文学需要‘现代派’”。据洪子诚先生统计，1978年到1982年短短五年间，全国主要报刊登载的译介、评述、讨论现代派文学的文章，约有四百余篇。1984年和1985年，“走向未来丛书”和“面向世界丛书”“现代西方学术文库”等译作蜂拥而至。1987年《收获》第五期“先锋作品专号”上，余华、苏童、格非、马原、孙甘露等“先锋作家”集体登场。90年代后，作家“文本意识”普遍增强，不少声名显赫的中国小说家，身后是一个或一批外国小说大师的影子。痛定思痛，小说家开始反思。这种回流场景出现在1985年，当时一些年轻的作家在受到拉美魔幻现实主义的冲击之后，有意避开西方文学的路径。路径依赖，是当代小说家创作的一个瓶颈。每个成功的小说家背后，都站着一个西方的大师。

寻根文学的初衷是为了及早地摆脱西方文学现代派的路径，但是由于自身文化的限制，寻根变成了理论的探索而不是小说的探索。“根”最后被一些作家简单地理解为生命的蛮荒和生理的本能，或者理解为文化的原初的形态，一些民俗和伪民俗被当作小说的本质充斥到小说里，脱离现实，逃避人生，一味追求小说的异域风光和蛮荒景观。寻根文学最后景观化的展示，经历了短暂的热闹之后很快退潮。“新写实”小说的兴起，在否定之否定之后，1988 年，《文学评论》和《钟山》联合召开的“新写实与先锋派”的会议，现在看来是一次转折。重新认识现实主义，当然也重新认识现代派，影响深远。

中国小说家接受全球文学潮流的冲击和影响，小说观念获得前所未有的变异和发展，格局从封闭走向开放，从单一走向多样。小说“开放”随着“改革”深入，最终产生一种“文化回流”，世界文学潮流冲击中国，也增强了我们的文化自信。接受“现代主义”而保有中国本色的小说家汪曾祺，其价值因此而被重估。独特的中国文化令《红高粱》《白鹿原》《长恨歌》《尘埃落定》等以现实主义为主要创作方法的长篇巨制大放异彩，中国作家的文化自信得以迅速增强，这是对文化寻根的一次否定之否定，“开放”之后中国小说回归到了民族本土。

## 三、硕果：小说探索的深化与优化

### 人物的塑造

改革开放 40 年的文学创作，硕果累累，尤其在小说创作方面，塑造了一大批我们耳熟能详的典型人物，如陈奂生、香雪、高加林、巧珍、乔光朴、李向南、倪吾诚、章永璘、许三观、福贵、张大民等，还有王朔笔下的顽主、姜戎笔下的“狼”，都与五四新文学的阿 Q、祥林嫂、吴荪甫、老通宝、骆驼祥子以及红色经典里的小二黑、老忠、林道静、梁三老汉等成为新文学人物画廊中的标志性人物。这些人物的生命力旺盛，至今常常被人们提及。

这一时期的小说摆脱之前的“高大全”模式，写出了人物性格的丰富性和多样性。改革开放之前的小说曾大量出现福斯特所说的“扁形人物”，这类人物是漫画性的，人物某一方面的特点被突出甚至被夸大，形象变得特别简单粗糙。而我们上述说到的人物，不再是简单的概念化的人物，而是透露着生活气息的“圆形人物”。人物性格具有成长性和复杂性。他们都堪称典型环境中的典型人物。

另一方面，由于小说观念的嬗变，人物也不再是衡量小说成败的唯一标准。改革开放后，在新的小说观的影响下，人物和故事不再是两张皮，产生融合，二者不可分，互为表里。一部分小说家的小说变得尤为注重审美意趣、文化意蕴，他们重返“五四”时期“现代主义”所开创的小说传统，返回以意境营造为核心的叙事传统，一些小说家淡化了故事情节，也消减了人物形象塑造，成为一种被称为“散文化的小说”。王蒙一方面塑造了鲜活的人物，另一方面则着力于意境、意象这些非人物塑造的尝试，《春之声》《夜的眼》《风筝飘带》《杂色》蔚然领风气之先。近些年来，王安忆发表的《闪灵》等短篇小说非常像随笔作品，而迟子建发表的小说《候鸟的勇敢》在人物形象塑造上也表现得漫不经心，这或许是中国作家对法国新小说“去人物化”写作的某种尝试性呼应。

## 叙述的创新

小说作为叙述的艺术，经历了从说书人的模式到现代小说叙述模式的巨大转变。以叙事学的角度考察叙事模式的更新，可以通过叙事时间（故事发生的时间和讲述故事的时间）、叙事视角（限制视角、全知视角、纯客观视角）、叙事组织（人物关系、事件关系、语义关系）来进行。改革开放以来，小说最大的变化在于叙述形态的多样化，之前的小说叙事基本限于全知全能模式和第一人称“我”的叙述模式，前者如梁斌的《红旗谱》，后者如杨沫的《青春之歌》，《青春之歌》用林道静的视角来叙述故事，实际是潜在的第一人称。而王蒙的《杂色》以马的视角来叙述，莫言的《红高粱》以“我爷爷”这样超时空的叙述人的视角，都是改革开放之后才有可能出现的“机智叙述”。这些叙述的尝试也成为后来小说的模板，为更多的后来者所采用或借鉴。

成功的小说叙事来自于富有个性的叙述语言。在19世纪和20世纪之交，西方发生了“语言论转向”，波及整个人文学科，“人开始在语言中思考”，并开始对人的理性和人的经验的可靠性产生质疑。程光炜说道：“一定程度也可以说，80年代知识转型的整个过程都构成了一种重写‘语言’的思潮。”在80年代中期以前的中国当代小说中，书写社会、生活、人生是焦点，语言只是作为“形式”，作为一种表达的工具。随着西方形式批评理论的引进，中国小说也开始走向对文学本体的探索，开始关注语言、叙事及文体的存在，语言的独立性和重要性开始凸显。王蒙的作品先于西方理论资源而显现出政治性话语向个人心理话语的转移。正因为如此，也才出现一种极端的说法：风格即语言。”汪曾祺的《受戒》《大淖纪事》等作品在当时是非常独特的，虽然与当时的现实语境和流行话语有些隔膜，但汪曾祺通过独特的具有古典韵味与民间文化情怀的语言呈现出具有自己风格的文学作品。重要的是，他的风韵引领了一种关注语言的风尚。当然，汪曾祺也同样具有理论上的自觉意识，比如在1983年也明确地说道："写小说就是写语言。"1985年青年批评家黄子平提出"得意莫忘言"的说法，他呼吁"不要到语言'后面'去寻找本来就存在于语言之中的线索"；希望能还语言以本体的位置，把它从工具论中解放出来。80年代中期，《你别无选择》《透明的红萝卜》《小鲍庄》《冈底斯的诱惑》等大量充满陌生气息的作品登场，小说创作出现了大面积的异动现象。新的理论和王蒙、汪曾祺、莫言们的创作实践，让中国作家对小说叙述有了新认识，促成了小说叙述的丰富和更新。从80年代持续到本世纪初，作家考虑从"写什么"内容到"怎么写"的转移，生动见证了小说形式所受到的重视，也改变了语言的工具论地位与"风格学"的范畴，使之上升为叙述的本体。

## 写实的优化

虽然40年间小说五彩缤纷，创新频频，但取得成就最高的还是写实主义的小说。虽然40年间那些名目繁多的形式创新让写实主义的小说显得有些苍老，但繁华落尽，沉淀下来的好作品依然是那些具有强烈写实精神的作品。《小说选刊》最近和中国小说学会联合举办的"改革开放40年40部最有影响力的小说"评选活动中，入选的40部作品几乎全是《白鹿原》《长恨歌》这样的写实性作品，连余华、苏童、格非这样标签明显的"先锋派"人选的《活着》《妻妾成群》和《望春风》也是写实性的作品，而不是实验性强的《在细雨中呼喊》《1934年的逃亡》和《青黄》。先锋作家的转型，也再次证明了写实主义持久的生命力，形式主义是有限的，而写实主义是无限的。

但今天的写实小说和之前的现实主义有着巨大的变化，就是融进了现代主义甚至后现代主义的很多元素，尤其在叙述主体方面显得更为"写实"。陈平原在《中国小说叙事模式的转变》中肯定了"五四"时期现代主义作家对叙事时间的自如运用，但他在考察叙事视角的运用时，发现只有鲁迅和凌叔华曾以纯客观叙事写过小说。1953年，罗兰·巴特发表了一篇文章《写作的零度》，"零度写作"指作者在文章中不掺杂任何个人的想法，完全是机械地陈述或描述，也就是零度叙事。改革开放后，作家们迅速系统掌握了这项叙事技术，余华的处女作《十八岁出门远行》以细致的描写替代了故事的讲述，像摄像机一样记录一个少年的远行，读者几乎是通过他以文学描述出来的画面、人物动作，观看了一个故事。本人曾在《近期小说的后现实主义倾向》一文中将"新写实"的特色概括为"还原生活、零度写作、与读者对话"等。纯客观叙事随着时间的推移，越来越受到作家们的青睐。如果从叙事组织来考察，不难发现两种极端，人物关系、事件关系在改革开放之后变得要么更为疏离，要么更为紧密。一部小说的组织模式可以分为两个层面：显性的组织，隐含的价值。人物关系、事件关系的疏离处理，可以带来更强的审美效果——小说在审美层面，是作家与读者展开的一场隐秘的对话，疏离产生更强烈的审美张力，这是对隐含的价值的追求；人物关系、事件关系的紧密处理，常常表现为人物身份的立体化，立体身份产生立体的人物关系，它们合力，产生强劲的推动力，使小说显性的组织富有质感，让人物和事件产生复杂而丰富的意义。如果谈论语义关系，我们不能忽视语言自身的生殖能力。语言依靠逻辑、语感，可以自行在文本中生长，中国的诗人精于此道，诗人通过语言自身的繁殖，确保文本的自足性。

这里不得不说风靡文坛多年的“新写实小说”。80 年代末 90 年代初，方方的《风景》、池莉的《烦恼人生》、王安忆的《小鲍庄》、李锐的《厚土》、刘恒的《伏羲伏羲》、余华的《河边的错误》《现实一种》、刘震云的《塔铺》、朱苏进的《第三只眼》等小说超越了现实主义和现代主义的既有范畴，既体现出了对西方文学流派的借鉴，同时也显现出了对中国小说传统的继承和回归，被命名为新写实小说。

新写实小说在今天来看，是现实主义在中国踏出的坚实脚印，它为先锋文学的落地和转向提供了强有力的支撑。1985 年前后，先锋文学发展如火如荼，马原、余华、苏童、叶兆言登上文坛，以独特的话语方式进行小说文体形式的实验。毋庸置疑，先锋文学是中国当代文学进程中一个重要的文学现象。从肇始之初的“先锋实验小说”到后来的“返璞归真”，先锋派的作家们走出了一条饶有意味的文学创作之路。《米》《妻妾成群》《活着》《许三观卖血记》等小说发表，意味着先锋作家减弱了形式实验和文本游戏，开始关注人物命运，并以较为平实的语言对人类的生存和灵魂进行感悟，现实深度和人性关注又重归文本。

先锋的转型反过来又影响到原先比较写实的作家，像陈忠实、刘恒、刘震云、阎连科等原本是非常写实的叙述，之后融进了一些新的叙述理念，用一种客观的、没有任何主观意向的叙述语调，将生活原生态进行了还原，因而，小说没有价值观的导向，没有爱憎，人物既不崇高，也不卑贱，他们只是本色地活着，存在着。新写实小说其理论逻辑不按照某种理想来选取生活现象，也就无需突出什么、回避什么、掩饰什么，正是这种客观还原和零度叙述，使得小说具有了作者和读者“对话”的可能。

“新写实”之后被放大，被泛化，不论是90年代出现的刘恒的《贫嘴张大民的幸福生活》、刘震云的《一地鸡毛》，还是今天马金莲的《长河》、石一枫的《世间已无陈金芳》，无论是90年代的《长恨歌》，还是今天的《繁花》，我们都可以看出作者叙述语调的平和和冷静，可以看出小说叙述者叙述态度的一脉相承。

或许这正是一种具有中国特色的现实主义写作，既不同于福楼拜的自然主义倾向的现实主义，也有别于巴尔扎克的批判现实主义，同时也区别于苏联的革命现实主义，更不是法国“新小说派”物化的现实主义，而是融合中国现实精神和传统文化内蕴的新写实精神。同时又是开放的现实主义，对外来的小说精华大胆地拿来。这是开放的小说硕果。

2018年11月1日定稿

（原载《文艺报》2018年11月12日）

# 经典回望·当代文学十部

## 1. 小说的乐感和色彩

——关于《春之声》和《红高粱》

“咣地一声，黑夜就到来了。”

这是《春之声》的开头第一句。《春之声》是施特劳斯的名曲，王蒙选择名曲作为小说的题目，足见他对施特劳斯和音乐的热爱。《春之声》和他的《夜的眼》《风筝飘带》《海的梦》被称为东方意识流的“四只小风筝”。《春之声》又是四篇中的领衔之作，在新时期文学史上地位卓著。

这篇小说之所以被称为“意识流”小说，在于没有完整的故事情节，或者说没有完整的叙事骨架，而是在一篇音乐声中让文字和情感自由地流淌。意识流作为西方现代主义的重要流派有着完整的体系，而王蒙并没有读过伍尔夫等人的意识流名作，所以王蒙对自己的小说被称为意识流也感到惊讶。那么《春之声》是从天上掉下来的吗？不是。这里要回到小说的题目，回到音乐对小说的内在影响。王蒙在选择《春之声》作为题目时，便决定了整个小说将沉浸在音乐的河流之上。音乐靠音符和旋律来构成艺术空间，小说靠语词和叙述来建构世界，王蒙的《春之声》在于打通了语词和音符、旋律和叙述的界限，因而形成了新的叙事。因而在《春之声》里面，我们感到的是音符的跳动和旋律的奔涌，语词转化为音符，叙述成为旋律的流淌，而意识流本身的特点就在于记忆的片段化和叙述的情绪化，这与音乐的抽象和自然流动是同构的。王蒙是一位音乐造诣很深的作家，他的小说多次以“歌唱”的方式来表达，音乐在《春之声》里转化为小说的结构、小说的皮肤、小说的血液、小说的灵性，小说写声音写音乐到了至境，也就和“意识流”的“流”向相通了。

莫言的中篇小说《红高粱》也是共和国文学史上不可多得的经典。王蒙的《春之声》是通过岳之峰的视角来“听”小说的，这个岳之峰显然有王蒙自身的感受在其中。而《红高粱》直接以“我”进行叙述，叙述的又是莫言家乡高密的故事。但“我爷爷”这样一个视角开辟了新的小说空间，这是历史和现实，虚拟和纪实，隔离和贴近的多重组合，让莫言一下子在叙述的层面与加西亚·马尔克斯比肩了。作家对高密乡的叙述也就自然而然了：“最美丽最丑陋、最超脱最世俗同时最圣洁最龌龊，也是最英雄好汉最王八蛋以及最能喝酒和最能爱的地方，这就是高密东北乡。”“我爷爷余占鳌”和“我奶奶戴凤莲”在这样的语境里出现，当然不同凡响。

《红高粱》的成功还在于对小说意象化的处理，尤其对颜色的视觉轰炸。莫言在《红高粱》之后还写过一篇《爆炸》，在那篇小说里面，视觉、触觉、声音混合在一起，核弹似的轰击着小说的语词和小说古老的框架。读完《红高粱》，掩卷而思，全是红色的意象在燃烧，无边的高粱地，火焰的光泽，血液的惨烈，酒的热气息，都融入了一片赤色的海洋。莫言这里对“红”的重新叙述，也是对共和国文学的一种创造性的传承，在17年文学中，有“三红一创”的说法，而《红旗谱》《红岩》《红日》都是革命战争题材的代表作，《红高粱》取材属于“三红”的同类题材，但这个“红”显然是新时期特有的色彩。张艺谋后来靠《红高粱》摘取柏林电影节金熊奖，也是对“红”的色彩的成功使用。之后他又用《大红灯笼高高挂》获得奥斯卡的最佳外语片奖，也是“红”的品牌的延伸。当然往根上追溯，还有《红楼梦》。《红楼梦》的书名有七八个之多，但最早流传下来的还是《红楼梦》，就在于色彩的魅力。《红高粱》的成功在于塑造了一个中国红这样的色彩符号，在世界文学版图上有自己的位置。

## 2. 书写的不只是一种向往

——关于《满月儿》和《哦，香雪》

在共和国的文学史上，铁凝和贾平凹是有传承而又有创新的代表性作家。从乡土小说出发，他们都受到乡土小说大师孙犁的影响，作为“荷花淀派”的领军人物，孙犁影响了一大批的青年作家，铁凝身处河北，自然近水楼台先得月，她早期的小说对“荷花淀派”的承续成效卓著，贾平凹地处陕西，地域更靠近“山药蛋派”，但贾平凹师承的是“荷花淀派”。无论是“山药蛋”

还是“荷花淀”，都是新中国成立70年文学史上的里程碑。铁凝和贾平凹守正又创新，他们慢慢超越了“荷花淀派”，因而成为和孙犁、赵树理比肩的优秀小说家。

这两篇小说都是写少女的向往和理想，向往科学，向往城市，都与城市有关，都写了进城。进城在相当一段时间内被几代作家反复书写，成为近四十年来改革开放文学最有生命力的母题。铁凝和贾平凹之后也陆陆续续地书写这样进城的故事，但这两篇小说至今还能唤起人们的记忆，并没有过时之感，甚至还能引发评论家重新阐释的可能，在于作品不只是应景之作，而是汲取了生活的底蕴和生命的能量，才如此具有生命力。

《满月儿》的写作显然受到当时科学大会的影响，里面的主人公满儿是个热爱科学技术一心想发明创造的最基层的科技人员，她身上诸多的美好行为都烙上了那个时代“英雄”的印记，在一个全民热爱科学、全民以陈景润作为学习楷模的时代，满儿无疑是作家要倾心塑造的一号人物。比之满儿，月儿的形象却似乎更为生动一些，她银铃般的笑声，和文静的满儿形成了鲜明的对照，一动一静、一淡一浓，如红玫瑰白玫瑰般的色彩鲜明。结尾月儿那段话意味深长：“陆老师，你能永远不走就好了。你可以督促我学得快些。”少女的学习和挽留，以及对城市生活的向往也暗含其中。而“我”和满儿在城市公交车上的邂逅，则是“进城”的一个序幕。

在《满月儿》中，乡村人对现代文明的向往还是借助学科技、学英语这样的抽象的中介来联系，那么到了《哦，香雪》里，现代文明已经具体化、物化了，现代文明和理想生活被物化为一列火车：

如果不是有人发明了火车，如果不是有人把铁轨铺进深山，你怎么也不会发现台儿沟这个小村。它和它的十几户乡亲，一心一意掩藏在大山那深深的皱褶里，从春到夏，从秋到冬，默默地接受着大山任意给予的温存和粗暴。

然而，两根纤细、闪亮的铁轨延伸过来了。它勇敢地盘旋在山腰，又悄悄地试探着前进，弯弯曲曲，曲曲弯弯，终于绕到台儿沟脚下，然后钻进幽暗的隧道，冲向又一道山梁，朝着神秘的远方奔去。

曾经有人研究电影发展史，说与火车相关，从《列宁在十月》的开头到《青春之歌》的开头，再到《让子弹飞》的开头，都是一列火车呼啸而过，或许火车的声响和视觉与电影艺术更容易切近吧。无独有偶，王蒙的《春之声》直接以火车开头，而铁凝的《哦，香雪》也是以火车开头，只是象征寓意不一样，《春之声》的闷罐车是封闭社会生活的写照，而香雪见到的火车则是现代文明、先进生产力和城市生活的载体，火车带来的是城市的气息和文明的气息。当然在小香雪眼里最重要的是一个铅笔盒，当她如释重负地用一篮鸡蛋换取那文具盒时，城市的气息已经开始在她瘦小的身体里涌动，多年之后，她或许会在一个高档写字楼里读到铁凝的小说，也会看到贾平凹的《废都》，这都得感谢那列火车带来的机遇。

“荷花淀”也从这一刻起，走出了乡村，走出了大山，走出了白洋淀。而伴随香雪进城的是千万个乡村的孩子，他们通过学习（在《满月儿》里是英语）、高考、打工离开家乡，在一个新的世界里生活、打拼，还有可能漂洋过海，再“海归”，这是30多年文学作品中经常描写到的场景和生活故事。

在《哦，香雪》里，香雪并没有真正进城，她只是坐一段火车，又步行到自己的村庄，而那些等候她、寻找她的小伙伴们高喊着“香雪，香雪”迎接她回来的时候，我在人群中不仅看到了凤娇，还看到了满儿、月儿，还看到了《人生》里的高加林，《平凡的世界》里的孙少平和孙少安。

## 3. 爱情无界

——关于《受戒》和《雨，沙沙沙》

刚学写作的时候，就听人说，爱情是文学永恒的主题。那时候，不懂得爱情，也不懂得文学，多年以后，才知道这话是永恒的正确。没有爱情的文学是不可想象的，没有文学的爱情也是没有味道的。在汪曾祺的《受戒》里，小英子显然是个文盲，但她对爱情的表达很文学，所以，人们至今还记得那样的经典对白：

> 划了一气，小英子说：你不要当方丈！
>
> 好，不当。
>
> 你也不要当沙弥尾！
>
> 好，不当。

这里把汪曾祺的《受戒》和王安忆的《雨，沙沙沙》放在一起阅读，是为了证实爱情主题的永恒魅力，也是重温当年作家们写爱情的种种不易。1978年，刘心武发表《爱情的位置》，呼唤爱情在我们生活中的位置，如今看来这一主题没有什么惊人之处，等于说人要吃饭一样平常了，但当时在社会上引起的巨大反响却远远超过他的《班主任》，可见人们对爱情的渴望和这篇小说的现实意义。王安忆的《雨，沙沙沙》当然也是写爱情，但写了爱的艰难和不可捉摸。这是王安忆“雯雯系列”中的一篇，雯雯对爱情的感受不是来自熟悉的人，而是下雨时碰到的一个陌生人，这个陌生人在雯雯心里激荡起爱的波澜，小说写得婉约而控制，写出了一种暧昧之美。之前我在《女性文学的前奏》中曾说过，茹志鹃的《百合花》，新媳妇和小战士之间的那种羞涩之美，也是爱的一种暧昧的爱的表达。

和王安忆的《雨，沙沙沙》比较起来，汪曾祺的尺度有点大了。当时人们还在讨论“爱情的位置”时，可爱的汪先生却已经用最大胆的笔墨书写小和尚的爱情，老头儿考虑到不能发表，说自己“写着玩”。事情在北京文联传开了，《北京文学》的主编眼力了得，不仅同意发了，而且以最快的速度发了，汪曾祺是8月12日写完的，《北京文学》10期就发了，前后不到40天的时间，当年的排版校对不像今天这么快捷，估计李清泉是临时抽稿补上去的，而且是头条，可谓眼光犀利。汪曾祺一直有点落寞，就是自己的作品上不了头条。而《受戒》这么一个异类的小说居然上了头条，激起了文坛多大的风波。好在时间最为公正，《受戒》今天俨然已经成为经典，而且是爱情小说的经典，因为爱无界。

汪曾祺写《受戒》的时候已经年过六旬，在小说的落款处，写下“43 年前的一个梦”，这样耐人寻味的一句，意蕴深藏。43 年过去了，当年 17 岁的少年已经成为老人了，但 43 年前的梦幻般的记忆，诗一样叩击汪曾祺的心灵，他要写出来。多年之后，我又读到纳博科夫的《洛丽塔》，一下子想起了这篇《受戒》，都是对少女的无限热爱。和质朴淡定的《受戒》比起来，《雨，沙沙沙》清新单纯，但王安忆后来写的《长恨歌》则将爱情写到了另外一种境界，王琦瑶的畸形爱情带来命运的酸甜苦辣，超越了雯雯的世界，王安忆的“三恋”更是似爱非爱，似性非性，别有一番滋味。而汪曾祺晚年写的《小孃孃》比《受戒》更为惊世骇俗，爱情不仅超越了年龄、职业和信仰，也超越了传统的伦理和道德。

最后谈下小说的语气，语气是叙述人的立场，也是作家潜在的态度，《雨，沙沙沙》的语气和王安忆的态度，很自然。最近读到郜元宝的《汪曾祺的两个年代及其他》，说到有学者认为汪曾祺对《受戒》中那些“吃教”的行为没有批判甚至有点把玩的嫌疑，郜元宝认为，汪的语气含有反讽，很有道理。但《受戒》中对那些和尚世俗化庸俗化生活的描写，其实是反衬后来明海和小英子的爱情的纯洁，出污泥而不染。

## 4. 消逝的 80 年代之夏

——关于《夏》《飘逝的花头巾》

青春是文学的母题之一，青年也是文学的永远不变的话题。青年写青年，青春折射青春，更能体现文学的火热和色彩。80 年代风靡过“知青文学”，张抗抗和陈建功都是知青出身，但他们写的题材不是苦难和控诉，而是年轻一代的奋斗和思考，因而我们今天读起来像看“年代剧”一样，依然能感觉出当时的情景和气息。

《夏》塑造了大学生岑朗的形象，这个人物在当时的小说人物画廊里是个稀有品种。小说写的是70年代末期思想解放的浪潮尚未来临，一个个性鲜明与众不同的女大学生与周围环境发生的碰撞，岑朗是作为个性解放的先锋来塑造的，在今天看来，她的这些举动极为稀松平常，但当时颇有“石破天惊”的味道，有敢为人先的味道，小说在一段时间内也引起了热议。“春江水暖鸭先知”，作家的敏锐和直觉往往发出时代的新声。

陈建功的《飘逝的花头巾》说的是两个不同出身的青年的故事，“花头巾”作为小说的象征，带着80年代的鲜明特征，奋斗，“扼住命运的咽喉”，也是小说主人公沈萍的理想。“花头巾”作为一面奋发向上的“旗帜”还影响了小说的另一个主人公秦江，改变了秦江的颓废不思进取的人生。可等秦江发奋考上大学，却发现沈萍追求他原先的生活方式，历史在换位式的对应着，所以“花头巾”消失了。

这两篇小说深深镌刻着80年代的印记，充满着理想主义的气息，洋溢着向前、向前再向前的时代精神。我曾在给徐坤写的一篇评论中，用《告别80年代的光荣与梦想》作为小说的题目，那是有一代青年的思考方式。什么是“80年代的光荣与梦想”？张抗抗用“夏”这个意象作了形象的说明：“不要说，真的不要说，什么也别说……到秋天，自然会结果……而夏天，夏天是生长的季节，一切都欣欣向荣……还是让它自由生长，让它生长吧！”自由生长，个性解放，理想主义，奋斗向上。

在叙事上，这两篇小说有着80年代初期的特点，这就是延承了50年代的清新、流畅、明朗的“建国文体”，两个人的名字也带着建国的特征，张抗抗的“抗”源于抗美援朝，陈建功的“建”也是建国的记忆。之前《小说选刊》曾选载过宗璞的《红豆》和茹志鹃的《百合花》，如果两相比较，不难发现，都是用第一人称叙述，都是对一个女性形象的塑造，都喜欢用对话，都是30岁出头的时候写的。

张抗抗是一个具有启蒙精神的作家，关注现实，关注人生，而且一以贯之，直至今天还是以一个知识分子的姿态进行叙事，不管风吹浪打，依然不忘初心。《夏》这篇小说就明显地透露出她的启蒙思想，之后的《隐形伴侣》等一直围绕着这个主题展开，同时她还始终关注女性命运，新世纪之后，她的《作女》可以说是《夏》的某种延续，当年不拘一格的岑朗或许会蜕变为一个“作女”。陈建功在《飘逝的花头巾》后开始改弦易调，追求京味小说，可能作为北京作家，他更需要接地气，他的《找乐》《辘轳把胡同9号》等都将老舍小说的精华发挥到极致，成为新京味的代表作，尤其是《辘轳把胡同9号》今天读来还是那么有嚼头，陈年老酒一样醇厚绵长。遗憾的是后来被工作所累，创作时间受限。

火热的80年代之夏也随着新时代的到来进入丰硕的“秋天”，作为共和国的同龄人，他们的人生也步入盛秋时节，他们的创作生命还很年轻，他们都有一部酝酿多年的长篇小说尚未问世，我们期待着。

## 5. 女性文学的前奏

——关于《红豆》和《百合花》

宗璞的《红豆》发表于 1957 年 7 月的《人民文学》，茹志鹃的《百合花》发表于 1958 年 3 月的《延河》。两个短篇前后相差半年多的时间，但两篇小说的命运迥异，《百合花》一经发表，就受到茅盾先生的称赞，"这是我最近读过的几千个短篇中间最使我满意，也最使我感动的一篇"。而《红豆》问世不久，便遭受批判，一直到 1979 年"重放的鲜花"再现人间，宗璞的《红豆》才得到文学史的认可。

无疑，这两篇小说已经是共和国的文学经典。60 年之后，我们重新来读这两篇小说，发现两篇小说都带着新中国建立的余温，这个余温就是战火和革命，两篇小说说的都是战火背景下女性的爱和女性的选择。《百合花》直接以淮海战役作为背景，写战士的牺牲和群众的爱戴，小说刻画了两个年轻人，一个是说话脸红的小战士通讯员，一个是刚过门三天的漂亮小媳妇，事情因借被子而起，结束也落在百合花被子上。以至于作家结尾忍不住要点题："这象征纯洁与感情的花，盖上了这位平常的、拖毛竹的青年人的脸。"

《百合花》的主旨显然是要歌颂纯洁的感情和博大的爱，但今天读到却与牺牲相关，年轻的 19 岁的通讯员在淮海战役中牺牲了，而且在中秋节那一天，为了掩护战友牺牲了，成了烈士。无数烈士倒下了，新中国站起来了。《红豆》则写了另一种牺牲，为了革命，牺牲了爱情。有趣的是，小说的故事也发生在1948年，这是中国革命的关键点。青年大学生江玫坠入爱河，但革命的风暴让恋爱变得脆弱起来，江玫爱上的男生是不怎么“革命”充满小资产阶级情调的齐虹，“他有着一张清秀的象牙色的脸，轮廓分明，长长的眼睛，有一种迷惘的做梦的神气”。这张脸在今天女性的视角里，仍然会是一种优雅男的形象。江玫本来也是喜欢这样的男生，但在同屋女生进步青年素素的影响下，江玫对齐虹的优雅和绅士气有些不满足，在她母亲生病之后，素素等革命青年无私的献血救助，让江玫更坚定了不出国的信念。最后，齐虹出国了，江玫留在了国内，两人的爱情因此戛然而止，革命战胜了爱情。小说的开头写到看到十字架里藏着的两个红豆，勾起了江玫对往事的回忆。江玫为了革命，为了留在祖国，割断了情丝。而她的女同学素素则可能牺牲了生命，小说写她的失踪，是另一种牺牲。

茹志鹃和宗璞作为在新中国成长起来的第一代女作家，有着鲜明的艺术个性，她们的艺术个性在这两篇小说里得到充分的展示。宗璞在文坛素以书卷气著称，她的小说带着强烈的知识分子叙事的特征，大量使用书面语言，描写知识分子的精神内心，《红豆》写的是爱情，回忆本身也带着些许的伤感，而茹志鹃作为新四军战士，她的叙事带着当家人的口气，叙述是一种在场的叙述。在《红豆》里面，江玫对于革命和共产党人，是用旁观者的眼光和口气来叙述的，而《百合花》里的“我”既是叙事人也是当事人，完全是主人在场的叙述形态。这两种叙述形态成为新中国以后最通用的小说叙述模式，柳青、杜鹏程、王汶石乃至李国文、刘绍棠、从维熙等都是以这种在场的口吻进行叙述，而宗璞、汪曾祺、高晓声、陆文夫等则是旁观者的非主人的叙述形态。这也是由各自身份确定的。

这两篇小说还显露出女性主义叙事的萌芽。新中国成立初期的作家队伍里，女作家凤毛麟角，女性文学自然难成气候。宗璞和茹志鹃率先以细腻的笔触以及清晰的女性视角，带着鲜明的女性叙事特色，成为新中国女性文学的先声。这两篇小说都从女性视角进行叙事，《百合花》用“我”来进行叙述，“我”本来就是女性，这个有限的视角自然不是全知全能的“上帝”视角，而《红豆》则是江玫的回忆视角，也是潜在的第一人称视角，展现的是江玫的心理和视域。还有意思的是，两篇小说都写了一个“勇晴雯”式的女性，《红豆》里素素作为年轻女性共产党员的形象是那么真切，带着新中国女性的热烈、勇敢和无私，《百合花》里的新媳妇的形象也是热情、倔强和无私。而小说里的两个男主人公，一个腼腆，一个软弱，没有女性形象那么光彩照人。

在这之后的 20 年，随着改革开放运动的兴起，女性文学登堂入室，蔚为壮观。

# 当代小说为什么少见景物描写

早在 2002 年的时候，我还在人民文学出版社工作，在主编刊物之余，也编一点书。记得当时编了一个作家的书，很好看，后来也很畅销。编完之后，总觉得缺点什么，哦，少了点风景描写。我把这个意见很认真地和作者沟通了，希望修改一次，加进一些风景描写，现在有点太“干”了，作者也很认真地听了，说回去认真修改。可等他把修改稿拿过来一看，我说，这景物描写太平常了，没有自己的特点，关键是融不到小说的整体中去，属于可有可无的。建议作者回去继续修改，又过了一段时间，作者愁眉苦脸地告诉我，他完不成这次修改，风景描写原以为很简单，现在发现太难了，要融到小说的整体中太难了。最后只能作罢。小说出版了，尽管很热卖，但我从内心觉得它的质地其实是有缺陷的。

后来发现，这不是这一个作者的缺陷，而是一些人的缺陷，慢慢的也成为当下小说的一个软肋。在我读到的小说中，一些作家的创作，往往有很好的故事，有很好的主题，也有很合适的人物设置，甚至还有很精彩的对话，但是我们曾经非常熟悉、非常喜欢的风景描写不知什么时候消失了。

如果说描写城市题材的作品不善风景描写也就罢了，因为城市文学对中国作家来说还是新开启的课题，不像田园风光、乡土题材有足够的资源可供转化，城市的风景没有可参考的坐标，作家回避或写不好可以理解。但新近读了一些以乡村振兴为题材的小说，发现这些作者也是见事不见人，人物塑造缺少新时代的印记和个性，一些人物塑造成功的作品，又见人不见景，那些曾经优美的乡村风景被索然寡味的会议、人际冲突所代替。人物生存的空间没有风景的存在，就像用积木搭起来的舞台一样，不生动，也不真实。

优美的风景描写是文学作品的有机组成部分，小说中如果缺失了风景，就像我们的生活环境失去了湿地一样，拥挤，干燥，没有活力。多年以前，一些城市的改造，曾经填过河泊，平过湿地，当时的管理者认为这些湿地没有用，还占用空间，等后来雾霾严重了，排水障碍了，空气质量下降了，这些城市又重新恢复湿地。我们的小说是不是也走了部分城市建设的老路?

风景在小说中的功能是多种多样的，营造环境，渲染气氛，衬托情绪，铺垫情节，暗示心理，貌似闲笔，处处生辉。如果说思想是文学的光，那么风景描写就是小说里的湿地，也是文学里的湿地。我们对文学的记忆，很多是与优美的风景相关的。不用说古代文学中那些名篇《岳阳楼记》《滕王阁序》至今让我们领略到洞庭湖、赣江的优美，现代文学中那些大师作品里的风景依然历历在目，成为一个地区的文化符号和精神写照。鲁迅、茅盾、老舍、沈从文等现代作家笔下描写浙东、京城、湘西等地域的风俗景观和人文景观的作品，如今都成为教科书必选的篇章。

为什么当代作家的小说创作中缺少优美的风景？这值得我们深思。作为文学作品的“非遗”性的风景描写，越来越少了，渐渐被我们遗忘了。没有湿地的城市只是水泥森林，没有优美风景的文学，也是文字森林和语言集装箱，人物也会空壳似的浮动，不接地气，灵魂苍白。

造成这种风景缺失的原因，首先在于这些年快餐文化对日常生活的渗透，对作家写作产生了潜在影响。上个世纪90年代以来，以畅销书、影视剧、网络文学为标志的快餐文化深入我们生活的每一个角落，文学自然也不例外。作家都不同程度地被卷入这三类快餐文化的写作中，文学出版、文学评判也自然地受到这些快餐文化的影响，对文学创作的“伤害”也在不经意中发生。

上个世纪末兴起的畅销书文化、影视文化和网络文学文化的核心是商业文化，是眼球经济的体现。获得更多的读者，赢得更多的观众，获取更多的点击量，才能产生眼球经济商业效应。这些以流量为终极目标的商业文化对当代小说创作产生了不可低估的影响，他们共同的特点是消费故事，消费情节，而景物描写在快餐文化那里属于累赘物，影响阅读观赏的节奏。在我们的畅销书写作中，过往那种委婉细腻的叙述，被粗暴的情节和离奇的故事霸占。快节奏是畅销书的最大特点，而风景属于“慢”的书写，当然被弃之如敝屣。大量作家加入影视剧的创作，无疑为影视剧的写作输血了，但影视剧本基本是场景加对话的模式，哪有风景生存的空间？我曾经看过一个现在影视界依然很有名的作家的长篇小说，居然是电视剧本的简单改写，显然是作者却不过出版方的要求，但这样场景加对话的“小说”的出版，对注重心理描写和风景描写的严肃小说创作是一种亵渎。深受畅销书和影视网络文学的网络文学，从根上就是资本商业运作的产物，流量的需求使写作更是情节和悬念的无限叠加，风景描写最多只是调节气氛的缓冲，或者风景之中也暗藏着玄机，也是故事情节的一个要素，你想在网络文学作品中欣赏到优美的风景描写，那是走错了门。

其次，风景描写的缺失是作家对经典文学的生疏和缺课造成的。由于网络文学和畅销书的兴起，且这些类型文学写作的门槛相对较低，尤其是网络文学的无门槛进入，一些年轻作家走上文坛，不是从经典文学入门，而是经由流行的畅销书和网络文学进入创作，他们缺少了对经典的深度阅读和理解。无论是外国文学经典还是中国文学经典，其中都有大量的风景描写，尤其是中国的传统的韵文文学，从《诗经》开始到《红楼梦》里都拥有有口皆碑的风景画卷，尤其是中国的古典诗歌，讲究情景交融，讲究意象丛生，所谓言外之意，境外之镜，都是基于景物描写之上。“昔我往矣，杨柳依依，今我来兮，雨雪霏霏”，《诗经》如此，“美人芳草”的楚辞亦是如此，唐诗宋词更是留下无数情景交融的脍炙人口的风景经典。至今被认为是中国长篇小说高峰的《红楼梦》里的风景描写更是无与伦比，《红楼梦》创作的虚实相间的风景世界，至今不仅被专家津津乐道，也成为读者难以忘怀的美文。纵观世界文学画廊，风景描写随处可见。雨果、梅里美、屠格涅夫、契诃夫、海明威、福克纳等不同时期的文学大师，都留下了可以反复咏叹的风景名篇，这里就不一一赘述了。风景描写其实也是文学创作的基本功，就像绘画中的素描和写生一样，需要下功夫苦练才能完成。近来一些创新的美术作品，新奇是新奇，怪异是怪异，画家不乏足够的想象力和创造性，但由于缺失基本的素描训练，他们的作品往往只能称为“装置”，或者干脆是“行为艺术”。

第三，一些作家片面地理解现代小说和后现代小说的理念，他们认为风景描写是古典主义的，田园风光与现代小说不是同一个频道的产物。后现代主义的写作追求写作的扁平化，放弃象征的深度模式，而景物描写象征导弹的发射架，削平深度的创作模式自然会放弃景物描写这样的基石。后现代主义的扁平只是对那些概念化的象征之塔的摧毁，而景物描写作为小说的有机体从来都不可能放弃，只是在使用时更为谨慎，也更为精妙。加西亚·马尔克斯的《百年孤独》是魔幻现实主义的代表作，也是后现代主义推崇的作品，但小说中不乏风景描写，而且成为小说最有机的组成部分。中国当代具有后现代性的作家余华、苏童、格非、毕飞宇等并没有放弃对经典风景的描写，他们的小说中不乏优美独特的风景描写，苏童的《河岸》、毕飞宇的《平原》中都有大段大段的风景描写，他们优美的笔触都是对中西方经典风景描写的致敬。

风景描写的缺失表面上是一个文学能力不均衡的现象，其深层的原因还在于作家内心的荒芜和浮躁。现代小说讲究叙述，现代小说在一定意义上其实是叙述的艺术，而叙述的艺术往往是叙述视角的艺术，现代小说在打破传统小说的全知全能叙述视角的基础上新生出很多的叙述视角，这些叙述视角在于用不同的目光去观察世界、观察社会、观察人生。但无论采取哪种视角，都是从眼睛出发，由眼睛去看世界，虽然很多作品并不是作家的视角，而是人物的视角，或者是作者的视角，但无论是作者的视角还是人物的视角，其实都是作家潜在的视角在“说话”。

视角源自眼睛，眼睛则源自心灵。意大利文艺复兴时期著名的艺术家达·芬奇有一句名言，“眼睛是心灵的窗户”，作为一个杰出的画家，达·芬奇笔下的人物的眼睛都是心灵的窗户，他的巨作《最后的晚餐》里那些人物的眼神里透露出的形态，都是灵魂的真实写照。对于现代小说来说，作者表现出来的视角也是作家的内心投射。叙述视角看到的、表现出来的事物正是作家心灵的投射物。从文艺创作心理学的角度看，今天小说家笔下风景的缺失，正是心灵深处某种精神的缺失。王国维在《人间词话》中说过文学的境界，说到有我之境和无我之境之分，但又强调“一切景语皆情语”，这“情”是作家内心的存在。法国新小说派强调物化，强调无我的零度，本身就是一种哲学上的追求。思想的匮乏，哲学的贫困，造成了心理的空洞。心灵的空洞则造成了眼睛的空洞。

那些优秀的作家都有自己的哲学的支撑。鲁迅作为伟大的思想家，他笔下的风景为什么能成为经典让人难以忘怀？正是因为这些风景是鲁迅思想的载体。《故乡》开头的风景描写：“渐近故乡时，天气又阴晦了，冷风吹进船舱中，呜呜的响，从篷隙向外一望，苍黄的天底下，远近横着几个萧索的荒村，没有一些活气。我的心禁不住悲凉起来了。”这是对乡村败落的一种真实的描绘，也是鲁迅对旧中国社会悲凉而恨铁不成钢心理的充分体现，他对辛亥革命的失望和对中国社会的忧思也渗透其中。

汪曾祺是一个非常讲究叙述的作家，他是一个惜墨如金的作家，他在文章中曾经说过现代小说不需要太多的景物描写，但在其代表作《受戒》和《大淖记事》里却有着大片大片的风景描写，这些风景描写和风俗民情融为一体，不仅成为小说的有机体，也成为小说的“主建筑”。这和汪曾祺的小说观念有关，他认为氛围即故事，他追求的是和谐美学，我们在汪曾祺的那些漫不经心的风景描写中，读到了人与自然的和谐，人与环境的和谐，人和生活的和谐。

虽然大多数小说家的创作中风景缺失，但令人欣慰的是当代一些作家没有放弃，在马金莲、刘亮程等年轻作家的小说里，依然能欣赏到优美的风景描写。马金莲笔下的西海固的乡村图景不是荒凉的，而是温馨和善意的。刘亮程的《一个人的村庄》和《捎话》对新疆风景的浓墨重彩的描述，甚至让风景本身成为小说的主体，受到评论界和读者的热切关注。

顾城曾经有一句著名的诗，“黑夜给了我黑色的眼睛，我却用它寻找光明”，你如果内心是灰色的，用灰色的眼睛去看世界，看到的更多是市场关系下的人际冲突、利益冲突和精神困惑，你心中怎么会有光明而优美的风景世界呢？

2022 年 3 月 27 日于润民居

（原载《光明日报》2022 年 4 月 13 日）

# 莫忘规律与常识

以新媒体为标志的文学新时代确实在到来，之前的网络文学曾经喧嚣一时，也曾产生了一些网络文学大咖，但伴随着莫言获得诺贝尔文学奖在国内引起争论，文学的经典主义确实受到了挑战，而微信、头条、抖音等新兴自媒体的兴起，不仅打破了纸质媒体的壁垒，也宣布“网站”这一神话的破灭。传统实体书店的萎缩，传统文学期刊的圈子循环，文学读者的分化和流失，已经成为文学批评要面对的严峻事实。

大约在十年前，我曾经多次在网络文学的研讨会、评奖会上，呼吁建立网络文学的评审机制、批评标准，因为让我们这样一些从事多年传统网络文学批评的人来面对海量的网络文学，确实有些不对称。我也属于好奇好学之辈，但面对网络文学的方式，确实有一种不适应的感觉，尤其按照既有的文学评论的思路来衡量，来评判，很为难。那些随口叫好称颂的评论家，要么是随波逐流、言不由衷，要么就是基本的文学常识没有掌握好，只是以文学评论的方式混江湖而已。

十来年过去了，我呼唤的适合网络文学批评具有网络批评特性的方式并没有出现，一些网络文学的评价系统还是沿袭固有的文学批评方式，我有些失望，我原以为自己的知识结构、应变能力、学术素养不能成为专业的网络文学批评专家，但看了一些所谓专门机构、专门人士的文章，明白了，网络文学并非什么高科技的产物，依然是文学板块里的一块庄稼，只是逢上某个时机疯长而已。

由此我上溯到中国的话本小说研究与中国文学批评史的关系，中国文学批评史上最多的著作也是成就最高的不是小说研究，而是“诗话”“词话”，可以说中国古代文学批评史是建立在“诗话”“词话”的基础上，中国文学的审美标准也是建立在“诗话”“词话”的基础上，钟嵘的《诗品》、司空图的《二十四诗品》一直影响着我们今天的文学批评。近代我们认为文艺理论成就最高的大学者王国维也是以《人间词话》传世的。与此相反，古代汗牛充栋的话本小说，却没有得到相应的研究和评价，《三国演义》《水浒传》《西游记》虽然是小说，但远远没有像今天这样评价小说一样去关注它，毛宗岗、金圣叹等的点评更多的还是从导读的意义上去进行的，并非真正的“文学批评”和“文学研究”。话本小说在今天类似网络小说，但当时没有引起文人学者的注意，不仅仅是因为“诗歌”正宗的观念制约当时的文学批评，而是小说没有产生真正的美学思想和美学圭臬。

我们不能因为新的载体出现，就随风飘荡，拿不住准绳。文学创作具有基本的规律，文学批评就是按照这个基本的规律去进行的精神活动。这个基本规律也是建立在文学创作的基本常识的基础上。重新确立常识、重新尊重文学创作的规律，是新的媒体时代文学批评最为重要的准则，我们可以借用新的媒体，新的媒体也可能产生新的审美形式，但新的媒介也是传统基础上生长出来的，比如今天网络文学的疯狂生长，一是借助于互联网的传播方式，二是以话本小说为形态的消费体文本在新文学的压抑下有了一种报复性的反弹。起初我们以为是一个新的文学形态的出现，如今发现它只是明清话本小说“借尸还魂”而已，虽然这种网络的载体可能带来新的审美的变革，但至少我们现在读到的那些网络文学的代表作，还没有产生超过传统小说的文学审美元素和美学品格。

文学担负着传播理想、正义善良的“正能量”，歌颂爱、爱情和生命都是文学肩负的使命。好多年前，在中国市场经济刚刚起步的时候，社会“以经济建设为中心”，那时我写文章呼吁，文学不能以经济为中心，文学的基本规律不是用金钱来衡量，莎士比亚说，少女可以为失去的爱情而歌唱，守财奴却不能为失去的金钱而歌唱。文学的本质是为了人的健全和人的美好，但文学又必须正视人性的善恶，弘扬善不等于不描写人性的恶，人性的恶又不等同于负能量，人物的人性恶又不能等同于作家的人性恶，我们在高扬人性美的同时，绝不能把人性等同于简单的善恶，更不能由此去推断作家的善恶。一部作品是作家的精神体现，但一部作品不是作家灵魂的折光，文学批评注重作品、人物、作家三者之间的联系，但三者之间不能画等号，这是基本常识。

进入新时代的文学批评应该尊重常识，尊重艺术规律，只有尊重常识的批评才是具有说服力的批评，只有尊重艺术规律的创作才是有价值的创作。

新媒体时代的文学批评比之之前的批评应该具有更大的自由空间，网络批评“辣”的特点也让作家和作品经受多方面的测试和考验，众声喧哗原来是后现代主义的理想表达方式，但是网络带来的“众声喧哗”也让文学批评的中心地位被削弱，而文学批评的价值如何在众声中发出最有影响力的声音，已经不是批评家的学术素质问题，而是批评家的人格和世界观的影响力问题。尊重常识，有时候是需要勇气的，是需要坚守的，要坚守我们的文学初心，这个初心，就是文学创作的艺术规律。

这个规律，是不能轻易颠覆的。文学评论家，更不能颠覆，你们是这个规律的秤星，如果文学评论是一杆秤的话，评论家就是那刻度，是那杆秤的“心”，无心的评论不仅忘了初心，也会失去良心。

2019 年 11 月 19 日写于润民居

# “80后”作家的分化与渐熟

“80后”作家的出现，在文坛和社会上都是一件持久发酵的事情，或许他们多少有些异端的性质，到如今，“80后”作家似乎不那么刺眼、刺耳了，因为一方面“80后”作家基本到了而立之年，他们自身在发生变化，另一方面文坛和社会对他们也慢慢熟悉并接受。翻开最近的文学期刊，会发现“80后”作家渐渐占据了文学期刊的一些重要版面。本人供职的《小说选刊》去年选载了5位“80后”作家（马金莲、宋小词、孙频、吕魁、文珍）的5篇小说，以及2位“90后”作家（朱雀、修新羽）的2篇小说，而仅今年上半年，《小说选刊》就选载了11位“80后”作家（马金莲、张怡微、蔡东、郭珊、孙频、不有、文珍、祁又一、孟小书、小昌、周李立）的11篇小说。这不是《小说选刊》有意而为，因而它能证实“80后”作家正在整体浮出水面，成为中国文学一个最新最具活力的创造性群体。

“80后”的面貌发生变化，是自然分化的结果，是这个群体接近成熟的标志。一些文学刊物也抓住了这样一批创作的新生力量：湖南的《创作与评论》近两年来每期刊发一名“80后”作家的小说，同期配发两篇评论；《广西文学》今年5月推出“80后”作家专号；《芳草》近期推出周李立小辑；杭州的《西湖》杂志，标榜青年作家从他们那里出发，发了不少“80后”的作品。许多出版社为“80后”小说家出版小说集。云南人民出版社还推出了“‘80后’批评家文丛”，为金理、杨庆祥、何同彬、黄平、周明全、徐刚、刘涛、傅逸尘等“80后”批评家出版专著，远远不同于我们印象中的“80后”写作群体悄然形成，且风格各异，格调不俗。一些“80后”作家的创作渐渐改变了人们对“80后”的印象，或者说新的“80后”让文学的版图发生了变化。

## 告别校园文学的胎记

“80后”在文坛最初亮相，是以韩寒、郭敬明等为代表的一群“青春文学”作家，“反叛”“都市”“时尚”等曾是他们的显著标签。韩寒、郭敬明近来投身电影事业，《后会无期》和《小时代》在短时间内成为人们议论的话题，这也让他们暂时离开了文学的领域。这种转变，是他们在反叛和商业的双重压力之下，改弦易张以适应时代和环境的必然。

时至今日，韩寒、郭敬明显然不能再代表“80后”作家的整体面貌。“80后”从当初的学生娃纷纷迈入而立之年，作家的数量从当初的十来人发展到数十人，同时这个群体的构成也越来越丰富：除了写城市的“80后”，还有乡村写作的“80后”；除了“青春文学”的“80后”，还有“纯文学”的“80后”；除了反叛的“80后”，还有回归传统的“80后”；除了国际化写作的“80后”，还有中国化写作的“80后”；除了用纯粹现代汉语写作的“80后”，还有用方言写作的“80后”。总之，“80后”作家的写作出现分化——可喜的分化，原先比较单调的旧格局被打破。当人们以为“80后”是所罗门瓶子里放出来的“魔鬼”，为其不可收拾而焦虑时，“80后”的后续作家却以新的面貌出现，这就要求我们必须重新审视“80后”。

“80后”作家的一个特征是带着强烈的校园背景，或许因为“80后”作家最初是通过“新概念”作文大赛进入文坛的，因而“80后”作家的作品中始终难以摆脱校园的气息和格局，校园的生活仿佛胎记一样伴随着他们的写作。韩寒的《三重门》引起的争论姑且不论，但《三重门》确实是校园记忆的产物。“80后”的写作起步于校园，而他们的落笔也从校园开始，校园像一个温暖的摇篮，也像青春的孵化器，培育了他们的人生基调。校园让“80后”叛逆，校园也让“80后”怀念。因为“80后”对校园的依赖和在乎远比60年代、70年代出生的人要多。“80后”作家小昌的《我梦见了古小童》(《广西文学》2014年5期)便带有强烈的后校园文学色彩。“我”大学毕业后，成为大学老师，“我”的情爱故事自然也与大学校园有关，古小童就是这个大学校园爱情的基因，而这个爱情基因始终萦绕在“我”的情感世界，相恋分手，分手相恋，当古小童最后出现在电视相亲节目中的时候，爱情也不再是两个人的私密世界，而是一道被看的风景。周李立发表在《芳草》2014年3期的《如何通过四元桥》《八道门》，体现出从纯粹的个人情怀向社会更大层面的转化，尤其是《八道门》

通过一个北漂的视角写出了城市的阶差和命运的无奈，虚实相映，有一种剪影的效果。起步于校园的“80后”作家，终于告别了校园的青涩和清新，在更丰富更多样的社会生活中展现自己。

## 乡土“80后”的出现

“80后”作家的小说有强烈的城市色彩，是有其历史原因的。他们成长的年代正是中国社会城市化进程高速发展的年代，他们感受着城市的气息。最初出现的“80后”作家基本上是一批城市里出生的孩子。近些年来一些乡村出生的孩子也陆陆续续加入写作的行列之中，因而“80后”作家中出现了另一支队，这就是以马金莲为代表的“另一种‘80后’”，如甫跃辉、郑小驴、宋小词等。他们来自乡村，来自生活的底层，他们不是韩寒、郭敬明、张悦然式的城市宠儿，而是从乡村走进城市的进城人。他们一旦开始正视生活的苦难，小说就有了苦难叙事和生活沧桑感。以马金莲为代表的这批“80后”作家，为读者呈现了“80后”写作的另一种面貌：清贫、沉静、洁净、淡定，也标志着“80后”乡土写作的异军突起。

他们小说的一个特色是在乡土题材作品中对方言的提炼，这也使方言写作不至成为在“80后”乃至“90后”写作中失传的秘技。方言是现代汉语的异质成分。“80后”作家普遍在高校接受长期教育，惯用纯粹现代汉语，用方言写作的凤毛麟角——但小说是语言艺术，所以，语言风貌也是成就作家风貌的重要原因。去年马金莲的《长河》、宋小词的《血盆经》，以及曹永的乡土小说，就是这样一类异质性的“80后”作品。马金莲小说中最底层的西海固，是“空巢”的乡土。郭敬明们小说中大都市的豪奢，与马金莲们的乡土小说形成了巨大背景差。马金莲们小说中是最底层的西海固，是“空巢”的乡土。郭敬明们的大都市和马金莲们的偏僻乡土构成分裂。今年《小说选刊》选载马金莲的两篇小说《绣鸳鸯》和《口唤》，延续的依旧是马金莲已然成熟的写作风格。《广西文学》5期推出的“80后”作家专号中，5位作家直接书写的也是乡土。另外，也有作家在城乡交叉叙述中凸显乡土本色。肖潇的《黄金船》写的是一个淘金的故事，淘金本身又像一出“皇帝的新衣”。乡村的发财梦，连着社会的拜金主义。小说最后揭开谜底，父亲惦记城里的儿子，编造了一个美丽的谎言，让在城里淘金的儿子回到乡村，回到自己身边。父亲的苦心可以理解，但这背后其实隐藏着心酸和无奈。而儿子最后死于乡村淘金梦的结局，更是让人心酸。《来自杨庄》的二保为躲避水灾来到县城，没想到县城也遭了水灾，小说具有某种象征意义。《美女来到我们村》用乡村孩童的视角写城市对女性的窥视，也写成长。

“80后”的方言、乡土写作，并非仅仅在“80后”同代作家中具备横向的比较意义，他们的方言运用也有承接前辈作家而来的纵向路径，如马金莲承接郭文斌、石舒清的方言提炼，宋小词承接陈应松的方言叙事。可是，同样是写乡土，“80后”眼中的乡土也不同于前辈作家。“80后”是传媒时代长大的一代人，开着网络和普世价值的“天眼”，他们看乡土的时候，带着国际视野；同时，他们又是纯然情感写作的群体，“80后”不像“50

后”“60后”作家有共同的历史记忆，“80后”缺少历史大记忆和感情共同体，这就不难理解马金莲笔下西海固的苍凉和温情——她不同于张爱玲，也不同于萧红和沈从文——文字面貌或有相似处，成因却大不一样。

毋庸置疑，方言和乡土是绝佳的匹配。方言中的乡土，能把读者运送到原生态的乡土世界。语言蕴藏着人类的情感、记忆，还有当地土著的思维特征。乡土“80后”作家的出现，是“80后”写作分化完成的一个最重要标志。城市化进程让大都市成为“吸睛利器”，大都市是“80后”的写作前站；很快，偏离一线城市的城镇成了“80后”写作的第二站；稍后，乡土“80后”出现，穷乡僻壤的独异，似乎更能成就“80后”的文学风景。“80后”由此真正找到了各自为战的写作根据地。乡土“80后”的出现表明，“80后”作家结构发生了分化。

和当年“农村包围城市”不一样，也和中国文学由乡土向都市发展的主流不一样，相比较而言，“80后”写作，走了一条从城市向农村“逆流推进”的道路。

## 向经典文学传统致敬

“80后”作家随着主体的成熟和分化，逐渐走出了当年的“青春文学”主场，写法上也开始表现出对经典化和新文学传统的认同。韩寒的小说基本靠对传统的亵渎和嘲讽才能完成，而郭敬明的玄幻或悬疑则是畅销书理念的成功实践。韩寒、郭敬明的存在对经典文学传统是挑战，也是叛离。

新一代“80 后”作家不再是传统的掘墓人。他们回望世界文坛，悉心研读中外名著，在经典文学和潮流文学中汲取养料，充实自己，发展自己。笛安也许很能说明“80 后”作家的这一特点。作为作家李锐、蒋韵的女儿，她无疑继承了他们的文学基因，加之在法国的留学，让她的视野更为开阔，在她的小说中，时常读到中外经典小说的韵味，长篇小说《西决》甚至有《红楼梦》家族小说的影子。

马金莲的中篇小说《长河》，延续的是萧红文脉，《长河》可以说是一部当代《呼兰河传》，和萧红一样写出了家乡父老乡亲在苦难中的人性美，写出了死亡的洁净和生命的尊严。作品在平淡叙述中蕴藏着一股力量，这种力量来自信仰，来自优美而质朴的语言，也来自对人性、对自然、对灵魂的无限关怀。今年马金莲的小说《绣鸳鸯》，从这个标题就不难感到传统气息扑面而来。此外，“80 后”新人郭珊的小说《思旧赋》(《青年作家》2014 年 1 期)，那些古色古香的语词，构成了典雅的语句，小说在人际往来和细节中，传达人物之间的关系和情感，平静、含蓄，墨光四射。郭珊这篇小说，更像是致敬张爱玲，连语言都是张爱玲的民国腔。深圳的大学教师蔡东写了篇《出入》(《小说选刊》2014 年 1 期)，“出入”如同佛语，带着禅意，写的是现代都市，骨子里是传统人文的内核。蔡东还写过《净尘山》(《当代》2013 年 6 期)，也是这样在都市生活中寻找内心的安然和传统的作品。马金莲生活在偏僻的西海固，郭珊和蔡东则是广州、深圳的时尚女性，看来无论在哪里，“80 后”都开始有意识地向传统靠拢。

当年“80后”刚冒出的时候，表现出叛逆、反对传统、标榜非凡的个性。现在，“80后”作家已经不是这样。大量的“80后”作家经历了长期的高校教育，张怡微是复旦硕士、台湾政治大学博士，文珍、郭珊从北京大学毕业，蔡东、小昌是高校教师——他们早就不是那个带着“愤青”情绪的少年“韩寒”，气质完全不一样。“80后”作家群中，已经出现了大量兼容中西、心态平和的作家。“80后”作家与文坛的“意气之争”“针锋相对”在未来可能会越来越少。“80后”作家成熟并分化后，回到了文学本位，诚实地从事着文学创作工作。

与此同时，之前的“80后”文学领袖的地位可能会被一些新的创作群取代。韩寒、郭敬明正在成为历史。兼容并蓄，甚至回归传统，正在成为“80后”作家的普遍意识，于是，“80后”作家的排位，正待重新洗牌。

## 反思和感伤

在人们的印象中，“80后”意气风发、挥斥方遒，像韩寒的赛车一样一直往前冲行，很少瞻前顾后，不会回首往事，更不会反思自己。然而时间无情，“80后”作家也开始反思、伤感了，渐渐摆脱了“青春文学”的小情怀。于一爽的《每个混蛋都很悲伤》(《收获》2014年4期)可能是一个意味着这种转折的标志。小说写的是一个人对一个人的怀念，怀念与怀念者都是带“混蛋”性质的玩世不恭者，但当对方生命消失了，“混蛋”对“混蛋”的怀念和追寻，居然带着悲伤和伤感，而悲伤和伤感以前在“80

后”的字典里是寻不到，或者是被删除的。于一爽作为“80后”女作家具有强烈的叛逆性，她此前的小说颇具当年张辛欣的京味和锋芒，而她居然率先感受到悲伤和伤感。这是生命的内在力量使然，也是文学的力量使然。

“80后”开始了“致青春”写作，这和苏童们成年后的“残酷青春”，和“70后”们“致青春”的回望、怀念不同，“80后”的“致青春”现场感犹在，他们在青春中“致青春”。周李立是“80后”作家转型的一个代表，她的小说集《欢喜腾》艺术感觉敏锐，笔法细腻尖锐，充分体现了“80后”作家特有的特征。《更衣》(《都市》2014年2期)虽然仍然叙述自身的故事，但已开始进行自我的反思，女主人公是一个剩女，因为健身不小心将钥匙锁进了更衣柜，又因为天色已晚，无人帮她打开更衣柜。在孤立无援的困境中，主人公开始反思自己的生活，反思个人与社会的关系，发现自己在生活中的处境就像被隔离的更衣室一样，“剩”得必然，小说没有写女主人公走出困境之后的改变，但反思本身就是改变的开始。

张怡微的短篇《不受欢迎的客人》(《上海文学》2014年3期)表面上风轻云淡，作品中服务者与消费者的关系，家庭伦理的关系，随着情节变化，迅速转移，如飞机起飞一样，跑着跑着，迅速拉升，飞向对生命的反思：一个人该怎样对待他人，该怎样面对自己的个体生命。1985年出生的青年作家不有，在《西湖》今年3期发表了短篇《人面鱼》，这是一篇和巴西作家若昂·吉马朗埃斯·罗萨的《河的第三条岸》味道有些近似的作品，都是反思性质的，但都不是那种“青春文学”小情怀的个人反思，而是对生命的反思，对人性的反思。《人面鱼》用第一人称叙事，“我”作为叙事者，我们信任了“我”的讲述，对“我”具有好感，但实际上只要脱离叙事者的控制，跳出来，客观看待“我”讲述的一切，就会发现“我”的性格和人性的弱点，正是促成旅游也是错过景观的缘由，“我”的紧张、猜疑等负面情绪，皆为心像，与外物他人无关。不有用的是一种推迟批评的策略，先让读者感同身受，觉得自己可能也是这样，之后，再让读者发现，这是人性中的弱点。

“80后”在“致青春”中感伤和反思，也写青春的病痛。孙频的《假面》，下笔凌厉，前景黯淡、生存高压等种种因素，作用于底层青年不堪重负的稚嫩心灵和肩膀，处在应急状态下的人，做出了非常态的生活选择，试图缓解焦虑、困窘。他们无法改变不光彩的历史，而他们渴望被接纳、渴望洗刷耻辱、渴望新生活，内心保留着正确的价值判断。他们不愿与自己的历史会晤，但一个人无法摆脱自己的个人史。文珍的《我们究竟谁对不起谁》中，有一群年轻不羁的鲜活生命，在寻求幸福的生活，坚持自己的信念。小说中既有对社会现实的描摹，也有对年轻人都市生活现状的呈现，此外，就是“谁对不起谁”的叩问以及感受到的疑难，和在疑难中开始的对生活和情感的反思。

## 视界与境界

文学创作来自于生活，作家是生活的传感器，又是生活的记录者。对于“80后”作家来说，涉猎生活不久，进入生活较浅，而他们的写作又很自然须面对当下丰富的社会化生活。虽然不能说他们的生活苍白，但生活的相对单调和平淡是客观存在的。在他们成长的岁月里，社会没有发生太多的动荡，也没有产生巨大的社会变革，没有太多的苦难感和沉重感，和前辈作家经历的共和国大风大浪、大是大非相比，他们有时候感到的是失重和虚妄。而社会的动荡，理想的破灭，信仰的纠结，往往是一个作家写作的驱动力。

他们最容易描写的是外来者的陌生感、融入社会的艰难和困惑，带着校园的青春忧伤来面对社会的复杂和无奈。这也是他们在叙述上频频喜用第一人称的原因，虽然一些作家采用的是第三人称，但实际上的叙述视角还是出自那个潜在的“我”，以至于甫跃辉在创作谈中要声明小说的主人公只是他生活的影子，不是他本人。这样一种第一人称的叙述，让他们在自己的天地里自由驰骋，优点是少了虚伪和做作，“我”如果作为一个观察世界的视角是有独特性的，但同时个人的视角又会屏蔽掉一些社会生活内容。尤其是一个带着校园记忆和校园经验的作家，他的视角必然会屏蔽或丧失一些更为丰富的社会生活内容。全知全能的视角虽然有充当上帝的嫌疑，但比之第一人称又相对是一个广角。对文学来说，需要广角，也需要纵深。眼界决定视界，视界决定境界。我们不能笼统地说哪一种叙述人称好，也不能笼统地说哪一种人称不好，但如果都是同一种叙述人称，而且口气又容易接近，是不是艺术的个性和气质也难免给人单调和狭隘的嫌疑？“80后”在走向成熟的时候，如何进一步扩展自己，丰富自己，是他们面临的考验。他们能够经历的事情和过程确实比不上前辈作家那般丰富多彩，他们成长的年代也是中国社会最平稳的历史时期，中国有句话叫“国家不幸诗人幸”，也就是说磨难容易产生创造力，对“80 后”作家来说，超越前辈的动力何在?

（原载《短篇小说（原创版）》2015 年）

# 余华的三个贡献

我和余华认识二十多年，余华的第一篇小说《十八岁出门远行》，好像是由王蒙推荐发到《文艺报》上的。我对余华比较熟悉，最早认识他的时候，他在鲁院读研究生班，跟莫言、刘毅然住一个房间，那时候莫言、刘毅然基本上不住，所以余华差不多是一个人住单间。去年我女儿从美国回来，说她在《纽约时报》看了一个专栏，《关于中国的十个关键词》，她说你认识余华吗？我说我认识。她说他文章写得很好。我说什么文章？她就给我看了。她说余华写得很厉害，我说余华是朋友啊，跟苏童他们一拨的。我女儿对苏童最不待见，因为我住在单位的时候，苏童老跑到我们家厨房偷吃东西，有时候他早晨肚子饿了把我们家中饭都吃了，后来苏童在一篇文章里还说他经常跑到王干家厨房去找东西吃。她说余华《关于中国十个关键词》很有意思，我说这个爸爸也能写出来。她说他的小说呢？我说他的小说我是写不出来。余华在国际上的影响也很大，我女儿现在也是教授、博导了，她对余华的推崇，说明余华在青年知识分子中很有号召力。

刚才老孟讲余华的先锋道路，我觉得非常好。当初我们跟余华、程永新一起到海口开南星笔会的时候，有格非、刘恒、苏童、王朔，还有老先生汪曾祺，除了马原，被冠名的先锋作家基本都去了。先锋文学一开始，其实是作家、评论家，同时还是编辑家，共建的一个文学思潮。如果没有《收获》，没有后来的《钟山》，没有当时的《北京文学》，这个先锋文学也很难成气候，它是文学期刊、小说家、评论家三方共建的一个文学思潮运动。除了晓明以外，我还要说一下李陀，李陀对早期先锋文学的贡献也是非常大的。整个文学期刊对先锋文学的建设跟建构的作用是非常重要的，我看到永新写的《一个人的文学史》，也是一部先锋文学发展的实录。我写过一篇文章，关于苏童《河岸》的那篇，题目是《先锋文学的终结》，其实先锋文学今天已经终结了，这个终结以余华的《兄弟》和苏童的《河岸》作为标志。任何一个文学运动、文学思潮，它有起点，肯定有终点，它有出生的时候，也有终结的时候，先锋文学现在已经是一个文学史的概念，所以今天起这个题目"先锋的道路"我觉得非常好，它已经是一个历史，是一个文学史的材料。

关于先锋我不想说太多，大家认为余华的创作成就都在先锋文学，其实余华的创作不仅仅是先锋文学。现在很多文学史上写"新写实小说"的概念。新写实小说的概念，很早的时候我写过一篇文章，当时叫《近期小说的后现实主义倾向》。我当时把余华的《现实一种》《河边的错误》作为新写实的代表作。当时我想找写实的三个概念，当时有方方、刘恒、刘震云这样的新写实作家，但是他们的作品都是部分满足我的新写实概念。能够满足我的新写实全部概念的是余华的作品，当时我设立的三个概念，第一是“还原”，现在叫“原生态”；第二是“零度写作”；第三是“对话”。这三点在余华的小说里面体现得最为完整。所以，余华的创作不仅对先锋文学，对后来的新写实小说创作也是起了很大作用的。这是第一。

第二，余华的小说对类型小说创作也起了开启性的作用。1988 年的时候余华写过《鲜血梅花》，其实还写过《古典爱情》，当时余华通过对这种类型小说的戏仿来创造一种先锋小说的形态。我看到《兄弟》的时候一点不惊讶，一点不奇怪，因为《兄弟》是对一个通俗小说、畅销小说的戏仿，《古典爱情》是对《聊斋》的戏仿，当时写《鲜血梅花》的时候他说要写武侠小说，他通过对那种类型小说的全面的、系统的模仿，后来才有了《兄弟》。余华在 80 年代就开启了这种类型小说的改造工程，因为类型小说是死的小说形态，为了把它激活，余华对类型小说进行了戏仿。所以我们今天看到大量的网络文学，大量的类型小说的出现，跟余华早期在 80 年代通过对类型小说的戏仿来促进先锋小说的创作有关系。这是余华在先锋文学以外的第二个贡献，就是在当代文学里面最早对类型小说进行重新挖掘、重新开启，来丰富当代小说的资源。

第三，余华对当代文学有一个非常重要的贡献，就是余华的理论建设，对当代文学的理论建设。余华在《上海文论》写过好多篇理论文章，而那些理论文章今天看来都是真知灼见。1988 年的时候我跟余华在鲁院食堂吃饭，余华说你们这些批评家干什么的，苏童小说写得那么好，你们不写，我要写评论，我把题目都想好了,《苏童在 1988》《苏童在 1987》。他当时对先锋文学理论建设、批评建设的能力非常强。所以，我觉得余华除了对先锋文学的贡献以外，对新写实小说的贡献，对类型小说的贡献，对一些先锋文艺理论批评的建设也不要忽略。刚才说到余华没有任何职位，我想起了汪曾祺，他也是连组长都没有当过的，我觉得这是个非常有意思的文学现象。刚才晓明说了，其实我们这些搞文学评论、搞文学史的，应该挺幸运的，为什么呢？我们又赶上了一个文学高峰的时代。前几年大家都说是文学高原，没有高峰。我们今天突然发现，我们处于一个文学高峰。而且他们的成就，就艺术成就上，可能都超过新文化运动的那些作家。

# 刘恒与新写实

现在想起来，我对于“新写实”的思考很可能是源自《伏羲伏羲》的触动。1988年初春时节，我在农展馆南里10号6楼上第一次读到刘恒的《伏羲伏羲》的时候，我的文学神经被深深触动了一下，写实小说还有如此的感染力和穿透力，让我对写实小说刮目相看了。

这之前，我对写实小说是有些偏见的，认为它过时了，是机械的反映论，缺少更多的文学审美内涵。作为在上个世纪80年代成长起来的文学青年，我是深受那个时代的审美主潮影响的人，我周围的朋友也是重审美轻写实、重形式轻故事的一帮人，苏童、叶兆言等一拨文学发小谈论小说也是以先锋探索为主要趣味。而这一次读到刘恒的《伏羲伏羲》，却得到了先锋探索小说般给予的冲击，甚至超过。我四处向人推荐这篇小说，《文艺报》的同事问：刘恒也写先锋派？我说：不是先锋派，比先锋派更有味道。

《北京文学》很重视这篇小说，5月初，在北京文联召开了《伏羲伏羲》的研讨会，研讨会由林斤澜和陈世崇主持，李陀当时也是副主编，看得出来，老林、李陀和老陈对这篇小说很欣赏。刘恒当时是《北京文学》的编辑，《北京文学》发自己的编辑的作品，并且为之开研讨会，是一种胸怀，也是一种气度，当然更是一种眼光。

我是与会者中最年轻的，属于初生牛犊，大胆说了对这部小说的看法，好像提出了"零度写作"的话题。零度写作其实是罗兰·巴特对新小说派的一种概括，被我"挪用"到了刘恒的写作上。会上对这个话题，展开了讨论，也引发了对现实主义的生命力和创新的讨论。李陀当时对"意象小说"特别感兴趣，但《伏羲伏羲》好像跑出了意象小说的范畴，因为意象小说大多是非写实的，而《伏羲伏羲》在写作叙事形态上是完整的写实笔法，属于对现实主义和先锋派的双重挑战。李陀鼓励我将这些观点写出来，在《北京文学》上发表。后来的《近期小说的后现实主义倾向》(《北京文学》1989年6期)便是这次会议约稿的结果。

刘恒之前有个短篇叫《狗日的粮食》，在文坛引起一片轰动。而《伏羲伏羲》这部小说在"食"之后又写了"色"，中国古人说："食色，性也"。《伏羲伏羲》在某种程度上有《狗日的粮食》续编的意思，但涉及的历史深度和人性的深度，有超越《狗日的粮食》的趋势。《伏羲伏羲》今天读来仍然觉得有惊天骇俗的勇气。小说写的是洪水峪小地主杨金山因为没有后代，这个老男人娶了年轻的媳妇王菊豆，王菊豆年方20，是生命力最旺盛的时节，按理说，生育孩子是最佳的时节，但由于杨金山性无能，对王菊豆虐待施暴，而杨金山的侄子杨天青则与王菊豆情投意合，于是两人越过伦理的禁忌，偷情相欢，且生了儿子杨天白。长大之后的杨天白发现了母亲的情事，异常愤怒，杨天青也只能以死谢罪。而王菊豆怀上的杨天青的孩子杨天黄又呱呱落地，杨家的性事、情事、丑事在乡间悄悄流传，而最后关于“本儿”的展现，以及人们对“本儿”的近乎“点赞”式的议论，将古老的中国文化中的生殖崇拜和人类阳具崇拜淋漓尽致地表现出来。

应该说，这是一部烙上了当时社会思潮和文化思潮的小说，尤其是弗洛伊德学说的诸多概念，我们在阐释小说时都能用上，杨金山、杨天青、杨天白之间的俄狄浦斯情结，杨金山和王菊豆之间施虐和受虐的描写，杨金山的性变态和精神病态，都属于精神分析学说的范畴。记得当时曾经流行过“寻根文学”，“寻根文学”沿着两个路径向前发展，一个是到原始的文化的风俗形态中去寻找“根脉”，二是向人的生命本能去寻找超自然的力量，发展到的极致就是身体写作。《伏羲伏羲》是真正写“根”的小说，原来的题目就叫《本儿本儿》，但这篇小说却没有寻根小说的神鬼之态，神秘之状，而是一步一步地写实，每一个人物都是具象的，每一个细节都是经得起推敲的，甚至每一句话都是实在的。它没有那些寻根小说的抽象、符号和变形，但人物本身又具有变形、抽象的可能，比如小说里最后残疾瘫痪的杨金山很容易让人联想到卡夫卡的甲壳虫。

这部小说给我最大的启示就是，好的写实小说本身一定是还原到生活本身的原生态，而不是作家外加给生活的具体理念。这部小说的时间跨度很长，从抗战到新中国成立后，也属于“长河”类的年代小说，人物的命运虽然受到时代影响甚至人物的性格也受到政治运动的扭曲，但作家始终关注的是人物自身的生存状态，无意去鞭笞或反思时代的伤痛和悲剧。小说的痛点在于人伦对人性的道德制约，这个痛点被放大之后，其实是人与封建价值观的冲突，人性与伦理的冲突，这种冲突的结果是悲剧。但刘恒在把握人物与环境的冲突时，没有割裂或抽取生活的原生态。杨天青与王菊豆的爱与欲，用今天的话说，也够不上多少正能量，但他们的爱与欲又是那么热烈，那么奋不顾身，我们在惊讶的同时又有点暗暗同情。刘恒把这种同情集中在小说的情爱描写之中，好多笔墨比劳伦斯毫不逊色。刘恒的落脚点在生命本身的状态和本相，也是“新写实”的“还原”美学的根基。记得刘恒与我谈起张艺谋将《伏羲伏羲》改编为电影剧本时，曾有些感慨，说，他太喜欢古希腊的英雄悲剧了。刘恒显然不喜欢古希腊的英雄悲剧。新写实正是对古典主义悲剧、传统现实主义的一种小小的反动和纠正。

这部小说另外一个启示，就是写实小说的“情感的零度”，在传统的现实主义小说创作中，作家总是要流露出自己的倾向的，只是高明的作家是“自然而然地流露”（恩格斯语），不高明的作家就成了时代的传声筒而已。因而现实主义的作家有着某种精神的优越感，他面对读者有着“布道”的话语权，读者是他的听众。而现代社会则要求作家和读者是平等的对话，读一篇小说不是听报告或听布道，而是内心精神的一场对话。《伏羲伏羲》的故事是带有某种道德审判或道德批判的预设前提可能的，杨天青和王菊豆的故事与台湾作家白先勇的《玉卿嫂》有着某种的同构形态，但白先勇的童年视角让爱情悲剧带有温馨和悲凉氛围，作家的倾向流露是非常明显的。而刘恒始终与人物保持着距离，但下笔时又始终“贴着人物写”，他叙述的视角不是全知全能的，叙述的视角随着人物的视角而转换，贴着人物而情感却远远地疏离人物，看上去不免有些冷漠或者有些“狠”，所以是零度叙事的典范。即使最后的附录貌似“引经据典”，其实是“假语村言”，对“本儿本儿”的演绎也是为了避开作者主观情感的介入。

刘恒之所以成为“新写实”的代表作家之一，在于他的作品为评论家的概括和总结提供了充分的资源和范例，其他的新写实作家很难像刘恒这样完整地体现“新写实”的美学追求。几乎同时创作的《虚证》也是和《伏羲伏羲》一样经典的新写实的样本，在《虚证》中，他将“对话”的精神运用得出神入化，对人的生存状态的勘探深入神经末梢，对人生黑暗地带的勘探深入灵魂内核。遗憾的是《开拓》这本杂志停刊了，影响了这篇小说的传播。而 90 年代创作的《贫嘴张大民的幸福生活》则让他在描写当下现实生活方面达到巅峰，“新写实”在融入“后现代”元素之后，京味小说达到了一个新的境界。话剧《窝头会馆》的创作更是成为《茶馆》之后的又一座高峰。刘恒对现实主义的探索成为近四十年来最值得研究、探讨的重要文学现象、文化现象。

一个花絮。1988 年 5 月上旬，我去参加《伏羲伏羲》的研讨会，当时五一放假，太太带女儿到北京来看我，顺便游览北京的风光。那天，我本来是要陪她们去逛王府井的，因为太喜爱《伏羲伏羲》，把她们送到王府井之后，我就去开会了。但是那天女儿在东安市场走丢了，幸亏一位卖冰棍的大妈把四岁的女儿送到王府井派出所，才虚惊一场。后来和刘恒说起此事时，他说，要不我罪过大了。

2019 年 11 月 5 日于润民居

# 陈奂生的魅力

20多年前，我和高晓声住在南京肚带营18号的同一个单元里，他住201，我住501，我们在楼道里经常见，他少了一根肋骨，所以老扛着半个肩和人说话。我们私下里都称他为陈奂生，有一次我口误称他为陈先生，他也没有生气，自嘲道：都当我是陈奂生啊！作家和自己笔下的人物被人混为一谈，应该是一个有趣的话题。说明这个人物的魅力很不一般。

陈奂生是高晓声笔下的一个小人物，这个人物最早出现在他的短篇小说《漏斗户主》当中，但“扬名”却因《陈奂生上城》。陈奂生不是一个孔武有力的大人物，也不是一个风流倜傥的英雄，而是一个普通的农民，胆小软弱而又怕事，但却深深地镌刻在当代文学史上。我们在梳理70年的文学史时，眼前始终会闪动着这样一位农民：“漏斗户主陈奂生，今日悠悠上城来”。

《陈奂生上城》是一篇短篇小说，篇幅也不长，是什么样的力量让陈奂生屹立在当代文学人物画廊且光彩熠熠呢？他的魅力何在？时隔40年后我们来探讨回顾一下其间的奥秘是很有意义的。

## 人物的魅力

文学是人学，人物是文学的根基，也是顶梁柱。在经历了几十年的风风雨雨之后，各种思潮和流派不断演绎，各种手法不断更新，但文学塑造人物，尤其塑造典型人物的使命至今越发不可动摇。当代文学史能够留下的伟大作品，无一不是拥有鲜明艺术个性的人物形象。柳青笔下的梁三老汉，路遥笔下的高加林，王蒙笔下的倪吾诚，余华笔下的富贵，都是融合了时代特征和艺术个性的“这一个”。农民形象的塑造一直是现当代作家孜孜不倦的主要追求，从鲁迅开始几乎所有的小说家都写过农民，因而留下了非常富有个性的农民形象，从闰土、阿Q、祥林嫂，到小二黑、三仙姑，再到梁三老汉、高加林。高晓声在传承五四新文学的文学传统基础上，又写出了新时期农民的心理特征。我在1988年发表的《苦涩的“陈奂生质”》一文中将这种心理特征称为“陈奂生质”，“陈奂生质是中国封建社会小农经济进入社会主义初级阶段的一种表现形式，是封闭的农业社会特定的文化基因传给今日农民的一种不健全的人格品格，也是中国农民复杂心理素质的复合体，它是苦涩的，也是辛辣的，它是冷酷的，也是温馨的，它构成了高晓声小说的整体精神脉动”。在《陈奂生上城》中，这一特性表现得尤为明显，陈奂生忠厚本分，不作非分之想，不求非分之财，碰到新的不适应的事情往往以一种阿Q的方式面对，也就是鲁迅说的“农民式的质朴、愚蠢”，“游手之徒的狡猾”（答《戏》周刊编者信）。陈奂生去看地委的吴楚书记，没想到被安排到招待所住下来，一个晚上花了五块钱的“大宗支出”，让他心疼，为了让物有所值，让这五块钱花得不冤枉，陈奂生变着各种法子糟蹋房间里能糟蹋的物件，但仍然感到亏了，忽然想到吴书记的小轿车，五元一晚上的高级房间，这些“大家都不曾经过的事情”，“他精神陡增，顿时好像高大了许多。老婆已不在他眼里了；他有办法对付，只要一提到吴书记，说这五块钱还是吴书记看得起他，才让他用掉的，老婆保证服帖。哈，人总有得意的时候，他仅仅花了五块钱就买到了精神的满足，真是拾到了非常的便宜货，他愉快地划着快步，像一阵清风荡到了家门”。小说的结尾写道：“从此，陈奂生一直很神气，做起事来，更比以前有劲得多了。”高晓声把这种自尊自慰的精神胜利法以定格的形式放大以后，在冷幽默的同时传出了苦涩的讽刺和委婉的悲哀。高晓声无疑是当代作家中最有鲁迅精神的，但鲁迅的“哀其不幸，怒其不争”，在高晓声那里变成了“怒其不幸，哀其不争”，他对农民的苦难是愤怒的，但对农民的阿 Q 式的精神胜利法又深深地感到悲哀。小说人物的塑造其实是凝聚着作家的主体精神气质的，高晓声多年生活在农村，与农民打成了一片，他的很多思维其实和农民是零距离的，因而人物身上浸透了他的血肉和灵魂，陈奂生一段时间也成了高晓声的另一个躯体，所以他后来又写了《陈奂生出国》等与他个人生活阅历同步的系列小说。这是某种“非虚构”，也是情感经验的自然流露，福楼拜说“包法利夫人就是我”，高晓声的陈奂生在更多的时候也变成了陈奂生的高晓声，这种人物与作者的互文关系，也增加了人物的含量和覆盖面，当然还有作家的自嘲精神。

## 乡土的魅力

乡土小说是中国文学的富矿，无论是多年以前旅居中国的赛珍珠的《大地三部曲》，还是后来莫言的红高粱系列，这些在世界文学史上获得巨大荣誉的作品都源自于中国的乡土。乡土小说在改革开放40年的文学中占有非常重要的位置，几乎占了半壁江山。路遥、陈忠实、贾平凹、张炜、刘恒、阎连科、迟子建等都是描写乡土的高手，高晓声自然也是乡土小说大军中的佼佼者，他的《陈奂生上城》在改革开放的浪潮还没有来到之际，就率先写到了农民进城的困惑。这种困惑后来被很多“打工文学”“底层文学”反复放大书写，但焦点依然聚焦在城与乡的冲突和不和谐之上、农民在城市里遭遇到的失落感。陈奂生在县城的一夜，后来被作家们写了30多年，至今很多作家还在写农民失去家园的困顿，面对城市文明的无力感，从“融不进”到“回不去”的过程，也是中国城镇化过程中农民的精神写照。陈奂生进城卖“油绳”是农民最早进城的一种方式，也开启了千千万万农民进城打工的先河。陈奂生面对沙发这个“怪物”产生的困惑，在后来的作家笔下又换成了其他的“怪物”，城市和现代文明接纳了大量进城的陈奂生们尤其是陈奂生的儿孙们。这一次没有了吴楚书记的热情，到处都是冷冰冰实用的陌生人，包括那些曾经是陈奂生的老乡和同行们，城市甚至露出了狰狞的面目，这些我们在以后的小说家笔下经常读到。每每读到，都会不由自主地联想到当年的陈奂生的身影，仿佛他依然在打工的现场，或在返乡的路途中。

这篇小说虽然写于 1980 年，中国农民进城的人潮在 1993 年之后，但高晓声的这一小说模式依然没有过时，苦涩的“陈奂生质”依然没有得到根本的改变。虽然《陈奂生上城》依稀可以让人想到刘姥姥三进大观园的痕迹，虽然木讷的陈奂生和能说会道的刘姥姥之间缺乏性格上的有机联系，但农民骨子里的那点东西在曹雪芹和高晓声的笔下是那么惊人的相似。因为高晓声小说扎根于中国的乡土大地，接通了生活的地气，所以后来上演的种种进城的悲喜剧都显得有《陈奂生上城》“续编”或者“系列”的嫌疑。反过来说，乡土也有一股神奇的力量，只要是在它的丰沃的土壤里生长出来的人物，就会带着乡土特有的气息和韵味，哪怕年轻的作家没有接触过、研读过高晓声的小说，乡土的力量也会自然让你向这样的经典看齐。

## 写实的魅力

上个世纪 80 年代现实主义曾经受到各种质疑和挑战，但历经各种浪潮之后，风轻云淡，留下来的是那些以刻画人物为主的写实作品。当然，不是那些伪现实主义的作品，而是像《陈奂生上城》这样融入了新的元素的写实主义小说。

上个世纪 80 年代末期《钟山》发起的“新写实小说大联展”第一辑中就收有高晓声的小说，当时我没有觉得高晓声是“新写实”的代表性作家，只是新写实的边缘而已，如今我在写作本文时，重读了《陈奂生上城》，意外地发现这个短篇具备了“新写实”的全部元素。首先它符合新写实原生态的还原美学特征，小说陈奂生进城的过程近乎实录，以至于这篇小说出来以后《人民文学》要讨论这篇小说的主题是什么，因为这篇小说和当时的一些主题明确的小说不太一样，它写了陈奂生的生存状态，人物的生存状态就是小说的主体，这是和新写实不谋而合的。第二是作家叙述时采取了近乎零度叙述的客观姿态，小说以第三人称叙述，但又是从陈奂生的视角进行叙述的，避免作家主观情绪的介入，呈现出某种情感零度的可能，这也是当时的评论家找不到"主题"的缘由。这么说是不是有点牵强？其实很多文学流派并不是开创性的，都是以前存在的文学元素的综合和放大，新写实也不例外，《陈奂生上城》之所以历久弥新，超越当时的写实主义，肯定是因为具有某种超前性。

有趣的是，1996 年我因《文艺报》之邀，为"重温经典"写了一篇《难忘陈奂生》，文章最后，我写道："高晓声写完陈奂生系列之后，便可以搁笔了。"这本身是一个很高的评价，没想到有好事者认为我对高晓声有什么意见，去高晓声那里打小报告。过了几天，我在《农民陈奂生》的电视剧策划会上遇到高晓声，他说，王干，你最近写文章说我写完陈奂生就不要写了，是不是？我当时一愣，以为老先生不高兴了，没想到他又哈哈一笑说，写完陈奂生是可以不写了，可还要生活啊，活着就要写作，你想不让我换稿费，是不是？

果然很陈奂生啊。

如今，斯人远去，斯文流芳。

2019 年 8 月 11 日于润民居

（原载《光明日报》2019 年 8 月 25 日）

# 小说的颜值

颜值，网络词汇，是指对人和物的外貌特征优劣程度的测定。颜，颜容、外貌的意思；值，指数，分数。表示人靓丽程度的一个分数，可以用来评价人物容貌。如同其他数值一样，“颜值”也有衡量标准，可以测量和比较，所以有“颜值高”“颜值暴跌”的说法。后来“值”的数值意义淡化，在词义上“颜值”就相当于“颜”，只表示面容和姿色。2015 年，其指称范围进一步扩大，由人及物，物品的外表或外观也可用“颜值”表示。（据百度百科）

小说的“颜值”自然是借鉴了“颜值”这个网络词汇。小说家常将自己的作品看作孩子，那么这个孩子就遗传了小说家的基因，他的外貌、气质都跟小说家相关，有与生俱来的因素，也有后天学习培养的因素。这就是我们说的颜值。当然小说的颜值不等于小说家的颜值，小说跟人的区别在于，人有抽象的精神，还有具象的肉体，人是具体的存在，抽去精神，人仍然可以存活，比如植物人，抽去肉体，人也就不存在了。而小说本身就是抽象的存在，你不能将它抓在手里，触摸不到它的皮肤，它不会被雨淋湿，也不会在雾霾里艰难喘息。对于抽象的事物，你无法从其中抽离出什么，它的外貌与精神内核是融为一体的。

小说的颜值其实是一个综合的指数，不只是外在语言的漂亮和极致，但外在语言的精致和靓丽确实是小说最容易被人们注意到的外貌形态。中国现代作家里，鲁迅、张爱玲、沈从文的小说语言都是具有观赏性的，沈从文的语言轻盈，充满灵性；鲁迅则是快刀，一刀斩下去，狠、准；张爱玲是驾驭语言的高手，她把语言用活了，她的语言诡异多变，就像玩魔术，你永远猜不到她是怎么把帽子里的鸽子变没的，又是怎么把纸牌变到树干里去的，她还可以把石头变成人，将人变为城堡。我这里引用一些句子："日子一连串烧下去，雪亮，绝细的一根线，烧得要断了，又给细细的蝉声连了起来。""薇龙那天穿着一件磁青薄绸旗袍，给他那双绿眼睛一看，她觉得她手臂像热腾腾的牛奶似的，从青色的壶里倒了出来，管也管不住，整个的自己全泼出来了。""季泽走了。丫头老妈子也都给七巧骂跑了。酸梅汤沿着桌子一滴一滴朝下滴，像迟迟的夜漏——一滴，一滴……一更，二更……一年，一百年。真长，这寂寂的一刹那。""她的手臂，白倒是白的，像挤出来的牙膏。她的整个人像挤出来的牙膏，没有款式。"男作家的语言技艺不比张爱玲高，在女作家里，更是无人能出其右，恐怕也难有后来者。张爱玲同时代的一些女作家的语言"颜值"要逊色得多，太中规中矩，太没味道，并且烦冗，如同喝浑浊了的白开水。

当代作家中，苏童、贾平凹、阿来的语言颜值极高，或许与他们最初写诗的经历有关（阿来现在还在写）。写诗的人转为写小说，在语言上具有很大的优势，因为诗歌就是语言的艺术。古典文学里,《红楼梦》这部作品创造了古典文学的巅峰，从颜值上来看，几乎无可能比。它的语言也是巅峰，而像《孽海花》《二十年目睹之怪现状》的语言已经是非常粗糙了。张爱玲说过，她的语言也是从《红楼梦》学来的,《红楼梦》语言的影响在历史上将是持续和巨大的。

对于外国作家的小说，我们很难去判断语言的优美与否，因为对于大多数从事文学创作和文学研究的人来说，是借助翻译家的语体来体会一个作家的语言的，翻译最难的就是语言，破坏最大的也是语言，所有翻译作品的语言几乎都是一样的，即使如此，我们依然能够通过翻译家的语体去窥视到这些外国小说家作品的“颜值”，比如李文俊先生译的福克纳的作品，钟志清先生译的奥兹的作品，仲召明译的奥康纳的《上升的一切必将汇合》，宋瑛堂译的安妮·普鲁的那本《近距离：怀俄明故事》(2016 版的改名为《断背山》)。而博尔赫斯的作品，不管是谁翻译过来的，你都可以感受到他小说面貌的优雅、语言的灿烂和声调的考究。也就是说，小说的颜值高，可以越过语言的藩篱，超越翻译家自身的翻译体，因为这就像优美的风景一样，不同的摄影师自然会拍出不同的风景，但很难去改变风景自身的优美。当然拍摄的艺术也是颜值的一部分。

对于小说家来说，如何叙事往往是颜值高低的分水岭。众所周知，小说是叙事的艺术，叙事不仅是小说的形式，也是影响小说颜值的重要因素。19 世纪的外国大作家叙事主要体现在讲故事上，狄更斯、巴尔扎克、雨果、大仲马、托尔斯泰、陀思妥耶夫斯基、梅里美等，太多了，那一批大作家都是了不起的叙事高手，当然除了他们自身的才华，更重要的是那个时代有战争，有动荡，世界格局形成、演变，那个时代具备宏大叙事的条件，所以促成了文学的黄金时代。而到了 20 世纪，产生了现代主义，西方资本主义扩张，工业发展，人在时代里是压抑的，作家是要有良知的，要去反抗这种资本主义扩张的命运，作家们开始去写人物的心理感受，关心人的自身价值，不再重视宏大叙事。卡夫卡、伍尔芙、普鲁斯特、福克纳、加缪、萨特、贝克特、马尔克斯等都是优秀的代表。后现代主义其实是对现代主义的延续和发展，只不过更极端，内容消失了，追求的是“写作本身”。科塔萨尔的《跳房子》，品钦的《万有引力之虹》，叙事技巧纷繁、驳杂，完全颠覆了传统的文学写作与阅读经验。后现代主义在七八十年代达到高潮，实验、先锋小说席卷了几乎所有写作者，中国出现了马原、余华、苏童、格非、叶兆言、洪峰等进行先锋写作的热潮。应该说，先锋写作常常追随叙事的高颜值。

普鲁斯特的《追忆似水年华》叙事几乎要消失了，洋洋洒洒的 300 多万字，叙事极琐碎，比如对房子的描写——

有时候，我想起了那间路易十六时代风格的房间。它的格调那样明快，我甚至头一回睡在里面都没有感到不适应。细巧的柱子支撑住天花板，彼此间的距离相隔得楚楚有致，显然给床留出了地盘；有时候正相反，我想到了那间天花板又高又小的房间。它简直像是从两层楼的高处挖出来的一座金字塔，一部分墙面覆盖着坚硬的红木护墙板，我一进去就被一股从未闻到过的香根草的气味熏得昏头胀脑，而且我认定紫红色的窗帘充满敌意，大声喧哗的座钟厚颜无耻，居然不把我放在眼里。一面怪模怪样、架势不善的穿衣镜，由四角形的镜腿架着，斜置在房间的一角。那地方，据我惯常所见，应该让人感到亲切、丰硕；空洞的镜子偏偏挖走了地盘。我一连几小时竭力想把自己的思想岔开，让它伸展到高处，精确地测出房间的外形，直达倒挂漏斗状的房顶，结果我白白煎熬了好几个夜晚，只是直挺挺地躺在床上，忧心忡忡地竖起耳朵谛听周围的动静，鼻翼发僵，心头乱跳，直到习惯改变了窗帘的颜色，遏止了座钟的絮叨，教会了斜置着的那面残忍的镜子学得忠厚些。固然，香根草的气味尚未完全消散，但毕竟有所收敛，尤其要紧的是天花板的表面高度被降低了。习惯呀！你真称得上是一位改造能手，只是行动迟缓，害得我们不免要在临时的格局中让精神忍受几个星期的委屈。不管怎么说吧，总算从困境中，得救了，值得额手称庆，因为倘若没有习惯助这一臂之力，单靠我们自己，恐怕是束手无策的，岂能把房子改造得可以住人？

很多读者翻了几页，就再难读下去，20多年前，我读第一遍时，只读到137页，便把书放下了，后来重读了两三遍，就痴迷上了。它是个具有强大引力的旋涡，一旦真正靠近，就会跌进去，而你跌进去的却是个五彩斑斓的世界，梦幻，浪漫，丰富，让你不断迷路，那是一个你从未见过从未想过的世界。匈牙利作家马洛伊·山多尔的《一个市民的自白》，以色列作家奥兹的《爱与黑暗的故事》，跟《追忆似水年华》有相似的魅力，它们叙事都繁文缛节、缓慢、羸弱，但赢得了无数读者的喜爱，具有相当高的文学价值，在审美、创作技巧上都影响了许多后来的作家。

中国的四大名著中，普通的读者更喜欢《西游记》《水浒传》《三国演义》，因为它们故事性强，好看，好读，又轻松不费脑子。而《红楼梦》是四者中故事性最弱的，除了开头有些惊天动地，可以说整本书都是细节描写，贾府的每个人物，都为每天的日常生活而忙碌，大观园里的生活，也就是日日吃饭、睡觉、玩耍，没有发生什么大的事情，最魔幻的也不过是贾瑞照镜子看见骷髅，贾宝玉梦入太虚幻境，最轰动的也不过是死几个人，比如死了尤二姐、尤三姐、秦可卿，还有最后的林黛玉。然而《红楼梦》的慢叙事、精刻化获得的文学高度与魅力却远远超过其他三部，与《红楼梦》的“雕栏玉砌”相比，其他小说的颜值自然难免显得粗粝而简陋。

当代作家莫言和苏童都是非常讲究叙事的作家，显然莫言的叙事才能和苏童不是一个声部的，莫言是男高音，混合着美声和民歌的韵味，庞杂而雄浑，莫言是中国当代最会讲故事的作家之一。他的叙事上天入地，无所不能，而强大的叙事就是根有力的鞭子，一鞭扫过，将草根、灰尘、干牛屎、碎石块都带了出来，任何事物都暴露无遗，无所遁形，那么自然是美丑掺杂了。苏童则是短篇小说大师，他的声音不高亢，甚至最高音比一般作家还要低一些，他很会控制才华，他的小说，有种克制的美。如果就小说的颜值而言，苏童相较莫言这个山东大汉无疑是一个清秀的英俊少年。

这自然与作家自身的气息有关。气息，是小说颜值中最重要的部分，它也体现了一个作家的品位。上面所说的语言和叙事，其实说到底，都是由气息主宰的，或者说，气息是语言和叙事共同创造出来的。气息，是小说的魂。

气息，历来有高贵与卑微，阴郁与阳光之分。小说拥有贵族气息是很迷人的，高贵，优雅，这种气息只有极少数作家有，比如曹雪芹、沈从文、张爱玲等，大多数作家小说的气息都是世俗而卑微的。但世俗和卑微并不影响一个作家的价值，譬如契诃夫的短篇小说，在批判市侩习气的同时，也让小说充满人间的气息。当代的小说，尤其是那些乡土小说和打工文学，我们很难期望它拥有高贵的气息，一些以城市为背景的小说，大都蕴含着一种小流氓小混混的气息，一些青年作家或许还迟迟未走出青春文学的阴影，青春期的叛逆与混混的气息混杂在一起，固然有趣而好读，但与高贵无关。当然高贵与卑微并不是衡量文学优劣的唯一标准，卑微者的小说中常常透露着难得的尊严和人性的光芒，而一些貌似高贵的小说中，也流露着难以容忍的轻薄和恶俗。

高贵与卑微，高雅与俗气，跟作家本人的出身环境、身份地位都没有多大关系，而是一个作家的精神追求，这种精神追求太难了，更接近现实生活，更少痛苦，写起来更容易。但要知道，人类的精神高贵性的体现在于对现实的超越。没有对现实的深刻描写，是很难超越现实的，《红楼梦》的伟大之处不在于曹雪芹的破落贵族的叙事腔调，而在于反映了那个时代的生活面貌和世道人心，他的高贵在有枝可依。

小说的气质是很难进行简单分类比较的，比如阳光与忧郁是小说家最常见的两个类型，鲁迅的小说有一种忧郁的气质，被研究者称为“安特莱夫式的阴冷”，而赵树理的小说，老舍的小说，则是一种敞亮的明了的气息，可见忧郁和阳光的气质不能决定作品的优劣。外国作家里也是忧郁和阳光并存的，福克纳、奥康纳、安妮·普鲁、欧茨等，小说的阴郁气息是很明显的，他们的作品都带有一丝暴力与残忍，像余烬，阴暗、潮湿，快看不到希望了，然而黑暗里却还闪烁着一星火光，那是作家留给人类最后的一丝希望。现实破败了，生活毁灭了，然而火光永远在那里，不会燃起来，风雨也吹不灭。当代作家里，余华的小说应该算是最阴郁的，只不过他比这几位作家更极端，他把那点火光也要掐灭。年轻一点的作家里，阿乙、孙频的小说都带着这种阴郁的气息。

我个人年轻时喜欢忧郁一点的小说，现在更喜欢阳光一点的小说，这阳光就是小温，汪曾祺说到“人间送小温”，其实是文学的另一种功能，让贫穷、绝望和无聊的人看到生活的一点光亮。海明威的小说就是阳光的、明朗的，马尔克斯也是从阴郁的雾霾中冲出来，沈从文、汪曾祺的小说气息都带着小温，在黑夜，冰天雪地，或是年老独自一人围在火炉旁，他们的小说都会给你送来一缕阳光。王蒙、张承志、迟子建等人的小说也是拒绝阴郁，释放光明的。以前曾有“写黑暗”与“写光明”之争，我要说的是，阴郁的不一定全部描写黑暗，而阳光型的叙事往往在黑暗中透出光明和温暖。阴郁与小温都是很难把握的，将人性往最恶里写，阴郁过度，就是绝望，往最善里写，小温过度，就成了粉饰。

对小说颜值的探讨只是一种描述小说形态的尝试，颜值高低与作家的地位不成比例。前面我们说到梅里美与陀思妥耶夫斯基，陀思妥耶夫斯基小说的颜值就其外在形态而言要比梅里美的低，陀思妥耶夫斯基是伟大的作家，他的叙事太开阔，包容，就像大块大块的土地河山，太厚重，老虎、猴子、人、山水、冰雪太阳、田野丘陵都生长在上面，永久地存在着，或者繁衍生命。这样的作品没有必要再去精雕细琢，因为只有野性与粗粝，才能使它具有强劲的生命力。而梅里美是优秀的作家，却算不上伟大的作家，他的作品太精美，叙事小，短，如果说陀思妥耶夫斯基的小说是大块土地山河，那么梅里美的小说就是一个盆景。这个盆景里有花，有草，有蜜蜂，有泥土，有蚯蚓，有阳光，有雨露，有石头，也有河流，有桥，有雪，它是一个微观世界，什么都不缺，还有人精心刨土施肥，给植物修剪枝叶。这个盆景很美，是我们看得见，可以完全把握的，它是家里美丽的艺术品。在这个意义上，陀思妥耶夫斯基肯定是远远高于梅里美的，颜值不会影响好作品（必须是好作品，而不是坏作品）成为好作品，只是在审美上，颜值高的当然更让人赏心悦目而已。

（原载《雨花》2017 年）

# 小说的高度

高度往往是对一部小说点赞的常用词。读者和评者对一部小说的阅读，其实也是对作品高度的一次测量。测量是要借助参照的，我们对小说高度的测量参照会依照什么标准，也就是我们的小说创作会依照怎样的潜在“高度”进行叙述和营造，是本文要探讨的问题。

小说的高度在哪里？

高度是一个物理学的概念，是指从地面向上到某处的距离。文学的高度自然不是物理学的，但有趣的是一些经典名著常常选择自然的高度来开始叙述故事。有人曾经拿《红楼梦》和《西游记》比较，说都是从神话开始，都是从山峰开始，都是从石头开始，都是从“创世纪”开始。《西游记》里这样写齐天大圣孙悟空的出生，说盘古开天地时，留下一座山叫花果山：

> 那座山，正当顶上，有一块仙石。其石有三丈六尺五寸高，有二丈四尺围圆。三丈六尺五寸高，按周天

三百六十五度；二丈四尺围圆，按政历二十四气。上有九窍八孔，按九宫八卦。四面更无树木遮阴，左右倒有芝兰相衬。盖自开辟以来，每受天真地秀，日精月华，感之既久，遂有灵通之意。内育仙胞，一日迸裂，产一石卵，似圆球样大。因见风，化作一个石猴，五官俱备，四肢皆全。便就学爬学走，拜了四方。目运两道金光，射冲斗府。

《红楼梦》和《西游记》不一样，它属于人间的小说，与《西游记》的鬼怪神妖有着很大的区别，一开头就是从“创世纪”开始：

列位看官：你道此书从何而来？说起根由虽近荒唐，细按则深有趣味。待在下将此来历注明，方使阅者了然不惑。

原来女娲氏炼石补天之时，于大荒山无稽崖炼成高经十二丈，方经二十四丈顽石三万六千五百零一块。娲皇氏只用了三万六千五百块，只单单剩了一块未用，便弃在此山青埂峰下。谁知此石自经锻炼之后，灵性已通，因见众石俱得补天，独自己无材不堪入选，遂自怨自叹，日夜悲号惭愧。

作家从大荒山开始叙述，基于长篇小说的神话结构，也是寻找一种“一览众山小”居高临下宏大叙事的感觉。没想到后人在研读这段时，却因此索隐、考据出很多有趣的故事来。比如，脂砚斋评点说大荒山是荒唐言（甲戌本）的代称，而周汝昌先生则更进一步，认为再如大荒山，人皆以为是荒唐言而已，实则也有来历。一是辽东之北部从古即有大荒之称，见于辽志。有人见过古地图，在铁岭与抚顺之间即有一大荒镇。

周汝昌先生的探逸很有趣，但是小说不是历史学，也不是地理学，如果与史实和地名有某种重复，也不必当真。虽然作家总是希望站在一个高度进行叙述，但小说不是登山运动，它不是刻画自然的高度，自然的海拔与小说的高度无关。小说的高度与历史、哲学、人性相关。前不久我去故宫看了60年收藏展，看到一个现象非常值得探究。在唐宋时期特别是宋朝都在画花鸟、宫廷人物，元代的山水画焕然一变，开启了中国山水画的先河。这跟我们所处的地理位置有关。宋朝时，我们身处中原，视野不开阔，足迹难出山海关。而蒙古人是骑在马上看世界，中原人在站在地上看世界。这两者的视野是不一样的。尤其蒙古人是游牧民族，骑在马上要走起来，如王蒙的山水画一下就把中国画给改变了。所以站在山底、山腰和山顶看风景是不一样的。在汽车上和在飞机上看风景又是不一样的。杜甫有诗“一览众山小”，怎么看到众山小呢，“会当凌绝顶”，因为站得高，绝顶就是最高处，才能俯瞰众山，才觉得小，高度特别重要。

小说的价值离不开历史的高度，有了历史的高度，才能像列宁说托尔斯泰那样，成为俄国的一面镜子，俄国革命的一面镜子。《红楼梦》之所以成为伟大的不朽之作，在于它拥有历史的高度。

毛泽东在《论十大关系》一文中说中国四大特点时，就从地大物博、历史悠久、人口众多说到还有一部《红楼梦》。因为《红楼梦》是有历史高度的，《红楼梦》的伟大之处很多，光是通过贾府的兴衰来透视整个封建社会的必然衰亡这个旨意，就是很多小说难以企及的。

我们写作时不可能一下子把握到历史的高度，历史的高度是难以把握的，因为历史是一个过去时，而我们生活在当下，当下的现实性其实是与历史不对称的。站在历史的高度，不等于拎着自己的头发，凭空把自己拔出土壤。我们能做的，首先是潜下心来，耐心研判，把社会、人文、人性等诸多方面的复杂性直观细致地一一描摹出来，慢慢地，就能接近历史的高度了，这个过程，就等同于给一个深奥晦涩的东西加注个括号，括号里就是小说里真实而细腻的生活本相。现象学家胡塞尔就提出加括号的方法，哲学如此，文学就更不应该简单解读生活，加了括号那个深奥晦涩的东西当然就能水到渠成地呈现事物的本真和具象了。

2014 年《小说选刊》选了山东作家尤凤伟的《金山寺》，一篇反映当下现实的小说，为官场反腐题材，制题与内容，首先引人入胜。开始一节，寥寥几百字，非但突出了僧人要出事，令悬念高悬，而且简略介绍了市政府副秘书长与其妻子，牵住了故事的牛鼻子。按说，在职位升迁的关键时刻，宋宝琦很够朋友，主动退出竞争，把县委书记的位子，让给了知己好友尚僧人，应得到按照官场潜规则该得到的回报。好友被双规，知己不安宁，坐卧不宁中，宋宝琦仔细检查春节时离开县城尚僧人送的所有礼物，都是一些土特产，唯有转送给下属张梅的一只笔筒，看都没仔细看，就顺手给了她。倘若里面藏有钱财，那就是贿赂无疑了。提心吊胆中，他想方设法找借口，硬是把那只笔筒要回来了。原封未动的笔筒，没有任何隐藏，上级纪检人员并未因此放过宋宝琦，继续找他谈话，要他仔细回忆，如实交代离开县城时尚书记“报恩”于他的问题。悬念绷得越紧，读来越引人入胜。牵扯到赴金山寺进香拜佛，还是想不出有何经济问题。纪委老孙见他真回忆不起来，忍不住一点点启示他，说出了不该说的话题：去金山寺进香火的事。宋宝琦万万没想到，香火费有问题。他真以为代交香火钱，完全是小事一桩，怎么也没有料到，问题恰出在这里。10 万元香火费，还是优惠了的，还有上三五十万的呢！尚书记示意企业家出资，系索贿；企业家掏腰包，是行贿；那 10 万元人民币，是用来给宋宝琦上香火钱的，受贿者，自然非他莫属了。进香原本是为了过坎保平安，没料到恰在这儿翻船出事，看似狗血，实则悲哀。度日如度年的宋宝琦，却意外得到了纪委另一位办案人员小丁的通风报信电话：那事啊 PASS 了，没事了。而且说道：这事有些超乎常规，程序走到上面，上面集体无语。想想也在情理之中，这件事中，佛是一方事主，哪个愿多事惹佛不高兴啊？结尾处，下属小梅打来电话，说寺庙许愿灵验，约他再去进香，宋宝琦不待细想就回答：没问题。小说没有简单地处理，如果简单化处理就是政治化的高度，小说要写出生活的复杂性，要写出难度来。

最近我还看了一部中篇小说，凡一平写的《非常审问》，也是属于反腐题材的，非常好看，但从历史的高度来说就带有太多的现实黑色幽默。一个官员夫妇为预防双规，在实际生活中模拟审问场景，老婆扮演纪检人员，老公扮演被双规的人。两人采取一系列的审问方式，慢慢进入情景，由老师的审问方式再到先进的高科技审问方式，层层过关，防患于未然。结果最后却弄假成真，官员被双规了。这部小说明显有喜剧效果，老百姓看着解恨，但是也有过分丑化简单化官员的倾向。同样是写反腐的小说，两部小说所站的高度就不一样。越能够把小说的难度写出来，那么就越接近历史的高度。历史的高度和难度是并存的。

小说要有哲学的高度。譬如托尔斯泰的《复活》、雨果的《悲惨世界》，讲究的都是悲悯的人道主义哲学；曹雪芹的《红楼梦》讲求的是“色空”的哲学思想；萨特本来就是个哲学家，他的小说理所当然充满哲学的味道，对治疗“二战”后人们心灵的创伤起到了积极的作用；而陀思妥耶夫斯基呢？他的小说则使叙述中水火不相容的因素服从于统一的哲理构思，他的独特之处在于他把个性看作是别人的个性、他人的个性，不把作者自己的声音融合进去。苏联学者巴赫金从研究陀思妥耶夫斯基的小说出发，又创造出复调理论，提出小说中的“对话”理论，就是人物与环境的对话、人物与人物的对话、人物与自己的对话，对现代小说理论的建设和解读提供了新的理论基石。巴赫金的复调理论，首先就是个哲学命题，他欣赏的“众声喧哗”，其实是对原先一种声音主导的神叙述理论的解构。

提到哲学，很遗憾地告诉大家，最近没有伟大的哲学家出现，以前有尼采、叔本华、卢梭等伟大的哲学家出现，但是现在三十年却没有伟大的哲学家出现。我们每年都期待诺贝尔文学奖出现，但是几乎每年都让我们失望。因为以前获得诺贝尔文学奖的背后都有强大的哲学力量在支撑，而现在没有诞生伟大的哲学，所以出现的小说都没有哲学的力量。萨特逝世以后很多人去送行，以致徒然感叹：哲学死了！

但是，我们也无须气馁，因为哲学本来就是有难度的，小说家不可能像萨特那样成为哲学家，我们可以慢慢地学习把握靠拢。当我们思想没有哲学武装、无法正确判断时，可以借用现象学的方法，可以把我们所要描述的对象加个括号，对它们作简单化、具象化处理，现象本身也是具有价值的，比如上个世纪 80 年代后期 90 年代初期的新写实小说，至今仍然得到大家的认可，就在于新写实的原生态写作和情感的零度，对笔下的生活和人物没有作简单的提炼和概括，而是保持了生活的真实状态，这样一种方法至今被很多小说家广为运用。

小说家不一定是哲学家，但是小说家必须有自己的美学理想和美学追求，这个可以弥补当今文学的“哲学的贫困”。独特的美学追求在小说中可以为一种内在的思想力，小说家在作品中展示思想往往容易概念化，而美学的追求则是一种潜在的价值观的慢慢凝聚。现在一些小说家在向中国的传统文化美学汲取养分，像苏童的《我的帝王生涯》展现的就是魏晋南北朝的美学精神，因而别具一格，不同凡响。

小说还要有人性的高度。文学大师沈从文早就说过，写小说，要贴着人物写。小说写作需要突出人物的命运、性格、生老病死等诸多方面，而其中最重要的是要突出人性。历史、哲学都是单独的学科。文学是什么？是人性，是表现人性的。苏联文学家高尔基明确指出“文学是人学”，他认为，文学应该以“人”为中心，表现和描写“大写的人”，人是社会生活的主人，是社会实践的主体，理所当然该成为文学认识和反应的中心，而人以外的物和自然环境，只能服务、从属于这一中心。文学的任务和作用，就是应该本着人道主义精神去影响一代代人、教育一代代人，使人类生活变得更美好。高尔基的观点是他社会主义现实主义的理想，未必能够概括其他的作家类型，但他提出的以人为中心的思想是值得肯定的。

人们很多年前就担心在影视的大量冲击下小说会不会消亡，但是发展多年下来发现，小说是不会消亡的。比如影视里面表现性爱场面，即使用最好的灯光、最好的道具，都不能表现人的性爱的心理活动。只有文学才能够淋漓尽致地表现人物的心理活动，这是其他媒介无法完成的。小说的人性是通过心理表现的。表现人性的难度在哪？上个月我在宁波参加改稿会，有个徐海娇的小说叫《衣服》。年轻的夫妻结婚几年以后生活有些乏味，在一个春天的晚上，两口子来了情绪，就在楼道口做爱，因为是顶楼，风大，结果来了一阵风，把他们关在门外。两个人顿时傻眼了。两个人想到车库看看有没有雨衣，结果摸摸索索到了自行车库，只找到了一件破雨衣。男人跑到自己母亲家去找备用钥匙，让女人在车库等。结果男人回来了，却看见女人的衣服已经穿好了，很是纳闷。虽说后来女人给他解释说是看门的老张看见他们两口子窘迫的样子，心想自己是离婚的男人，家里还有前妻的几件衣服，就趁女人不注意的时候扔给了她，但男人还是起了疑心。

后来男人借着出差的机会，第二天半夜一点回家来看看老婆有没有出轨的行为。再后来，两口子终于因为相互的猜疑和不信任离婚了。小说的后半部分讲的是女人不小心煤气中毒，老张救了她的命，老张很温馨，两人很暧昧。后面写的类似心灵鸡汤。作者解释说小说的主题是“枕边人不如陌生人”。小说不是写心灵鸡汤，不是散文，要写出高度来，写出人性的特点来。小说有难度的地方就是表现两口子之间的猜疑，疑惑，这就是人性的难度。这里如果写得好就是大作家。做爱的疯狂，写的人很多，写得好的也很多。但是汪曾祺老先生讲林斤澜的小说是“详处略写，略处详写”，与我们上学时学到的“详略得当”截然相反。“详处略写，略处详写”如何运用到小说中呢？有次，我专门请教了汪先生，汪先生说，如果写做爱的场面，古今中外的名人写得激情洋溢的很多，但是做爱之后的空虚和无聊却很难写。这就是“略处详写”，写大家都写不出来的。这就是人性的难度和困惑，是小说的难度。好的小说家要具备两个条件，一是观察人家看不到的地方，二是能把看到的、感受到的东西写出来。优秀的小说家一定要选择有难度的写作，这才能让自己的写作水平有提升。

提起具有人性高度的小说，就不能不提汪曾祺，他是沈从文的学生，一位被世人誉为“抒情的人道主义者，中国最后的一个纯粹的文人，中国最后一个士大夫”的文学大家，他作品的中，常常流露着悲悯的人道主义情怀，在他平淡素净、洗练简洁的文字里，世上无绝对意义上的好人，也无绝对意义上的坏人。就拿他的短篇小说《陈小手》来说吧，故事讲述的是在旧社会兵荒马乱的年月，一个医术高超的产科男医生陈小手，虽然救人无数，但是仍逃不脱时代和社会戕害的悲剧命运。最妙的是故事的结尾，陈小手帮团长难产的老婆接生，“费了九牛二虎之力，总算把孩子掏出来了”。团长呢？为了表示感激，“拿出二十块大洋，往陈小手面前一送：‘这是给你的！——别嫌少哇！’”“陈小手出了天王庙，跨上马。团长掏出枪来，从后面，一枪就把他打下来了。团长说：‘我的女人，怎么能让他摸来摸去！她身上，除了我，任何男人都不许碰！这小子，太欺负人了！他奶奶的！’”

小说写到这个地方已经非常精彩，欧亨利式的结尾，逆袭了，但汪曾祺的高明处在于他又写了 7 个字，“团长觉得怪委屈”，这句话，真是神来之笔！短短七个字，揭开了一个残暴、虚伪、恩将仇报的旧军阀丑恶嘴脸下蕴藏着的深层的文化心理——女人是男人的附属品，这种欺凌女性的男权思想在那个时代的各个阶层是根深蒂固、冥顽不化的，团长，当然也不例外。某种程度上，团长也是一个封建主义的中毒者，当然，他的暴力和残忍更加重了陈小手的悲剧性。我们说，汪老的作品之所以能够扣人心弦、隽永流长，就是基于他的这种始终秉承着的贴着人性走的写作观和价值观。

历史的高度、哲学的高度、人性的高度整合到一起，就会诞生曹雪芹、托尔斯泰、塞万提斯、雨果那样的文学高峰。

2016 年 12 月 10 日改定

# 家庭与文学

一个家庭出几个文学家，古已有之，三曹（曹操、曹丕、曹植）、李璟李煜父子都是来自文学之家。到了近现代就更多，周树人周作人周氏兄弟，萧红萧军一对准夫妻作家，叶圣陶构造的叶氏文学世家，都是家庭与文学的佳话。

当代的文学家庭不少，夫妻、父子、父女、兄弟、姐妹，都是作家和诗人的不少。尤其两代都是作家的家庭颇为引人瞩目，以至于有“文二代”的说法，还有两代人（文人）丛书的出版。我身边很多朋友的孩子都是从事文学创作和文学事业。

我女儿小时候也爱好文学，作文被报刊选用，她很欣喜，有从事文学的可能，后来被我用科学家的梦想代替了。因为我年轻时就有科学家的梦想，也信奉过科学救国。由于我在乡村中学读书，数理化老师都配不全，而文学是可以自学的，科学家的梦想就留给下一代了。久而久之，女儿对文学也淡忘了，一天她看到叶子（叶兆言女儿，小时候一起玩的）的一篇美文说：我没有叶子的才情。可能每个人都有文学神经，只是有人根系发达，加之阳光雨露，长成参天大树，有人只能长成小豆小苗。

文学当然不会遗传，也不会有祖传秘籍，要不李白的后代都是大诗人了。但文学又是可以互相影响，也可以熏陶的，耳濡目染，润物细无声，都是文学的特性。因而，一个家庭里连续出几个文人，出几个作家，一点也不奇怪。当然，同一个家庭出来的作家其文学风格却往往不一样，王安忆和母亲茹志鹃不同，严歌苓和父亲肖马的风格也迥异。

文学以个性取胜，一家子的作品色彩越丰富越好。

2020 年 11 月 2 日于润民居

# 雍容高远　挺拔峻秀

## ——管峻的书画境界

一直想为管峻写篇文章。

认识他之前，看过他的作品，就想写，但觉得了解不多。等认识他之后，发现不容易写了。管峻在中国书坛属于少壮派，青春，活力，但又有年轻人少有的沉稳和雍容。他到北京工作之后，我们有了较多的接触，他在书画艺术方面的精深让我叹为观止。为这样的大家写评论感到处处可以说，但又怕处处说不透。好作品经得起时间的磨洗，多年之后，我依然有热情和兴趣谈论管峻的书画，说明他的作品里含有某种经典的元素。

管峻的书法自成一格，卓然一家，他的楷书有着鲜明的辨识度，这种辨识度来自他深厚的功力和学养，他的楷书神似唐楷，味近明清，但根子还是扎在汉简。汉简比之后来的楷和行，常常多出几分天真和烂漫，而管峻的作品以雍容高远的笔墨，传承了这种天真和烂漫，太难得了！王国维在《人间词话》中说："词人者，不失其赤子之心者也。"诗人如此，书法家也应是保持一颗赤子之心，失去了赤子之心，就会媚俗，就会迎合商业的需求。笔墨固然可以苍劲，但艺术的内核在于以不世故的性情去对抗世故的平庸和流俗。管峻以自己的真诚和纯然，在书法作品中书写了一个艺术家的诗人之心和赤子之心。

前不久，在南京看到了他的展览，书法依然精进，但或许是到了北京的原因，作品又增添了份大气和壮阔。而给我印象最深的是他新创作的墨竹，这幅巨大的墨竹图，把我电了一下，我内心那些关于竹子的记忆似乎被激活了。松、竹、梅是中国文人笔下的爱物，岁寒三友常常被文人用来形容胸怀、气节、精神、毅力，当然也用来自喻和寄托。管峻的竹子有着一种当下画坛少有的清劲，笔墨浓浅自然相宜，疏密更是透彻，这些技术层面的活组分极为精当。难得的是他在疏密浓淡之中透露出来的向上的心，挺拔的腰。郑板桥的竹子已经是人格化的，他关注民生和怀才不遇的情怀尽在他墨竹里得到充分表现，后人是很难超越的。

管峻另辟蹊径，在他的墨竹里，我看到了风雨，看到了霜雪，当然还看到了阳光。这是一个生命力旺盛的象征物，这是一个有大心脏的运动体。或许与管峻的从军经历有关，或许与他的运动生涯有关，他的墨竹洗脱了幽怨，褪却了愤懑，充溢着的是奋进、坚强和光明。余秋雨先生称管峻的作品是“初唐”风韵，我觉得是很有道理的，“初唐”不是李白的飞扬和张狂，也不是杜甫的抑郁沉顿，更不是李商隐、李贺的诡异朦胧，“初唐”是“海内存知己，天涯若比邻”的情怀，是“落霞与孤鹜齐飞，秋水共长天一色”的胸襟。

这就是“初唐”，这就是生命风帆前行的表征。所以管峻竹子的腰杆是挺直向上的，风吹来不折，雨袭来不弯，不是傲骨，而是战士的身姿，是一颗孤独的心，青春的心。我看管峻的竹子，老是想到自己年轻的岁月，年轻的身材，年轻的面容。它们消逝了，而管峻记载下来了，或者保存下来了。它让我感动，让我欣慰。每个人都有自己的“初唐”，而“初唐”又是那么容易憔悴，那么容易变成“晚唐”，管峻留住了这样美好的情怀，留住了这样永不消逝的文人情怀。

艺术就是留住一些大自然要消灭、要剥蚀掉的物质和神情，管峻做到了。我用文章向他致敬。

# 一种空间，几度回首

## ——评苏童的《黄雀记》

1987 年 1 月，苏童在《上海文学》第 1 期发表短篇小说《飞越我的枫杨树故乡》，引起评论界的极大关注，之后苏童的创作呈现出持续高质增长的态势，在很多先锋作家或多或少处于“停产”或者“减产”的时候，苏童始终以稳定的优美的创作姿态和实践为读者奉献着赏心悦目的小说。2009 年，标志着苏童小说的高峰同时又是先锋文学的集大成的《河岸》问世，一举获得该年度的曼布克亚洲文学大奖。2013 年，苏童又推出了新的长篇小说《黄雀记》，可以说开辟了新的空间，虽然小说的空间依然放在他熟悉、读者也熟悉的香椿树街道，但已经不是那个童年视觉的香椿树街，也不是他成长轨迹的再度回叙，而是营造了一种新的空间。

在《飞越我的枫杨树故乡》里，苏童写了一个美丽而弱智的疯女人穗子的一些故事。“枫杨树一带有不少男人在春天里把穗子挟入罂粟花丛，在野地里半夜媾欢，男人们拍拍穗子丰实的乳房后一溜烟跑回了家，留下穗子独自沉睡于罂粟花的波浪中。清晨下地的人们往往能撞见穗子赤身裸体的睡态。她面朝旭日，双唇微启，身心深处沁入无数晶莹清凉的露珠，远看晨卧罂粟地的穗子，仿佛是一艘无舵之舟在左岸的猩红花浪里漂泊。”疯子穗子用现代文明人的说法，叫精神病患者，而这种美丽而弱智的形象，在苏童的小说里始终挥之不去，中篇小说《罂粟之家》里的男主人公沉草也是一个弱智的青年，他是放大了的穗子。在其他的中长篇小说中，苏童在写这样一些类似的人物时总有神来之笔。

在《黄雀记》里，苏童写了不只是一个精神病患者，而是一群精神病患者，小说描写了一个地方叫“井亭医院”，这是一家精神病院。这所医院如同小说中的心脏，而以往苏童小说中的地标“香椿树街”在小说中只是血管，源源不断地向“井亭医院”输送着“血液”。苏童写道：“井亭医院在郊区，远离城市的繁华，离几个主要的公墓倒是很近。从香椿树街去那里，要穿过大半个城市和乡村的田野，理论上有公交车停靠井亭医院这一站，但需要经过五次换乘，极不方便。”

这所“井亭医院”，收容着各色精神病人：有因找不着祖宗的遗骨而“失魂”的祖父，有带着侍卫住进来的革命前辈，有因暴富而心理失常的商界土豪，有因爱发狂的花痴。小说中的主要人物，也都和精神病人有着各种联系，保润的祖父是找不到祖宗的老人，柳生的姐姐是花痴，无父无母的仙女从小寄养在院内老园丁的家中。因“井亭医院”，小说中的三个人物和各式各样的精神危机紧密相连。虽然“井亭医院”如此远离都市和田野，但这里是一个“欲望病”患者的集中地。与“井亭医院”对应的是，中国经历了若干次社会转型，人们的生存方式、价值观、道德观发生了巨大的变化，伦理道德体系、信仰处在一种岌岌可危的边缘地带。“井亭医院”内的一座水塔，即是小说核心故事之一的“强奸罪案”的发生地，却也是日后富人设立佛坛之地，而且是专用佛坛，不准群众烧香。在精神失控人群聚集的地方，苏童笔下擅于捆绑病人的“执绳者”保润，却是那宗“强奸罪案”的无辜顶罪者。“井亭医院”是《黄雀记》中的心脏，也是苏童苦心磨亮的一面“魔镜”，站在镜子前的人，是《白雪公主》中怨毒的“皇后”。

茨维塔耶娃说：“维纳斯是一件艺术品，我谙熟手艺。”读苏童的小说，我们能明确地知道我们是在鉴赏艺术品，是在做审美工作。苏童是怀着制造艺术品态度的审慎型作家。苏童、余华、马原等一代先锋作家都曾这样认领自己的创作使命，他们都曾是博尔赫斯等人的继承者。随着“先锋”作为一种文体自身革命（而非创作精神）的终结，他们在“谙熟手艺”后，作品面貌发生了“先锋作家的现实主义转向”。苏童作品的面貌因持续坚持先锋美学立场，较少改变他自己的创作面貌，在一代作家中显得比较稳定，这是因为苏童的写作从一开始进入先锋写作时，就注意到了现实观照，他一开始就注意吸引普通读者参与阅读。他不像余华很早就写过《活着》这样的现实主义作品，也不像马原近期的写作面貌如洗心革面一般。苏童的小说结构考究，细节精致，无穷的意蕴产生于语言的交织，人物生命与现实和历史的摩擦让人浮想联翩，在人物的伦理关系和家族谱系中暗藏了民族变迁的精神图谱。苏童严守着自己一以贯之的意象化写作，因而他的写作非纯粹的现实主义，又绝对不是魔幻主义，更不是魔幻现实主义。他的创作在现实主义与魔幻主义之间开拓了一块空间。

苏童自称：“我无意再现人们眼中的现实，写实的外套下或许有一件‘表现主义’的毛衣，夸张，变形，隐喻，这些手法并不新鲜，只要符合我的叙述利益，我都用了。”此言不虚，苏童写作兼收并蓄。他杂取各种手法，创造出来了“井亭医院”。他写作中的那件“毛衣”或许已经为人们注意到了，在“井亭医院”中发生的许多荒诞的事情，有悖于现实的精神病医院。譬如，病人郑老板可以在医院里召妓等。艺术在表现主义者那里，呈现的不是现实，而是精神；不是再现，而是表现。这种手法在某个点上，为作品赢得片面深刻——因没有人能实现所谓的“全面深刻”，所以在相对论中选取“片面深刻”，形成作品中锋利的芒刺。苏童的小说之前时常给人以精致、圆润有余的印象，《黄雀记》行文依旧是这样，但其中包含着许多这样泥沙俱下的片面深刻。

在现实与魔幻之间，本来也应该和有一块空地，起着衔接的作用。这样的地方本来在现实生活中就有，苏童只不过是在小说中呈现了这样的空间——这和现实主义有关，但和魔幻主义没有丝毫的关系。现实与魔幻之间的空间，来自心灵的活力和张力，也来自社会人心的失衡。小说中的保润，少年时期类似“通灵者”，他是贾宝玉一样的天使。少年保润能够感受到现实与魔幻之间的那块空地，之后进入青春期，“天使有了欲望”，他成了一个秩序的维护者。他进入“井亭医院”用绳子捆缚那些精神失常的人，原本那块现实与魔幻之间的空地消失了，但“井亭医院”又是一块新的现实与魔幻之间的空地，而这个地方的魔幻远非少年纯净的魔幻世界所能及，也非他的绳索可以捆缚。如果说少年的魔幻世界是天授，那“井亭医院”的魔幻乃是社会和人心的失衡。在一个又一个诡异的空间转换，最终，保润变成了一个在报复和原谅这个世界之间犹疑不定的人，“执绳者”没有制服任何人，自己反而因绳索间接获罪。小说中所有的人物身后，都站着一个时代，都拥有着深厚的社会文化背景，这块空地将带给读者无限遐想。

去往“井亭医院”的道路是曲折的，“需要经过五次换乘”，但一如保润第一次去“井亭医院”，苏童在小说中写道：“两个家庭为了不同的目标，爬上了同一辆东风牌卡车。”所有人都有可能，为了不同的目标，爬上同一辆卡车。在小说的结构上，苏童则是为了共同的目标，爬上了不同的卡车，用不同的人物视角来叙述故事。全书分为三章，“保润的春天”“柳生的秋天”“白小姐的夏天”，这三个人物的视角其实也是当年香椿树街人物的再度叙述，三个少年的成长，是时代的巨大变迁。变换叙述视角曾经是先锋小说的标志性手段之一，但能够坚持到现在并能够赋予新意的，好像只有苏童，他在不停地尝试和实践，在《黄雀记》里面，这些不同的卡车所承载的内涵，让小说更为丰富，做到了恩格斯所说的巨大的历史内容和深刻的人性内涵的高度融合。

苏童写作长篇小说已有 20 多年的历史，从《米》开始到现在的《黄雀记》，可谓一丝不苟，艰难探索，部部都有新的面貌，都有新的起色，而这部看似平淡和内敛的新作品，有点“庾信文章老更成”的味道，才华不像以往那么热情洋溢了，但同时火气也不见了，在平淡中显出了对生活更为真切的了解。在叙述上，作家擅长的独白几乎不见了，而是转入人物的视角里，因而更加贴近人物了，小说显得更完整、更成熟了。一个收敛锋芒的剑手，宝剑的表面不见得光彩照人，但更锋利了，更有力量了。

（原载《湖南文学》2015 年）

# 尘界 魔界 天界

## ——评刘震云的长篇小说《一日三秋》

如果要选出2021年的最佳长篇小说，我会毫不犹豫地投给《一日三秋》一票，如果要选出这十年间的优秀长篇小说，我也会毫不犹豫地选择《一日三秋》。刘震云的长篇小说《一日三秋》对他个人来说，是一个总结，也是新的开始，对新世纪文学来说也是一个总结，同时也是开始。

我在为《一日三秋》写的推荐语中这样说道："《一日三秋》融魔幻与写实于一体，是超现实主义和后现代成功嫁接的文本。小说植根于当下生活的土壤，植根于民间文化传说的支点，传递了中国神怪传奇的韵味，是十足的中国味道。同时，这部小说也是刘震云多年小说创作的结晶，能读到《塔铺》《新兵连》生活的原生态，也能读到《故乡天下黄花》《温故一九四二》的苍凉和历史的痛感，还能读到《一句顶一万句》的语言峭拔。这样的作品也是中国文学和世界文学长期对话的结晶体，是期待已久梦想成真的杰作。"

刘震云作为“新写实”的代表作家之一，他最早的小说《新兵连》《塔铺》《单位》《一地鸡毛》等作品遵循现实主义原生态的原则，充满了烟火气，那些鸡毛蒜皮的生活琐事在刘震云的笔下都获得生活自身的毛茸茸的状态，而那些为生活所困、为生存所累的人物也栩栩如生，充满人间的烦恼和尘界的苦乐。《故乡天下黄花》和《温故一九四二》作为“新写实”的2.0版，他又深入历史的深处和时间的幽暗处去发现生存的大困惑和历史的大诡异。这样的贴着生活脉络和历史纹路的作品，让刘震云对尘界现世的观察和描写达到了写实的极高境界。

尘界，是作家最为熟悉的世界，也是文学描写最器重的生活现象，这类作品往往被称为现实主义，但刘震云写的尘界和过往的现实主义不一样，他笔下的世俗世界是经过了哲学思考和美学过滤的另一种空间。六祖慧能在《坛经》里的偈语这样说，“菩提本无树，明镜亦非台，本来无一物，何处惹尘埃”，其实不是我们惹尘埃，而是尘埃惹我们，我们每天起床，每晚休息，都与尘埃相伴，“尘埃落定”，是一种境界，也是人们渴望的境界。即使我们涅槃了，我们还是要化作一缕青烟，这青烟也是尘埃。尘界，就是现实，就是日常生活。就是我们肉身栖身的所在。

在《一日三秋》里，尘界的标志清晰存在，尘界的烟火气和日常生活的世俗气非常浓烈，延津作为一个地域的存在是那么的实在，它不仅是地理意义上的，也是现实生活的真实写照。陈长杰、陈明亮父子的人生阅历是现实世界的真实写照，延津的人们在为生存忙碌，生生不息。在这方面具体的描写上，刘震云依然保持了他在《单位》等新写实小说创作中的精细和准确，有些章节颇有照相现实主义的超级真实。刘震云当然不愿意仅是展示新写实的功力还在，他在尘界之外，又创造了一个魔界世界，这就是延津人为了生存、为了欲望、为了贪念卷入的内卷纷争的名利场。小说的开头说六叔生前喜欢作画，画了生活中延津的芸芸众生，也画了牲畜动物，还画了阎罗鬼怪，这些画作在六叔去世之后也消失了。作家“我”就从画作开始打捞延津近四十年的历史浮云和人物命运，由尘界转为魔界的深度描写。

《一日三秋》里写到了魔界对人性的伤害和损耗。陈长杰父子时而在尘界，时而在魔界，陈长杰本是豫剧团的主角，他演的法海惟妙惟肖，但豫剧团不景气，他的婚姻也发生了变故，后来到武汉去铁路火车上当司炉，一生坎坷波折。陈长杰的故事，是第一代延津人与命运抗争的记录，也是改革开放前一代人的思想心灵的图像的呈现。陈长杰的儿子陈明亮，是第二代延津人的代表，也是改革开放二代的一种类型。陈明亮上初中时外号叫“牛顿”，但少年的科学家梦想很快被现实击碎。陈明亮去西安开饭馆炖猪蹄营生，生意还不错。但经商过程中遭遇了各种艰难和屈辱，连自己的妻子也被污名化。小说写到欺负陈明亮的那位恶霸，是魔界的魔鬼，他中风之后，陈明亮还去看望他，是一种悲悯，也是一种宽容。

小说里的天界意识主要通过樱桃的亡灵和天师老董的双重叙述来体现，这种奇妙的叙述让人想起了《聊斋志异》的鬼狐叙事。刘震云近来曾表示，要向中国的志怪小说致敬，现在《一日三秋》里的灵感或许来自于《聊斋志异》里的女狐话语。樱桃作为一个豫剧演员，和陈长杰、李延生之间的情爱关系，在荒唐的年代里导致了她英年早逝，她的魂魄游离于天界与尘界之间，为小说多了一种叙述视角，也提供了一种价值参照，“无”与“有”的世界这样难以分割。“天界”看似虚无，其实又是那么和现实紧密相连。小说里写的灵魂漂浮、居无定所，某种意义上是一种象征：社会变革、人心浮动、家园丧失。

小说取名《一日三秋》也是一种混沌的哲学思维，这种化长为短、化短为长的时间意识，正是对空间位移的哲学性的表达。时间在樱桃、天师那里似乎是凝固的，而在陈长杰、李延生那里又是稍纵即逝的。爱情、婚姻、欲望、金钱、道德、仇恨、友谊、戏曲、灵魂这些精神化的抽象的概念，似乎都在炖蹄髈的香气中酱在一起了。

这部小说还是近四十年来中国文学和世界文学对话的一个见证。我们在小说里能够感到刘震云用他的人物和情节在与世界文学进行对话。在小说里的《花二娘》这一章中，我们仿佛看到刘震云在与加西亚·马尔克斯的《百年孤独》对话，南美的魔幻和延津的神话鬼话有着一种遥遥呼应的遥感，而从《六叔的画》中又能够看出作家在与福克纳的《喧哗与骚动》对话，故乡人物的音容笑貌在邮票大小的地图上时隐时现，而小说里的那些笑话，又感觉出中国乡村的黑色幽默在后现代语境里令人哭笑不得地涌出。同时，《一日三秋》里还能看出刘震云与同代作家对话的身影，延津故里的豫剧和莫言小说里高密的猫腔相呼应，而陈明亮的命运旋律和余华的《许三观卖血记》里的人物基调都在低音部奏响。

这部长篇在结构上非常奇特，打破了长篇小说惯有的叙述模式，整个叙事可分为阴面和阳面两个部分，前半部分带着魂灵的叙事的部分，带有回叙的特征，而陈明亮的营生、创业、打拼的过程属于正面叙述的阳面，阴阳交叉叙述，像太极图一样相生相抱。

小说开头、结尾的方式让人想起了《红楼梦》。他在开篇《前言》里说自己的创作来源于六叔，与《红楼梦》的第一回说《石头记》来源于大青山一样，“六叔有些画作属于后现代，人和环境变形、夸张，穿越生死，神神鬼鬼，有些画作又非常写实，画的是日常生活的常态，是日常生活中人的常态，是日常生活日复一日的延续；二者之间，风格并不统一”。这种元小说的方式，是后现代主义出现之后才被小说理论家注意到并命名的，因为一般的小说是要让作家退出小说之外，而刘震云这种“此地无银”的障眼法，既传统，又先锋。小说结尾处写道：

这是本笑书，也是本哭书，归根结底，是本血书。多少人用命堆出的笑话，还不是血书吗？……

很有脂砚斋的味道，脂评第一回说曹雪芹“哭成此书（《红楼梦》)”，刘震云说“是本血书”。血泪之书，文学大典。

2021年元月7日凌晨

# 记忆中生命与生命的对话

## ——电影《狼图腾》观感

由姜戎的同名长篇小说改编的电影《狼图腾》是近年来银幕上少见的关于人与自然、人与动物、人与文化的反思之作。小说《狼图腾》的成功来自多方面，有文化的积淀，有历史的传承，有生命的博爱，还有时代的精神认同，等等，而电影的篇幅不可能将小说的内容全部涵括进去，电影侧重表现的是反思的力量。

电影的反思首先体现在叙述的视角，叙述者是当年插队的知情陈阵，由他来讲述当年在内蒙古插队的一段传奇，一段与狼有着不解之缘的生命交响曲。作为新时期文学重要思潮的“知青文学”，一个显著的特征就是反思当时的政治文化，反思当时的政治环境，电影《狼图腾》再现了这种反思，写出了“文革”期间的种种荒诞不经，也反映了普通百姓的善良和真诚，尤其展现了牧民们的淳朴、厚道和友善。在表达牧民们的古道心肠的同时，着重对地域文化尤其是对流传已久的狼图腾文化进行了形象生动的展示和呈现。笼罩在草原上空的腾格里是一种文化的传袭，也是牧民精神的化身。腾格里作为一种宗教文化，在电影里是对上苍、天空、大地、河流等大自然的膜拜和尊崇。这种尊崇生发出来到对草原的生物无边的热爱和包容，草原狼在这样的语境下便是和草原共生、和人共生的一种图腾符号。

电影采用的是一种外来者叙事的模式，这也是小说原有的格局所决定的。一般的知青文学，往往把知青当作一个被流放的对象，在流放地受苦受难，而电影《狼图腾》里的知青陈阵和杨克不单是一个被流放的形象，还是一个入侵者的形象。当然，陈阵和杨克的背后是当时的政治和主流意识形态，他们来到草原，来到蒙古包世界，打破了原有的平静，也打破了原有的平衡，他们的貌似文明和牧民的貌似愚昧之间建立了一种新的文化交际，这种交际带来的爱恨情仇最后体现在对狼的认识上。牧民文化对狼的认识是共存，而所谓的现代文明则是对狼的斩尽杀绝。这样的文化差异，逼出了狼的生动形象。对于群狼来说，人类也是入侵者，游牧的蒙古族本是候鸟一样的生存方式，但电影里那些农民的到来，对草原进行农业化的改造，不仅侵犯了狼的领地，也改变了牧民的生存结构。

电影里最为感人的是陈阵和小狼崽的故事，这是生命与生命的对话，也人与大自然的对话。无辜的小狼被一群群地厮杀，生命被抛向天空，是一种祭奠，也是一种屠戮。陈阵出于内心里对生命和大自然的热爱，收留了小狼，甚至自己勒紧腰带省下钱来喂狼，这种举动在当时显然是怪异的，我们可以说陈阵的童心犹未泯灭，但童心正是生命最可贵的。在人与狼仇杀的环境里，许多天理和天伦被践踏，而生命与生命本是可以对话的，人与动物、人与自然也是可以对话的。除了对抗、战争、杀戮、仇恨外，人类与世界是可以对话的。

在电影中那些生动而可爱的群狼形象，是银幕上最为独特的艺术形象，他们是一群游走者，又是一群旁观者，同时还是一群思考者。他们冷眼观察草原上发生的怪异事件，充满了不解，他们面对自己家族被杀戮充满了仇恨，他们报复人类，他们让人类付出了生命的代价，同时对人类自杀式的毁坏天地规律又充满了悲悯。贯穿电影始终的狼嚎，是哀怜，也是警示，是愤怒，也是挽歌。在陈阵回城之后的几十年内，大规模的城市化建设和高速的工业化进程，不仅使草原沙漠化，耕地也被侵蚀，空气被污染，水土流失，河流被污染，萦绕在城市上空那些挥之不去的雾霾，仿佛使电影里的狼嚎成为一种咒语，腾格里再次显灵，侮辱大自然的受到大自然的无情污辱和抛弃。

# 农耕文明的颂歌和挽歌

## ——评肖亮的中篇小说《独角牛》

最初读到肖亮的中篇小说《独角牛》，有些让我陷入沉思，这是写的乡土小说吗？这难道不是乡土小说吗？乡土小说到《独角牛》是不是可以终结了？

之所以提出这么多问题来，是因为我一直关注乡土小说，我清楚记得我在《小说选刊》工作的时候，编辑送审的稿件大多数是乡土题材的，大多数质量都不错，但久而久之，你会觉得这些乡土小说新意不多，虽然情感真挚，人物生动，语言也有地方特点，但总给人一种似曾相识的感觉。《独角牛》之所以引起我的注意，是因为我发现作家除了写出了乡土作家惯有的土地情结、氏族情结和粮食情结外，还深化到对农耕文明的表现以及农耕文明在现代社会的困惑以及消失的主题上。从这个意义上来说，《独角牛》将成为乡土小说的一个阶段性的成果，它意味着乡土小说在某种意义上的终结，这个终结与农耕文明的衰退乃至消失有关系。

在《独角牛》里，作家写了农耕文明的诸多方面。首先是独角牛这个特别的动物形象，马是游牧文化的动物符号，耕牛显然是农耕文明的一种符号，《独角牛》里那个被伤去了一只角的独角牛尤其像历史悠久而步入黄昏之时的农耕时代的文化，残缺，坚守，又无可奈何地面对新的文明时代的到来。

小说里还写了大量的农事，耕牛作为小说的主人公自不用说，而与之相关的则是农田的耕作，小说里小老就是一个农耕的高手，这个朴实而勤快的农民，用自己的双手开拓了一片耕地，“十亩大丘”，成为村里人人眼红的“肥地”。与农事相关的是农具，因为牛的缘故，写到木犁，写到了南方的木犁材料不同于北方，小说里写到那些农具时笔端充满了深情，作家为那些已经消失的农具奏响了一曲深情的挽歌。同样写农活，作家在赞美劳动之美的时候，也是哀婉凄叹这些劳动的消失。小说里写到了粮食和饥饿，这在乡土小说里是经常出现的元素，但作家通过南方北方不同视角交替来写粮食的珍贵和饥饿的难忍，尤其关于青黄不接时人们对麦收季节的盼望。小说里写了农耕时代常见的水灾的场景，还有乡村的殡葬风俗，都真切而生动。

桑格拉子的农耕文明的消亡和衰退，不像一般文学作品里，把它归结为工业文明的推土机的冲击，就形式上而言，桑格拉子没有毁于工业化的进程，也没有葬身于城市化的进程，“我”在小说中还写到多年之后前来造访这个故土，它的格局依然在。桑格拉子的农耕文明的毁坏，在于现代性的进入，这也是农耕文明慢慢消失的根本原因。

小说通过塑造独角牛、笑笑、小老和母队长四个形象来展现这种消失的过程和必然。笑笑是农耕文明的少年时代，她的天真、无暇和纯洁，都凝聚着农耕文明时代人的美好情愫，她对爱情的懵懂向往，对美丽的追求，在头上扎起的那根红绒线，让人想起了《白毛女》中的喜儿，杨白劳在除夕之夜为女儿买的那根红头绳。笑笑的死，在于仁，在于无私，她被滔滔的洪水吞噬。而小老意味着农耕文明的壮年，小老年轻时能干忙碌，堪称农耕文明称颂的典范。独角牛是小说最核心的形象中轴，它一方面连接了所有人物的命运，成为小说的发动机，笑笑放牛的故事，村民吃牛肉的故事，都是独角牛在情节中的推动的作用。另一方面独角牛自身的形象也是独特的，写人与动物的故事很多，但像独角牛这样独特的形象不多。独角牛在小说里已经化身为农耕文明的晚年形象，它自身的隐忍、勤劳、无私而残缺不齐，在凄风苦雨的暮年苦苦支撑，直到死去。它不是自然死亡，而是死于母队长的锤子，因为独角牛不能耕田了。

农耕文明的肉身在现代性的锤子敲打之下，毫无抵抗，死得不甘。独角牛死后，它的肉、皮、牛角、牛蹄等又被人们当作商品去出售。这让我想起了这些年来那些对非遗文化的过度开发，已经濒临死亡或者已经成为博物馆艺术的那些非遗被人们用来作为文旅产品，有些像暮年独角牛的命运。

《独角牛》塑造了一个叫母队长的女性，她是农耕文明的掘墓人。她原来是小老的妻子，后来因为小老的成分是富农，她思想进步，要求上进，就和小老离婚了。她身上最早披挂的是一个闹钟，后来背着收音机，再后来是背着大喇叭，这些都是现代文明出现之后的产物。母队长的形象是反农耕文明的，她追求的进步，是一种现代性，现代性是一个非常复杂的概念，不能简单地认为只有一种现代性，现代性100多年来产生了很多。而这种现代性是对农耕文明的叛逆。现代性对中国社会的进步无疑是影响巨大的，但是现代性对农耕文明的摧毁也是无情而致命的。母队长作为一个与农耕文明决裂的“新的女性”，她摆脱家庭的羁绊，摆脱了传统文明的制约，投身到现代性的时代大潮中。妇女解放的很多元素，在她身上都有充分的体现，参与社会活动，参与政治管理，追求男女平等，甚至会骑在男人的头上，是有某种反封建的精神的。但她的行径对村民的伤害，对农耕文明的亵渎却是令人震惊的。小说里反复写她对独角牛的虐待和暴行，正是对农耕文明的无情摧毁。在农耕文明里，对耕牛施暴是不仁不义的，因为耕牛是善的，是为农耕牺牲的，虐待耕牛是恶，其实是对传统文化的亵渎。母队长的恶，不是个人品质问题，而是现代性的缺陷和人性的缺陷结合在一起，就会产生既反人性，也反文明的恶果。马克思多年之前，就曾谈论过人的异化问题，现代性的讨论中异化也是一个绕不开的话题。

《独角牛》在小说艺术上也独辟蹊径，小说是用的第一人称来叙述的，但小说里的“我”又经常超越“我”身处的时空限制，以一种全方位的视角来观察笔下的人物和事情，可以说是一种“套层叙述”。“我”的童年视角与成年视角交织一起，过去视角和现在视角交织在一起，南方视角和北方视角交织在一起，时空自由转换，“我”时而是村里的小孩童，时而是俯瞰天下的大视角，文化、历史、哲学、诗意交错在一起，吟唱了一曲哀婉农耕文明的挽歌。

回到文章的开头，《独角牛》取材于我们常见的乡土题材，但已经超越了乡土的母题，而进入农耕文明的反思和追思之中，留恋农耕文明的颂歌又是哀悼农耕文明的挽歌，死去的独角牛、笑笑、小老和母队长，都是农耕文明消失的殉葬品。小说在某种意义上就是人类文明的殉葬品，《独角牛》也是桑格拉子的殉葬品，也是墓志铭。

2022年6月10日于观山居

# 第二辑　序亦如歌

# 觅食与觅诗

## ——谢冕《觅食记》代跋

谢冕先生把他的美食散文集取名为《觅食记》，我一看题目，果然文如其人。一般人写美食都是品啊，鉴啊，或者舌尖啊，味蕾啊，谢冕先生用“觅食”，足见其谢氏的风格。

“觅”，或许是谢冕先生这一辈子的关键词。年轻时为了寻找光明，参加了革命；新中国成立后，为了寻找知识，又来到了北大。在北大的这些年间，谢老师始终是一个寻觅者，寻找诗意，寻找温暖，寻找真理，当然也寻找美食。这部散文集就是他寻觅美食的一个记录。

谢先生以诗评名闻天下，诗评者，其实是觅诗也。谢冕先生年轻时曾经渴望当一名诗人，之后他通过诗评的方式来寻找诗意，来展现诗意，来读解诗意。上个世纪80年代，朦胧诗刚刚出炉，一时不被人理解，甚至被质疑，谢冕先生以他的敏锐和直觉发现潜藏其中的中国新的美学的崛起，引发了中国诗歌的变革以及之后文学的改革与开放。数十年间，谢冕先生觅诗不息，弘美始终。

觅诗高雅，觅食也是高雅之举。宋代文人苏东坡就是著名的吃货，以他命名的东坡肉至今广受吃货的推崇，清代大文人袁枚的《随园食单》至今还是厨师们膜拜的“圣经”，而当代作家、谢冕的好友汪曾祺则是通过写吃打通了文学与生活、文学与人生、尘界与天界的关联。觅诗一辈子的谢教授，现在看来也是觅食一辈子的美食家。这书里记录了他走南闯北、游东览西、吃香喝辣的故事和经历，吃的知识丰富，吃的品种多样，当然也有很多人生的哲学的感悟，比如《味鉴》说的是咸甜苦油，其实都是人生的写照，世道的感悟。

我与谢冕先生属于“味同嗜者”，几次相聚相饮，他夸赞甚至有点炫耀的便是高邮菜，而且是高邮一家藏在小巷深处的“随缘”小店，非资深吃货不知。这让我很吃惊，也很欣喜。我爱高邮菜，属于乡土情结，属于娘胎里就带来的口味。谢冕先生出生于福州，近六十年来一直在北京生活，与高邮几乎没有交集。只能说明他的味蕾之鲜活、品味之不同凡响。他对高邮菜的热爱已经到了如痴如醉的程度，最经典的故事就是他让老同学孙绍振改签航班，带孙绍振去高邮“随缘”吃大厨张建农的手艺。

这让我特别感动，爱菜如此，近乎痴也，童心毕现。张建农是我的朋友，他的师傅老孙我也熟悉。原来高邮菜和扬州菜相差无几，被淹没其中，孙师傅多年实践创新，在 1986 年奠定了高邮菜在淮扬菜中的地位，他的好多菜现在扬州厨师也悄悄搬用。张建农传承的就是当年孙师傅的真传。他烧的红烧鳗鱼确实是一绝，甚至比他的师傅还要地道，也是谢教授最钟情的一道菜。

谢冕先生不仅对高邮菜、淮扬菜热爱，他对他周围的各种菜肴都充满了兴趣，他关于饺子吃法的描述、对馅饼的狂热喜爱，很难想象这是出自于一个福建人的口味。我最近在福建游历了一段时间，也品尝了各种美食，但福建人好像对饺子、馅饼的烹制兴趣不大，而谢冕如此爱戴，这只能说明这是一个胸怀广阔、口味多元的人。他在《春饼记鲜》里提出的美食的繁简之分，是一个美食家的精妙之见，也是诗学之见。诗也有繁复之美，也有简洁之美，谢老师显然把对诗的寻觅投射到饮食的赏析上了。

王国维说，诗人之所以为诗人，在于有一颗赤子之心。嗓门高不代表感情真挚，词语多不代表诗意浓郁，诗人的本质在于有一颗童心。谢老师至今保持着这样的赤子之心，他在美食面前的那种无暇和无忌，童真暴露无遗，一点没有九旬老翁的迟缓与矜持，所以他反对人家尊称他“谢老”，他说“谢老师”就很好了。

年轻时候因为写诗，读过谢老师的诗歌评论，觉得诗歌评论也能如此激情、深邃，也写起诗歌评论，没想到处女作就被《文学评论》刊发，评论家的生涯就此开启。如今又重新写诗，寻觅诗意的初心没有改变。有谢老师这样的榜样在前，我等晚辈也不敢“老”得太快，也要努力爱护好“赤子”那颗大心脏。

因为这个缘故，我和谢冕先生商定，每年十一月中旬请他吃一次地道的正宗的淮扬菜，不仅是为美食而狂欢，也是为诗意，为童心。

2021 年 11 月 18 日于润民居

# 火气褪尽方境界

## ——序曹乃谦的长篇小说《流水四章》

前不久和施战军、刘醒龙等去香港参加文学交流，有一个展览叫《百年香港蜕变》，展览题字远远看去，施战军说，像是王干写的。我说我写不了，写的人至少比我大三十岁，因为没有火气了。香港同行的说，这是饶宗颐先生写的。之前没有见过饶宗颐先生的书法，但久闻其在国学方面深厚的造诣，高山仰止，心向往之。今日目睹其字，沧桑而遒劲，功力深厚，只有岁月和学问同时熔铸方能兼得。

火气一词，属于中国民间术语，很难具体定义。用在艺术方面，大致与年轻、热情、奔放、繁缛、急切、飘逸有关。中国文人讲究琴棋书画皆通，而琴棋书画的高境界，是褪去火气，是见山还是山的境界。围棋的最高境界是流水不争先，古琴的境界是枯音，枯音者是褪尽火气，历经沧桑也。

在文学界，大家都公认汪曾祺先生的文字最没有火气，他的作品行云流水，行于所当行，常止于不可不止。一代宗师逝去之后，时时让人怀念。曹乃谦与汪曾祺结下不解之缘，第一次听说曹乃谦的名字就是在汪曾祺先生的家里，汪先生刚从山西回来，很兴奋地说，发现了一个叫曹乃谦的作者。老头儿很少这么兴奋，我记住了曹乃谦的名字。之后又在《北京文学》上读到了曹乃谦的小说《到黑夜想你没办法》，还有汪先生的推介文章。说实在的，我当时并没有觉得曹的作品特别打动我，只是觉得特别朴素，特别简洁。多年之后，传出了马悦然先生对曹乃谦的作品厚爱的新闻，也印证了汪曾祺先生眼光的独到。马悦然先生是因热爱汪曾祺而“传染”到曹乃谦，还是曹的作品本身打动了这位对中国当代文学情有独钟的汉学家？待解。

后来我和曹乃谦有了一些交道。2008 年的时候我们一起去河南的云台山参加《检察日报》的笔会，发现曹乃谦的爱好向着汪曾祺先生的方向发展，他随身带着一棋一箫。棋是围棋，箫是“玉人何处教吹箫”的箫。途中，我们还对弈了好几盘，他的棋好搏杀，颇有古风，但对当下围棋的了解不多。也听他吹过几首古曲，不是特别熟稔。他还向我们展示了他的书法作品，也给笔会的举办方写过好几幅字。当然，笔会上写得最多的是莫言，他一个晚上兴致来了，要写十几张，求字的不一定知道莫言很快就得了诺贝尔文学奖，但都知道他和曹乃谦被汉学家马悦然看好。之后，在瑞典驻华使馆，我和马悦然短暂交流过对曹乃谦的看法，马说，他要去山西大同看他。

在笔会期间，他有时候一个人默默地吹箫。看得出来，曹乃谦有志于琴棋书画，当然，和汪曾祺不同的是，他是中年后才学习的。我说，你这种品格的人应该弹古琴啊，他说，没有老师啊。

是的，古琴没有老师是很难自学好的，古琴常常需要现场演练，甚至需要手把手地传授。我说我认识古琴大师成公亮，等听说他远在南京生活时，他不免有些失望。

现在我们读到的长篇小说《流水四章》，如曹乃谦所言，篇篇都在写“我”，却又篇篇都写“母亲”。三十六题“母亲”，是作者沉淀一生的关于母亲的记忆。一位不识字的农妇的一生，本应是庞杂博大的一部书，但在曹乃谦笔下化为形式感十足的三十六则小品。篇篇都可独立阅读，却又相互勾连，最终显影出 20 世纪生活于中国北方农村的一个典型的母亲形象和其艰难波折的人生际遇。曹乃谦如此结构本书，固然有如他所言的身体病痛，以及因为对母亲的深沉爱恋而长时间无法落笔等现实原因，但或许，这里也有文学层面的因素。文学是关乎记忆的艺术，宽泛来讲，可以说文学就是对记忆或虚或实的呈现。作者感受到要抒写母亲的强烈的创作冲动，却时常行文凝滞或无从落笔。这其实也是许多作家创作中常见的情形——越熟悉的人和事，越不知从何写起；感情越汹涌，也越无法将情绪凝注笔端。何况，在很多时候，情感温度过高，对写作只会带来伤害。曹乃谦这部书的写作过程，从其母亲去世算起，延宕了十余年。这十余年，于当下的文学创作来说，是一段相当漫长的距离。在看完整部书稿之后，我依稀感到，也正是这段为期十年的时间距离的存在，成就了这部书。在悠悠岁月中，是记忆，自动帮助作者完成了打磨、淘洗、酝酿和沉淀的工作。它披沙拣金，将文学性最为深厚的那部分人生，自行呈现。如此，也就不难理解本书“三十六题”短文式的结构，它或可比为一种“珍珠项链”式的结构，每一颗珍珠，都是一段时期内的记忆痛点。同时，也是记忆，在为对写作有害的那些情感热浪降温去火。曹乃谦的叙述，才如其一贯的小说语言那般，归于冷静平淡。

在书中，作者写到常爱爱和郑老师的死亡。常爱爱是“我”的初小同学，是一名好学生，对同为好学生的“我”还有一种单纯的“好感”，但这种“好感”还未及发展为男女之爱，常爱爱便因“我”的一句话而误吃了有毒的东西，很快身亡。“我”喜欢也喜欢“我”的郑老师，是难产而死。这种年少时对“死亡”的体验，在作者从容风趣的叙述中，给读者留下足够的震撼与思考空间，让人唏嘘。在这些印象深刻的人物之外，《流水四章》三十六题的主角，仍然是母亲。母亲是一位目不识丁、爽直泼辣又深明大义的农村女性。这种性格特点，是在母亲与“我”的日常生活细节中体现出来的，并不乏诸多有趣生动的细节，比如母亲一生气就让“我”写作业，“我”经常要写两遍作业；母亲偷偷帮“我”完成学校积肥的任务，因为认为学校不让学生学习，等等。

一生就像流水，读过此书，了悟于那些平凡的生命，其实都在时间长河里留下属于自己的命运浪花。流水是时间的隐喻——文学，或许是其间那些让我们怦然心动的朵朵落花。他的朴素的背后隐藏着一种痛和爱，这种痛和爱需要时间的磨洗和沉淀才会慢慢品尝出来。

一个时代成了曹乃谦作品中隐藏着的主角，对时代，曹乃谦在作品内不予置评，这也是他始终坚持美学判断、情感判断，反对政治判断、道德判断等非文学判断的文学姿态——这是一个坚持做自己的人。更值得注意的是：贫穷、落后、苦难……所有风剑霜刀，未曾改变他作品中的人的可爱。当然，借这篇作品，我也看见了一个可爱的、成长中的曹乃谦：迷糊、聪慧、细腻、善良、顽皮，充满活力。现当代的作品内，让人觉得可爱的人物少，举着批判旗子的作家笔下没有多少可爱的人，闰土的可爱昙花一现，随即转为麻木。人们失掉了可爱，贾宝玉可爱却不适宜凡俗生活，家族破败后他是何其恓惶。可爱的人有一种清洁的品质，有着灵魂的活力，持守着本真本性。可爱的人越多说明社会越健康，极寒背景下可爱的人儿，则如同冰山上开出的雪莲花。

在作品中有两个曹乃谦，一个以少年懵懂清澈的目光打量世界，一个则隐忍悲伤，以深致的关怀、客观的判断为人物塑形。"脸让脏手抹得一道一道的黑"，这不仅是"流泪"的证明，也是老曹乃谦在以制造笑点渲染悲情，是一个可爱的老头隔着几十年的光阴，在慈祥也有些狡黠地打量一个小于六岁的女童——他的表妹。"姨姨"去世后被人用小平车拉回来，少年曹乃谦则看见："街门外，停着辆毛驴拉的小平车。一个我没见过的老头，正举着我家的那个日本军用水壶喝水。他那样子像是在吹军号。"这里面就是少年原初的视角，天真的少年以自己的趣味为所见的形象付型——"像是在吹军号"。这同样是以制造笑点渲染缓慢加深的悲情。书法以"隔行通气"为高境界，老少两个曹乃谦相差五十八岁，凭借字里行间不变的可爱，遥遥顾盼。

曹乃谦通过这篇作品找到了他失散五十八年的另一个自己，也找到了五十八年前那些可爱的人儿：表哥、常吃肉、常爱爱、郑老师……表哥背书的任务没有完成，被老师的戒尺打肿了，他还能笑着吃酱：“姥姥把黑酱给他抹在手掌上，说这样就不疼了。我问他疼不了，他笑着说不疼了。就说还就伸出舌头舔手掌上的酱。”常吃肉把“我”视为亲兄弟，学校发动学生“积肥”，常吃肉决定先帮“我”解决，他甚至没有考虑先给自己的妹妹常爱爱完成“积肥”任务。常爱爱是一个有雀斑的女孩，声称男的里面“就爱见一个人”，“我”问那人是谁，常爱爱说：“你知道。”本来她希望吃苍耳治雀斑，而我说菩萨也有雀斑，她就不吃苍耳了。郑老师穿着丈夫宽大的军装来上课：“我说郑老师你穿着真好看。她的脸‘唰’地红了。”她是一个会脸红的女教师，并且她“悄悄跟我说，‘你听了别嚷嚷。’我说噢，我不嚷嚷。她说，‘老师，肚里，有孩子啦。’”

曹乃谦的作品，在叙述语言上具有非常高的辨识度，平和、自然、质朴、客观、简练，以及汪曾祺称之为“莜面味”的语言吸引了大批拥趸。曹乃谦是一个内心柔软、细腻的人，是一个看重人情的作家，所以，在他的笔下，我们可以看见那么多人心和情感的风吹草动：“我姨妹在那些日一直没有放开声地哭过，要哭也只是流眼泪，脸让脏手抹得一道一道的黑，也没有人顾着管她。”曹乃谦作品的外部风格，是由他的内心生发出来的，细软的草有着茂密的根须，那些草的茎须汲取着曹乃谦内心的养源，他的心如平凡的发暄的土地，是作品安详的后盾。选择近乎“细草”的作品风貌，并非他心中没有树，容纳不下石，以我对美学原则的取舍观之，觉得这是曹乃谦的一种选择：选择细弱、平易、家常，没有选择伟岸、强健、宏大。这也是他，一个被人唤作“乡巴佬”，也自认为是乡巴佬——这样一个坚持做自己的作家的可爱之处。

在这里我想引用一下汪曾祺对曹乃谦的评价，其人已经仙逝17年，其言也过去27载，但至今尤不失其光辉，他夸赞曹的语言很好：“好处在用老百姓的话说老百姓的事”，同时也指出，曹乃谦的格局应该大一些，“写两年吧，以后得换换别样的题材，别样的写法”。两年早就过去了，20多年过去了，曹乃谦的写法好像还没换，当然坚守本身也是一种价值。曹乃谦前些年中过一次风，他的口齿已经不如文字流畅，他与世界的交流更多地依赖于文字，文字是他与这个世界沟通的最重要的通道。或许年过花甲的他正在酝酿别样的写法，别样的题材。我们在期待，文坛在期待，世界也在期待。

（原载《湖南文学》2015年）

# 镌刻生命
## ——田瑛小说印象

第一次见到田瑛是在南京，他刚刚就任《花城》的负责人，第一站到南京组稿，并客气地说主要是向《钟山》学习，他觉得《钟山》的办刊思路可以借鉴。

不论田瑛当初的话是否有水分，但《花城》的面貌在他那里有了较大的变化，注重文本，注重探索，注重新人，这些原是《钟山》的看家本领，在田瑛那里发扬光大，成绩卓著。

一个人做一件好事并不难，难的是一辈子做好事。一个刊物搞探索并不难，难的是十几年痴心不改。而如今，与《收获》《钟山》相比，《花城》显然渐行渐远了，显然有些孤独，显然有些脱离大众。但是，正因为有了《花城》的无私奉献，文学刊物才不那么一个腔调，文学的探求者才会找到归宿。

如果说80年代的文学探索还有些新潮和时尚的意味，甚至带有某种意识形态的启蒙色彩，那么今天的文学探索就是更加艺术化和个人化的小众追求了。这对一个刊物来说，是很艰难的，因为我们面临的已经不是一个要求个性、要求艺术个性的人文时代了，而是商业的、GDP 的、收视率、点击率的经济社会，而田瑛和《花城》的同仁们坚持住了，并坚持得很好。当然那要归结于肖建国和广东文化的大胸襟。

可以说，《花城》为中国当代文学史默默无闻地做了奉献。奉献是一个好听的词，但真要自己来实践是不容易的。比如田瑛吧，其实小说写得很好，很有点鬼斧神工的传奇之气，但看得出，办刊以后明显写得少了！记得当初他在《钟山》上发表《大太阳》时，我们以为湘西又出一个鬼才呢！

田瑛的小说不多，与时下某些高产作家相比，田瑛的小说创作实在是低产，甚至算得上是歉收。或许田瑛把更多的精力投入《花城》杂志的工作当中去了，或许他对小说的数量不感兴趣，总之他的量是太少了。但这并不能影响他作为有个性的小说家的存在，因为田瑛的小说不是用笔写出来的，而是用“锤子”镌刻出来的。已经不止一个评论家说他的小说不好读，这不仅是一个行文风格的问题，而是“工具”的差异。他的文字仿佛是一个一个敲击出来的，读他的小说就像是看画像石刻一样，不是一般意义上的阅读，而是用眼睛从石缝里将历史的岁月勾出来。

田瑛是以一种反文化的姿态来进行小说创作的，虽然他的小说里经常出现现实生活的一些痕迹，《山的图腾》甚至是讲述的现代故事，但他的兴趣却在史前刀耕火种的先民生活。他的代表作《大太阳》《金锚》都是对旷古原始生活的直接书写，《仙骨》虽然是写现代文明与原始文明的冲突，但要表现的还是巴洞人混沌未开的生存状态。

在田瑛的小说里经常出现迁徙的情节，这种迁徙带着先民们生活的印记，而田瑛几乎是围绕着迁徙来组织小说的。《大太阳》里出现的迁徙，则造成了整个部落的毁灭。老酋长的一个梦导致了全部落的迁徙，但是牛不能全部带走，通过打卦决定每条牛的生死，奇怪的事情发生了，剩下的全是公牛，生态失去了平衡。随着牛贩子贩牛进山，给部落带来了生机，但同时也埋下了隐患，因为牛贩子将黄金的价值观带到了部落。虽然牛贩子被割去了脑袋，但他的价值观却像核辐射一样，最终毁灭了这个部落。为了能够攫取黄金，老酋长带领全部落的人疯狂焚毁树林，导致了生存环境的恶化，部落不得不再次迁徙，但这一次迁徙却让部落彻底灭绝。在迁徙的过程中，人和牛发生了前所未有的冲突，结果是牛获得了生机，“人一概变成了化石”。这是一个寓言，又仿佛是一个预言。这部写于10年前的小说，至今读来依旧初始一般新鲜。它是一个远古神话，又是一个现实的警示录。

在人与自然的关系上，田瑛总是写自然的胜利。自然在田瑛的小说里是一个无所不在的神秘之物，或者说自然的力量被田瑛神话，当然他是借助远古先民的视角来完成的。在某种程度上田瑛是一个泛神论者，他的小说中的一草一木都带着灵性和神彩。“天空出现了一丝云彩，像一个人光洁的前额无意耷拉下的一根发丝。云彩起着戏剧性变化，也许是风也许是内力的作用，云彩一分为几烟雾般散开，那么发丝就不再是一根而是一绺。呈烟状的云系没有彻底分散，它们缠在一起，翻卷，滚动，渐渐聚成了一团乌云。”这是《大太阳》中的一段描写，但这不是一般的景物，因为牛见了这云彩之后就疯狂地追逐过去，结果牛淋到了雨，得了救，而人却因停在原地失去了获救的生机。在这里，云彩是通神的，牛也是通神的，而人却因为嘲弄牛遭到了报应。这种原始的故事，与田瑛内心的世界观有某种默契。

法国人类学家列维·斯特劳斯有一本很有名的著作叫《野性的思维》，他在书中将非科学性的原始思维称为野性的思维，以区别于那些普遍性的思绪。他说："巫术与科学之间的第一个区别就是，巫术以一种完全彻底的、囊括一切的决定论为前提，另一方面，科学则以层次之间的区分为基础，只有其中某些层次才接受某些形式的决定论。对于其他层来说，同样形式上的决定论就不适用了。我们还可以进一步认为，作为非自觉把握决定论真理的一种表现的巫术思想和仪式具有严格性和精确性，决定论的真理即是科学现象的一种存在方式，因而决定论的操作程序在其被认识和被遵守之前，就已普遍地被猜测到和被运用。"（《野性的思维》，商务印书馆 1987 年 5 月出版。）

田瑛有没有读过这本书，其实是没有必要去考察的。作为湘西出身的土家族人，他的写作有一种天然的野性思维，即使他没有读过这本书，他也会按照这一思路去进行写作的。在 1985 年前后，曾有一批湖南的作家到湘西去采风，以获得"野性的思维"，还有一些人有所谓的力作问世。如今看来这是一个可笑的事情，就像现在有一些人模仿法国人的口吻批判中国的后现代一样可笑。这种缺乏独创精神的模仿，无非是受到拉丁美洲的魔幻现实主义成功的影响，想迅速制造出中国的《百年孤独》来。而真正的魔幻是模仿模不出来的，是采风采不到的。魔幻在于一种野性思维，思维则是不可以克隆的，它不像文学形式那么容易复制。田瑛这种野性的思维则是原创的，或者说从骨子里自然生长出来的。

郭小东在评论田瑛的小说时说，“田瑛是内向的，他的一切问题都是向着灵魂发问，同时自说自话：这就导致他的小说带着一种心智涂抹的色彩，我称之为沉稳的黑色语言，那种既有浓烈的抒情性，又有沉重郁结的语言，有时显得灵秀，有时又滞重化不开。”郭小东用“黑色”来概括田瑛小说的语言给我留下了很深的印象，他在《大太阳》里有这样一段话可用来形容他的小说风格：“老酋长凝神谛听着类似屋檐滴水般的叙述，眼前始终有一把剜刀的阴影在闪烁。”田瑛小说也在用一种屋檐滴水般的叙述来营造他的小说，有时候你会觉得他的修辞到了泛滥的程度，他状物写景给人一种穷而后工的雕凿感。但是他的修辞的目的却是一种反审美的阅读效果，“眼前始终有一把剜刀的阴影在闪烁”。这个阴影就是田瑛的美学追求，或许可以称之为“残酷美学”，就是田瑛小说中大量出现的残忍、狰狞、野蛮、阴毒的场景。

《金猫》里的“向”是一个食人者，而且是一个嗜婴者，他经常让他的管家到市场去收购小孩为他食用，他食人肉还要吃熏腊的，他的家里有一个专门熏婴孩肉的大坑。“向”的残忍、冷酷本已令人发指，但“向”又是一个阴毒无比的人，小说里有这样一个细节，“向”家大院和很多有钱有势的人家一样，养了很多狼狗，但向家的狗是哑巴狗，从小就被割去了舌头，只长身坯没有声音，这些沉默的畜生比“向”残冷的性情更加让人感到寒气逼人。“向家家规也很严，禁止家人和外人接触，违者就要像对待狗一样割断舌头”。这样一个残酷的暴君，在成了“王”的阶下囚之后，死得也是空前的作孽，他先被剥了头皮，然后像他家的狼狗一样被割舌，“由于刀刃很钝，且缺了齿，王割得很费劲，像拉锯一样割了半天，才割下小小舌尖。手一扬，舌尖划一道漂亮弧结结线，准确地落入早已烧沸的油锅里。舌尖如一条活泥鳅在锅里翻滚不已，顿时空气中浸透了人肉的奇香。眨眼间，炸熟的舌尖再次通过王的手蘸完作料送到王嘴里，王咀嚼着，品味着”。这些“剜刀”般的描写构成了田瑛小说的一大奇观，就是折磨读者的阅读习惯，给人一种毛骨悚然的震撼。

这也是田瑛小说未能产生广泛影响的原因，他用这样一种反人道的场景目的是对应他走进远古、逼近原始的生命意识，但残酷、残忍作为一种审美的禁区，至今并没有很多人涉猎，即使涉及了也是小范围的实验，余华在《现实一种》中曾有过类似的描写，也曾引起人们的非议。田瑛由于将故事设定在远古、蛮荒的土家人世界之中，或许逃避了某种责难。但这种以残酷、残忍为特征的审美思潮，却是需要我们直接面对的。当一些作家在玩过“深沉”之后，在面对这种“超级深沉”的美学趣向，该如何认识和解决呢?

田瑛自己也陷入了某种困惑，这不仅从他近几年的创作陷入停滞的境地能感觉到，从他已发表的作品也能发现这种艰难。他意识到他在营造新的美学精神，但他只是直觉地去体味把握，更多地停留在描写的语言层面上，还不能有更为深刻的整体理性观照。因而田瑛给我们印象最深的还是那些“黑色语言”镌刻的场景和语言本身的冲击力，小说整体的力量就要稍逊一筹。我们在读他的小说时，更多的时候是被他的鋬子雕凿的声音和雕凿的刀法所吸引，有时候会产生得言忘意之感。

在当代小说家中，他是一个坚守在悬崖绝壁之上的石匠。平常看不到他，只有猛然抬头，才会发现他孤寂的身影。

# 陈仓如何走出大庙村

陈仓最早的小说《父亲进城》发在《花城》上，据说是作为散文投稿的，后来编辑一看，可以作为小说发啊，就成了中篇小说。我在审稿时，看到这篇小说情真意切，生活气息土得掉渣，里面父亲的形象太有典型意义了，就在《小说选刊》当头条发了。之后《新华文摘》也紧跟着转载，陈仓一时颇受关注。

陈仓的小说之路由此开启，这几年创作势头极为喜人。他长期坚持诗歌创作，取得不小的成就，但他的小说之路显得有些幸运，他自己也有些欣喜和意外。陈仓小说的成功在于抓住了当下生活的一个痛点：城市与乡村的纠结。改革开放 40 年，对于更多的人来说，最大的变化就是城乡生活变化带来的冲击：欣喜与焦虑。陈仓的进城系列，写农民进城之后的不适应和焦虑，老迈的父亲和年轻的妹妹在大都市里，迷失了自己，失去了魂似的。回到了塔儿坪或者大庙村之后，他们能找回自己，少了很多的焦虑。

自 1979 年高晓声发表《陈奂生上城》之后，当代作家描写农民进城的故事一直延续不断。这一新的小说板块的出现，打破原先乡土小说一统天下的格局，另一方面乡土小说在近年来也出现“再书写”的转机。“再书写”的一个特征体现在对农民精神家园失落的描写，写回不去的无归宿的苦楚。进入新世纪之后，农村城镇化的推进，加深了乡村文明的变迁和动荡。乡村文明的挽歌在作家的笔下缓缓地流了出来。“再书写”的另一个特征就是对家园的告别之后的回望，回望之后的回不去的喟叹。莫言小说中的“恋乡”和“怨乡”，曾打动无数读者。近些年来，大量的小说以“故乡”“还乡”作为书写的主题，和20世纪八九十年代的那场“进城”（打工潮）遥远地呼应。陈仓的小说属于乡土小说再书写潮流中的佼佼者。

虽然依然是城与乡的焦虑，不同的是人物从进城改成了返乡。《原始部落》这一篇，是这个系列的一篇，女主人公白小静与“我”在原始部落大庙村发生的故事，述说的是城市对人的精神的掏空。白小静，作为一个进城者，和之前那些小说里描写过的外来工一样，显然受到过侮辱和欺凌，她来到大庙村与其说是寻求逃避，不如说是一场自我埋藏，埋藏那些苦难，埋藏那些记忆。当然在大庙村里，必然有一个守望者，这是陈仓小说的魂所在。在《摩擦生火》里是那个疯女人，在这篇小说里的“我”就是那个守望者，大庙村全村唯一留守的人，当然这个留守的人似乎带有更多的人文情怀，是作者理想中的“村民”。一男一女在荒芜的大庙村说的是关于生存、信仰和家园的问题，但背后隐藏着城市这座魔鬼如何戕害乡村的深刻主题。

陈仓在小说里善于捕获表达人物性格和小说内核的道具，这道具成为人物性格的一部分，也成为人物命运的象征，甚至暗示小说的主题。在《原始部落》里关于长枪的反复描述，就是很有意味的："有一天晚上，我擦着修长的枪管，忽然有点喜出望外。那个谜语的关键，就是枪比自己高，自己比枪矮，用枪瞄准自己的脑袋或者胸口的时候，自己就够不着扳机了。如果是一杆短枪，或者是一把手枪，那开枪打死自己不就轻而易举了吗？于是，我和枪说话了。我说，你看这样行不行，我把你给锯一截下来吧？枪用黑洞洞的枪口嘲笑似的说，谁让你长得那么矮呀，你不能自己努力努力长高一点吗？你整天吃那么多饭喝那么多水，再长两三尺能有那么难吗？我说，你这个傻瓜，你虽然没有吃什么粮食，但是你也吃过几次黑火药，我们几辈人把你传下来你长高了吗？而且我已经三四十岁了，早过了生长发育的年龄了。"这样的对话让道具人格化，也让小说在更大的范围里凝聚读者的想象力。

比起《父亲进城》单线条的叙述，《原始部落》在艺术上有了变化开始尝试复调叙述，"我"作为乡村的守望者是一条线索，白小静作为都市的漂泊者是一条线索，他们在大庙村相遇，历史和现实，记忆与苦难，家园与困境，交织在一起。陈仓小说的诗性在《原始部落》里得到充分的体现。

陈仓开始走出了大庙村的步伐，大庙村或塔儿坪是陈仓小说的发祥地，是陈仓小说的根，他离不开这个根据地，但拓展和变化正是他最新的追求和梦想。

2018 年 1 月 7 日

# 接地气的作家

## ——樊健军小说集序言

健军在鲁迅文学院高研班的时候，我算作他的“导师”，文学创作找导师，实在是有点牵强，好多的行当需要承传，需要手把手地教导，但唯独文学创作不需要什么师傅，什么导师，文学创作的魅力就在于它的个人性、自学性和无师性。如果文学可以通过师徒的方式加以教授，那么李白的家族就会垄断诗歌的荣誉，曹雪芹的后代也会垄断小说的世界，而莎士比亚的子孙则终日可以躺在戏剧的舞台上吃不完。文学的魅力在于它的不可复制性，连大作家自己都很难写一部重复自己辉煌的作品，甭说去指导别人写作好作品了。

那些以导师自居的导师，多半是把文学当成手艺和工艺了，内心里是为了受人膜拜而已。文学有大师，文学无大师傅。以文学大师傅名噪文坛的人，很多是远离文学本质的门外汉。但文学不是封闭的产物，“宅”在家里一时可以，“宅”一辈子的作家很难成为大师。文学需要交流，文学需要碰撞，交流的方式可以是多种多样的，碰撞的方式也不一定是要面对面的。阅读是一种交流，网络也是一种交流，对话是一种交流，倾听也是一种交流。文学本身就是心灵与心灵的交流，也是心灵与现实的交流，写作本身就是由对交流的渴望而为。

虽然对健军的创作提不出什么指导性的意见，但我始终关注他的创作。一是工作的原因，因为我长期在选刊类的刊物工作，对当下的小说创作必须进行工作性的阅读；二是健军的小说和我所喜好的那一路小说有着内在的链接。链接是网络上的一个词，但对文学来说，始终存在着某种链接，比如，你读苏东坡的诗歌，不能不联想到李白，这种联想其实是在思维里搭了个“链接”，网络上的链接是手动的，而脑子里的链接是全自动的，是自动链接的。

健军的小说链接的是沈从文、汪曾祺这一路的作家，这一路的作家常常被文学史家们归结为乡土小说或市井小说，在我们共和国的文学话语里，乡土有正能量的可能，而市井则有贬义的嫌疑。其实，乡土也好，市井也好，在我看来，他们都是接地气的作家。好的作家是接地气的，好的文学是接地气的，好的小说必然是接地气的。接地气的说法来自老百姓，地气也是一个比喻性的说法，包含有根基、有人气、有积淀等多层喻义。

在文艺界有一个比较官方的说法，叫深入生活，引起人们的歧义，因为处处有生活，你干吗另外去找生活，而且每个人都是在生活之中，每个人的生活都是有价值的呀。但其实生活的状态是不一样的，有人生活在生活的高端，有人生活在生活的浅处，有的人生活平淡无奇，有的人生活波澜壮阔，不是所有的生活质量都是等值的。深入生活的说法其实就是接地气的意思，好的小说必然和当下的生活血脉相连，和老百姓的生存息息相关。不接地气的作家虽然看上去很美丽，但实际是空中楼阁、沙滩上的摩天大厦。

樊健军的小说很接地气，《水门世相》这本貌似系列小说的长篇，散发着浓重的生活气息，甚至是那股沤过的青草的重味道，所以书的介绍者把它称为“草根”是恰切的。“这里有身体残缺的：高不过三尺的侏儒，石女罗锅，眼瞎的、腿瘸的、耳背的，长着两颗脑袋的女人；有下三烂的：赌徒酒鬼，骗子无赖，像种猪一样活着的英俊男人，成天追逐男人的花痴；有装神弄鬼的神汉巫婆，也有性格怪异的穴居者，有洁癖的盗贼，也有靠纸扎活着的手艺人……这些人聚居在一个叫水门的特殊村庄，构成了一个独特的世界。他们既有谋求生活的小智慧，也有玩弄生活的小聪明，既有男欢女爱的淳朴坚贞，也有遗世独立的悲怆孤独，既有简单得不能再简单的温暖幸福，也有复杂得无法再复杂的辛酸苍凉，既有顺世昌运的得意，也有流世苟活的失落。他们不论‘食草的’还是‘食肉的’，各有各的方式，各显各的能耐，三百六十行都能找到属于他们自己的生存空间，都有一套生存行规。”

健军不仅写出了他们的生存状态，还写出了独特的乡村生活智慧。中国乡村的生存不像一些田园牧歌者想象得那么简单，尤其是那些自然条件困难地域的人们的生存更是困难而艰辛，有时候会失去尊严而活着。比如，长相英俊的青玉，人见人爱，却沦为种猪一样的男人，靠给女人借种而苟且活着；兵痞比岁为了逃避杀身之祸，将自己女人的双眼刺瞎，靠了女人的掩护浪迹江湖；

傻子阿三生就傻瓜相，谁也没想到他是个骗子，屡骗屡得手；文叔是个干净得有些洁癖的人，红白喜事都坐上房陪上客，一次酒醉后却泄露了自己，他是个盗贼；济堂老脚借了神鬼菩萨的嘴，骗吃骗喝，最终死在了贪吃的毛病上。

这种乡村生存智慧很难用道德评判，它时不时还会闪着欢乐的色彩。高不过三尺的绣云偏嫁给了牛高马大的满地，绣云骑在满地的脖子上看电影，过河，他们的爱情让人忍俊不禁；仿明是个瞎子，红绣又哑又聋，他们结合在一块就是一个完整的世界，再美的东西有眼睛看到，再动听的声音有耳朵听到。

作家虽然写的是世相，骨子里说的却是中国乡土社会的伦理文化，这伦理文化凝聚成乡村的生存智慧之后，又反过来影响中国的伦理文化，松动或者板结我们脚下的这块文化土壤。我们生于斯长于斯的土地因此生生不息，也因此根深蒂固，负载深重。

记得十多年前，与健军地域相邻的另一个江西作家叶绍荣出版小说集，让我写序，当时我写的序言的题目叫《野风浩荡》。他们有某种相似之处，那时我看中的是叶的“野性的思维”，而现在我则把健军的小说视为地气升腾出的野果。

这是我写作此序的一个横向“链接”。

（原载《创作评谭》2013 年）

# 钢丝上的舞者

## ——于一爽和她的小说

认识于一爽的时候，还不知道她会写小说，只知道她在一家网站当编辑。印象深的是于一爽的好酒量、好酒品，有北京“酒鬼杀手”的江湖美誉。有一次和几个朋友吃饭，席间有人说，等会儿于一爽过来，一位素以酒量著名的评论家居然大惊失色，说不能和她喝，不能和她喝。这位评论家是北京文人圈内酒量最好的，最好就是没“现”过象，“现象”就是当场有反应，或吐，或闹，或睡着了，或者像白蛇那样露出蛇尾巴来。但她对于一爽都畏惧三分，我就拭目以待。果然，于一爽一来，就酒气逼人，她说，我迟到了，先罚五杯。众皆愕然，无语。然后，她顺势敬过来，一位不落，一杯不少。很多酒量大的，往往逼人喝酒，于一爽没这个毛病，口头禅是：我喝了，你随意。那一天，我带的一瓶三斤装的酒，没过几巡就空了，我不相信这么快，就没了。几个人去摇瓶子，都说是空的。我又庆幸又遗憾，庆幸的是酒带少了，要不会有人倒下，遗憾的是酒才三斤，好像文章刚开头就结束了。

后来在《人民文学》上看到于一爽的小说，不敢相信是她写的。问了施战军，果然是她。原来光知道她是做网站的，是电影学院的研究生，没想到还写一手好小说，让人刮目相看。于一爽说话特别逗，让我时时想起王朔来。王朔现在封山了，小爽出山了。喜欢于一爽的小说是因为她语感非常好，语感是个不容易修炼的才华。好多小说家硬是练不出语感来，语感背后隐藏的是情绪。情绪是不好操练和模仿的，所以好的小说家有着一般人没有的独特情绪。北京人的语感好，是他们的情绪里有一种反讽的情绪。而反讽，是现代小说最不可缺少的情绪。

于一爽很容易让人想起张辛欣、刘索拉那些曾经在文坛桀骜不驯而又才情傲人的女作家。她们都不是正规学文学的，都是学艺术出身，张辛欣是中央戏剧学院导演系的，刘索拉则是音乐学院的高才生，于一爽学的是电影，她们身上的艺术气质带到小说里，常常会开辟一番新的天地。小说家大概分为两种，一种是艺术家型的小说家，一种是小说家型的小说家。小说家型的小说家常常是熟稔小说的历史、套路、程式、技巧，因而小说也中规中矩，表现在形态上，常常是创作生命长，能够写长篇。而艺术家型的小说家，常常出手不凡，一鸣惊人，不按常规出牌，才华在瞬间爆发，流星一样耀眼，但创作生命完成得快，也少长篇小说。

当然，于一爽与王朔更为亲近。这不仅是时间上的近，更是精神内核的近。第二次世界大战结束后，西方社会出现了精神信仰的危机，工业生产、物质水平的高速发展，使各种矛盾不断激化，人们对西方传统文化以人为中心的人道主义产生了怀疑。“怀疑的精灵已经降临。”（司汤达）无独有偶，本土20世纪80年代后，王朔等人开始了反抗传统话语形式的小说实践，从而也把“怀疑的精灵”传播到了读者的心里。而先锋文学则在中国延续“二战”后的西方小说革命的命脉，对宏大叙事的解构日益加深。与此同时是小叙事的崛起，小叙事是90年代以后中国小说的一项重要成果。这一崛起像是多方力量的合谋。提出小说发生学理论的匈牙利理论家卢卡契说：“小说一定与一定历史的文化结构形式之间形成了某种同构关系，它以独特的形式力量来重建一个史诗般的世界。”同构就是小说与现实之间的一个重要联系。

年年岁岁花相似，代代辈辈人不同。和王朔不一样的是，于一爽的攻击目标不是那些宏大的叙事，不仅因为那些宏大的坚硬的玩意儿已经被王朔折腾得百孔千疮，而是作为王朔孩子辈的“80后”感受的压力已经不是外在的，而是内在的存在感。他们的敌人是他们自己。于一爽小说中的年轻人处在怀疑主义盛行的新常态下，没有信仰，怀疑爱情但相信情感，物质并不匮乏但生活中缺少存在感，他们很难参与到推动社会发展中去因而没有都市主人翁感，他们需要“感觉到我的存在”（汪峰），一首叫《北京，北京》的流行歌曲居然有这样的歌词。这无疑是一种时代性的话题，“流行”已经暴露了一切，一代人的生命觉醒程度以方阵的形式到达了新的哲学高度，他们在找“我的存在”。“我的存在”其实不是可以向社会讨来的，更多的是一种自我的纠结，自我的战争。值得注意的是于一爽小说对女性主义的解构。女性主义曾经是女作家寻找存在感的利器，但过多的女性扩张和对男权的刻意攻击，反而让女性主义有更多的男权主义色彩。在女性主义作家那里，女性往往是爱情的受害方，或者牺牲品。而在于一爽那里，男女平等是骨子里的平等，不仅爱情，性爱也是如此。这和另一个“80后”女作家周李立有异曲同工之妙，我把她们称为中性主义叙述。

食与色，是于一爽小说经常采用的噱头，这当然也是人类不可或缺的生活。食色是本能，二者分不开，但每一代人的食色，意义完全不一样。见面就问“吃了吗？”也是一个时代的显著特点，描绘饥荒的苦难叙事里面有公共记忆，而阮籍喝酒那是名士风度，他喝酒后写文章。鲁迅曾写过《魏晋风度及文章与药及酒之关系》，批评那些学名士皮毛的人：“许多人只会无端地空谈和饮酒。”可是，一个时代为什么有那么多人空谈和饮酒？空谈和饮酒为什么让那么多人觉得欣悦，让读者觉得有趣、有味？这就不只是空谈与饮酒的问题了，有人在空谈与饮酒中看到遗憾，就有人在空谈与酒中灌注对激情与活力的渴望，对存在的迷惘。

新作《三人食》中的“我”、杨天、王凡，《带零层的公寓》中的严田、刘海东、舞蹈演员、毛小静、齐玲玲都在找存在感。喝酒、做爱，他们通过这些参与性很强的活动，把自己和另一个生命联系起来，从而确定“我在”。《小马的左手》通过现实来回忆历史的结构，但你能感到生活中的每一点都能触及小马的痛，小马麻木的外表更能让人想起当年那场灾难的剧痛。痛定思痛，但创伤难以愈合，痛变成了小马家的空气，无处可见，又处处可触。

于一爽属于那种艺术家型的风格，个性凛然，才情突兀，语感奇妙，《每个混蛋都很悲伤》等小说把同时代的作家吓了一跳，而小说集《一切坚固的都烟消云散》居然再版，可见她的小说风格征服了读者。于一爽天性里的对人性、对情感的敏锐把握和奇特表达，几乎是流出来的，但我隐隐担心这种自然流淌会曲终人散，因为艺术家型的小说拼的是才情，而才情不是可以无限挥霍的，没有其他支撑、其他资源辅助的才情是脆弱的。于一爽得天独厚，有着张辛欣、刘索拉、徐星一拨人的语言气势，但又是当下年轻人的情绪特征。再一个或许是学电影的缘故，她小说的场景经常跳动，时不时好像有音乐穿插进来似的。这就让她的小说现代质地强烈，叙事是带着旋律和镜头摇曳的。北京青年作家往往一鸣惊人，但好像任性而不韧性，常常流光耀眼，转瞬又淡忘于江湖。张辛欣、刘索拉、徐星等当年的娇子们远离文学，留下一声叹息。

于一爽会不会呢？读了她最近的作品，发现我的担心有些多余。她不再是当年那种正面强攻的愤青做派，而喜欢在艺术上经营，尤其喜欢从侧面去展现时代和人的印记。这种从侧面落笔，从日常生活的场景去呈现内心的风暴和历史的记忆，是现代小说攻克的难题。理查德·耶茨、理查德·福特、门罗、卡佛等小说家对此都有深刻的体验，于一爽委身于这种技术型的行列，说明她不想做一颗耀眼的流星，她想写得长久些，不仅是为了写长篇。另一方面，于一爽的叙事技艺不仅融汇西方，也是对一些非主流作家成功进行了移栽。她自己在创作谈中就说过受到南京作家韩东、朱文的影响，她作品的京腔下有南方文体的特征，轻逸、轻灵，思绪如织，江南烟雾一般。京腔和北京，都不再是于一爽小说的单独符码。北京，是“北上广深”一线现代大都市之一，所以，南京和南方的文体，也不是于一爽这文体的唯一特征，她是承接南方作家的技艺，当然，叙事方式中也会带着看问题的方式。无可否认的是，于一爽小说实现了南北交融。她的叙事作品，是一种“北腔南调”的聚合物，是一个包容性极强的话语平台。如果不想到我们是在这样一个开放、包容的时代，我们几乎无法想象一个年轻的“80 后”作家能完成这样的整合。

于一爽的写作采取的是一种近乎走钢丝的方式，优美，高蹈，但风险系数比一般作家也要大得多，因为她没有安全带，随时可能落地。另一个风险在于，才情与节制的关系如何把握，也是两难。

# 内卷与卷内

## ——评黑孩的《海豚的鼻子》

读黑孩的《海豚的鼻子》，一开始还觉得这是关于海外生活的小说，但读着读着，就忘记了故事的异域性，而陷入本土性的语境中。记得多年以前看北京人艺的话剧《哗变》，一开始有一种异样的感觉。这部由赫尔曼·沃克编剧的经典话剧说的是美国军事法庭的一场辩论，和以往演出的形式不同，这次演出的演员没有化妆成高鼻子、蓝眼睛的洋人，而是中国人的本色演出，朱旭、冯远征和吴刚等都以地道的中国人面貌出场。一开始很不习惯，黑头发、黄皮肤的中国人演绎着西方人的故事，总觉得有些违和感。但演着演着，就被带入了其中，我们忘记了那个洋名字和中国脸的差异，人性和世界关系的思考，人的命运与生活的诡异，笼罩了我们的视野。重要的不是在哪个地域发生的故事，而是故事本身的典型性和覆盖性。

北京人艺的这次演出是带有某种冒险和探索的，但演出的成功，说明外貌是次要的，而生活本身的内涵和价值可以超越这些外在的因素。这次读《海豚的鼻子》也产生了类似的感觉，原以为我们国内的教育问题是“中国特色”，没想到现代化起步较早的邻国东瀛也会遭遇类似的问题。虽然小说中的母亲是中国人，父亲是日本人，但对待孩子教育的问题上都是用尽心力，整日焦虑。尽管作者当时没有接触到内卷这个概念，但小说本身呈现的由孩子教育引起的诸多问题，用“内卷”来表达，是极为确切的。

“内卷”原本是一个关于农业的学术概念，从原先的学术概念转化为社会概念，其核心就是“努力收益比”的下降，人们都视为内卷造成的。一分耕耘，一分收获，是我们正常的“努力收益比”，而一分耕耘如果只有半分收获还能接受，如果三分耕耘，只有半分收获，就是“努力收益比”严重下降了，如果十分耕耘只有半分收获，是不是瞎子点灯白费蜡的徒劳？内卷的最大危害不仅仅是自己的“努力收益比”下降，还造成了周围人的“努力收益比”的下降，不仅仅是自己努力徒劳，还造成他人的努力的徒劳。

《海豚的鼻子》就是这样一种经典的例证，“我”和丈夫为教育孩子一太郎所做的努力和实际的效果，严重不成比例。小说中写到这样一个情节，就是两口子为一太郎上小学的事情费尽周折，等考上了却发现他们的努力和收益如此的不合理，“突然得知的事实使我倍受打击。晚上，老公问我为什么无精打采的，我就把晃一妈妈告诉我的事说给他听。然后，我对他说：‘早知道交两百万就可以入学的话，我们也交两百万就好了，就不用辛苦搭车去教室了，就不用提心吊胆考不上了。再说钱，我们花的何止两百万，已经超过了三百万啊。’”而相当一段时间内父母为孩子上学、择校、择师，在精神上所受的折磨，也是难以用经济成本去计算的。小说还写到一太郎同龄人从幼儿园开始的竞争与奋斗。写到了一太郎和他的同学家长们在择校、考试、辅导诸方面的“卷”，尤其是内心的动荡和精神的折磨。

教育内卷的原因是什么？现在人们更多的时候把它归之于教育资源的匮乏，或者教育资源的不公，其实还是欲望在我们的内心卷起的波澜。曾经有一桩禅宗公案，争论的是尘埃与菩提的问题，神秀说，“身是菩提树，心如明镜台。时时勤拂拭，勿使惹尘埃”，而惠能则认为“菩提本无树，明镜亦非台，本来无一物，何处惹尘埃”。主张“勤拂拭”的神秀似乎是内卷派，要不断地努力，“勿使惹尘埃”，就是小说中一太郎的父母，不断努力，唯恐落伍于别人。而认为“本来无一物”的惠能则是躺平派，是用看透的心态来反内卷。小说中“我”作为一个母亲，同时也作为一个作家，也悟到这一点：“即便是事实，也未见得就适合我们家。人世间的路，我觉得没我想他说得对，先招惹我的是自己无知的欲望，进去后，却又不断地纠结现实。”“招惹我的是自己无知的欲望”，说的正是内卷的根本所在。因为我们的欲望，因为我们的贪，哪怕是在爱的名义下进行的，也是尘埃横生的原因所在。内卷卷起了内心的欲望以至于贪婪，而卷内又加速内卷，层层叠加，卷卷不止。

这部小说在平静的叙述语流下面潜伏着内心的激流，母爱的热流遮蔽了某种盲从。小说的最后意味深长地写到了那个黑三角，当初一太郎面试画出的海豚的鼻子，让一太郎成功闯关。可是时隔多年之后，那个黑三角到底有没有存在，也成为一个悬疑。因为在一太郎的记忆里，这个三角就没有存在过。“本来无一物，何处惹尘埃”，小说带有某种禅的意味。

《海豚的鼻子》有很强的纪实性，几乎可以看作非虚构写作，小说中的“我”以一个母亲的视角来讲述孩子教育过程中遇到的种种困扰，母爱的细腻和纠结写得出神入化，由于是事情过后的回叙，以至于对自己投入的爱也产生了反思，比如，对一太郎的无限的爱导致的内卷是为了“我”的价值实现，还是母爱的天性，小说在不经意间写出了人性的复杂和无奈。

1986 年 10 月，参加“新时期文学十年研讨会”期间，我在《青年文学》编辑部与黑孩有一个短暂的见面，她担任过我的小说《退稿：第 99 次》的责编。1982 年，我写过三篇自以为最先锋的短小说，三年间，到处投稿，遭退，屡投屡退，屡退屡投。1985 年受到结构现实主义的启发，我把我写的三篇小说嵌在小说中，写这三篇小说被退稿的经历，没想到黑孩在自由来稿中发现了它，并送审发表了。我利用开会，去编辑部感谢这位耿仁秋（黑孩的本名）老师，一看到叫“耿仁秋”如此老成的名字的居然是一个小姑娘，很意外，也有点失落。如今时间过去三十五年了，再次读到她写的小说，深感她已经进入“见山还是山，见水还是水”的境界了，笔法如此，当是摆脱了内卷和卷内之后的人生化境。

# 生活照亮诗意

## ——何鸣《自画像》随想

何鸣不是一个著名的诗人，我以前也很少读过她的诗，引起我共情的是这样一首题为《回乡》的诗歌，开头就让我心里咯噔了一下，写的很像是我的感受：

四月的雨落在回乡的路上
掀起的白烟多么甜蜜
油菜花正在熄灭　它们金黄色的蕊
祖母躺在床上　目光如炬
枯瘦的手臂伸向我——
儿啊，你们回来了

这样一首写于1992年的诗歌，已经快30年过去了，可是读起来依然充满了新鲜感，或许是因为我在油菜花盛开的前后经常回乡祭祖扫墓，祭奠祖父祖母，先辈们的墓前墓后，都是燃烧或者正在熄灭的油菜花，而清明时节雨纷纷的雨升起的“白烟”凝聚了多少乡思和乡愁，这首诗勾起我的乡思和亲情，戳到我的痛处，是柔软的无名之痛。

何鸣的诗是发自内心的波动，她的诗记录下她相当一段时间内的情感的涟漪和精神的曲线，因而她把自己的诗集取名为《自画像》，也就是说用诗歌为自己描绘一幅精神和情绪的图像。这些诗歌有着“日记”的痕迹，也有随笔的即兴感受，在《流年》一辑中，以《日记》作为篇名的就有两首，更多的篇目与时间和季节关联，作者在记录时间和季节在岁月转换过程中的点点滴滴，或情愫，或哲思，或诘问，或困顿。而在《域外》这一辑中，已经不是时间上的延展和记录，而是通过空间的转换，写人在旅途、人在他乡的另外一种感受，这些诗歌属于游历诗歌的范畴。在中国古人那里，游历诗出过很多的大诗人、大作品，是中国诗歌的高峰，也是世界诗歌的高峰。何鸣因为内心的放松，没有比肩这些大师之作的雄心，因而也没有“崔颢题诗在上头”的感慨，她只是真实而敏锐地写下她作为一个女性也作为一个外来者的感受，因而我们没有读到当代那些游历诗常见的致敬情绪，而是何鸣自己的微妙和切肤的心绪，在域外，在他乡为自己灵魂的影子折射“自画”而已。

谢冕先生在为其所作的序言《向微小的事物致敬》中指出，何鸣的诗歌纯粹、自我，没有刻意，也没有故意，“刻意”和“故意”非常准确地描写出何鸣写作的姿态，尊重生活，尊重感受。我想补充一点，就是何鸣除了没有刻意没有故意去表现生活的诗意外，关键在于诗人的内心对生活没有敌意。

我最近在梳理百年文学进程时，发现现代性进入中国时，也伴随着某种诗学的“敌意”进入中国，这就是现象学家舍勒用怨恨理论解释现代性时提到的“怨恨”。现代性进入中国是以启蒙、平等、自由、博爱、民主作为旗帜的，但这些词都有一个假想敌，比如启蒙针对愚昧，平等针对贵贱，自由针对囚禁，博爱针对仇恨，民主针对专制，因而现代文学充满了呐喊、战斗和风暴，也就是我们常说的宏大叙事，不论是哪一种意识形态，都是同一个叙事形态，而忽视生活本身的形态。我读何鸣的诗歌联想到这一问题，何鸣诗集中有一辑叫《素心》，也是与生活和解，与生活和谐相处。素心者，是把自己的内心处于澄明的零状态，素者，是没有色彩，也是没有强加他人的价值取向，回归到生活的自身状态。所以何鸣的诗歌，没有怨恨，没有敌意，那些生活的自在状态呈现出来的日常的美感，是我们触摸可及，也是容易忽略的。当然，是诗意照亮生活还是生活照亮诗意，是一个复杂的哲学问题，这些年诗歌界争论不休的问题，其实就是生活本体还是诗人本体的问题。现代性强调诗意照亮生活，其实从现象学的角度来看，生活也会照亮诗意的。我认为，就像月亮和地球，应该是互相照亮的，人的光辉也是互相照亮的，不该是互相抹黑。我在这个短文中不便去论述这么复杂的问题，诗歌的本质也是生活的本质，何鸣这些被称为“微小”的生活，或者她称之为拉拉杂杂的生活，其实在脱离某种生活本质中期接近生活的本质，我们感受到那些微弱的光亮是在照亮生活的，用心，用灵魂，用语言。

2021 年 2 月 18 日

# 异质小说家杨莎妮

我最早认识杨莎妮是在 2005 年，她当时好像在南艺念研究生，不知从我南京的哪个朋友那里得到一本我写的《赵薇的大眼睛》，这是我在 2000 年前后做的大众文化研究文章的汇集。我们有了交往，她看得很认真，写了近一万字的评论，在像模像样的肯定之后，主核在“然后”，她批评我的男权中心主义思想，我们在邮件上进行了激烈的争论，我发现我说服不了她。当时男权主义可是和帝国主义一样恐怖的帽子。我说这评论太厉害了，戴锦华已经给我一顶帽子，压得我多年喘不过气来。她说，我只是读后感。我鼓励说她将来会成为很好的女性主义批评家。

一晃十年过去了，其间相互之间没有联系，她是演奏家，毕业后好像到演艺集团工作了，与文学无涉。2016 年，江苏作协召开青创会，当时的党组书记韩松林希望我为江苏青年作家的培养出点主意，于是有了雨花写作训练营的创意，现在已办两届，效果不错，而且成功的经验还移植到外省，贵州作协也办起了山花写作营。写作营当时面向全省报名，杨莎妮等没有报名。当时《雨花》主编李凤宇说，你作为主办方可以“点招”，我点了四个人，房伟，庞羽，汤成难，还有杨莎妮。

记得那次青创会上再次遇见，她说加下微信吧，我说好像有个杨莎妮的微信，不知道是不是你？她说，没有加过。我说：整天晒娃的。她老公李黎在旁说，应该是的，你天天晒娃。一看果然是。点房伟、庞羽、汤成难是因为《小说选刊》选过他们的小说，而杨莎妮则是阎晶明说过，他为南京的女作家杨莎妮的21世纪文学之星丛书的小说集写过序，我说我应该认识这个人，好像是写过评论的。阎晶明说，写小说的，篇幅不长，很有才华。阎晶明的推荐给我留下深刻印象，一看作品，果然是灵动机敏。

她参加写作营交的第一篇小说和其他学员的作品被刘艳、王小王等老师批得不留情面，但杨莎妮不生气，她说写小说很难听到这么真切的意见，至少打开另一扇窗户。我对她的才气充满信心，对她说，你的特点就是写得不太像小说，但也不要不太像小说，当然，你的小说也不太容易被认可，慢慢写，会越写越好，在同代人当中，无人能替代你。

《D大调卡农》是一篇能够充分体现杨莎妮才情的小说。在这个不长的小说里，她调动了丰厚而精湛的音乐修养化为小说的结构、小说的皮肤、小说的血液、小说的细节，写音乐小说的至境大致也是如此。“在黑暗的地方，耳朵关不掉”，也许是小说的文眼。大提琴手在“听”杨景泉的过程中，杨景泉的脑海里则是另一幅场景，声色如此转换，小说的修辞意义已经跨越了视觉和听觉。

30多年前，刘索拉以一篇《你别无选择》轰动了文坛，让人们谈论多年。刘索拉的妙处是用音乐的结构和方式来组织小说，因而她的小说组织不是文字的，不是语词的，而是音符和旋律。如今杨莎妮的小说组织也是音符和语词的混合物，她对都市现代人的描述通过音乐这样的介体而超凡脱俗。多年以前，我就著文呼吁城市文学摆脱乡土文学的影响，遗憾的是年轻一代的写城市的小说，要不是校园文学的升级版，要不是乡土小说的城镇化，缺少真实的城市组织。杨莎妮的小说，与城市的组织是同构的，与现代生活也是同构的，这来自于她的异质——音乐的感知方式让小说具有某种神经质。这神经质激发了沉睡多年的语词活力，也激发了小说内部被遮蔽的音乐灵性。

# 理想与命运的交响

## ——评石钟山的长篇小说《五湖四海》

石钟山的长篇新作《五湖四海》以农村青年刘天右参军、转业、创业的人生历程为主线，展现了近三十年来中国社会的变化和迁徙，塑造了一个具有理想主义情怀的军人形象，讴歌了青春在奋斗中的光辉和价值，是一部传递正能量弘扬英雄主义精神的好作品。新的时代需要新的文学，也需要展现新的理想价值。《五湖四海》通过一个普通农民、普通士兵的人生奋斗史，说明理想主义和英雄主义依然是时代的主旋律。

农村青年刘天右的父亲是吹唢呐的，在乡里乡外有些名气，他的两个儿子刘天左、刘天右也是跟着他学吹唢呐，如果不是后来参军的转机，刘天右可能一辈子都在靠山屯里，像父亲那样终老。应该说，一开始命运是青睐刘天右的，当时参军他哥哥也是可以去的，但是阴差阳错的抽签哥哥让他去了部队。刘天右去了部队以后，本来正常的节奏是要复员回到村里继续当农民的，但因为要教首长的女儿付瑶学吹奏小号唢呐萨克斯，他被秦参谋长看中提干留了下来。而热爱音乐、具有理想主义梦想的付瑶又看上了刘天右的艺术才华和人品，充满了热恋。

这样的情形，是刘天右做梦也没有想到的，爱情、事业、机遇给了他一片蓝天，但随之而来的变奏却是阴云密布，让刘天右的命运急转直下。付瑶的爱，温暖激动着刘天右的心，但遭到了她母亲的坚决反对，一出现代版的梁祝上演了，为了拆散刘天右和付瑶的爱情和婚姻，一张无形的手让刘天右远离了军区机关，离开了他心爱的文工团，被分配到边疆大风口。之后，又转业到地方工作。刘天右由于看不惯外贸公司贪官的做法，又愤怒地离职，自己下海创业，创业的艰难和煎熬让刘天右感受到世态炎凉。妻子又在难产中去世，可谓人生的噩梦在一夜之间降临。最后还是部队战友的鼓励和帮助让他摆脱了生意上的困境，也让他在逆境中奋起。创业成功之后，他不忘初心，出于对音乐的热爱，对部队生活的怀念，他创办了迷彩乐队，重新奏起当年中断的乐曲，续上年轻时的梦想。同时，付瑶也因为婚姻的无爱，离婚了，中断的爱情也看到了曙光。

石钟山的小说善于描写军人，也善于洞察人性的幽微。刘天右和付瑶的爱情悲剧，在以往的小说里，容易被归结于某种不良的势力或者不良的动机，付瑶的母亲王香梅反对刘天右和付瑶的爱情，也是出于一种善意，她是担心付瑶婚后的生活不幸福，因为他和秦参谋长的婚姻因为城乡差异产生的隔阂，尤其秦参谋长乡下的亲戚的各种“骚扰”，让她始终过得很纠结，所以她不想让自己的宝贝女儿重蹈覆辙。

石钟山在这里提出了一个发人深思的问题，人的幸福感尤其是婚姻的幸福感除了两情相悦以外，还与周围的环境、周围的人群、周围的文化有关系，当然王香梅的简单类比导致了刘天右和付瑶爱情的悲剧，但王香梅的担忧也不是全无道理。假设当时付瑶和刘天右心想事成，结为连理，会不会也出现王香梅的尴尬呢？小说里也婉转地写到了刘天右到城里工作的不适应不习惯，当然这是付瑶没有在场的情况下发生的。生活当然不能假设，失去的爱情总是美好的，刘天右也正因为爱情的悲剧才更加努力，才更加追求自己的理想。《五湖四海》里刘天右爱情和婚姻的曲折，正是砥砺刘天右为理想奋斗的磨刀石，而人民解放军大熔炉的锻造，让刘天右的青春不落入庸常之辈的世俗生活，生活苦难的盐会让人生的幸福味道更加丰富。

石钟山在小说里写到了文化格局对人的制约，也写到人在困境下对新的文化视野的追求和探索。在城市文明和乡村文明的冲撞和碰裂下，新的时代在到来。每个人的命运在时代的交汇点上，才会闪耀出熠熠的光华。“五湖四海”不仅是地理意义上的，也是文化意义上的，无论是乡村文明还是城市文明，无论是军营文化还是社会文化，无论是个人的奋斗还是群体的努力，只有汇入时代的大潮中才具有真正的价值和意义。《五湖四海》在书写刘天右的个人奋斗和个人命运的同时，也为时代交出了一张颇具哲思的答卷。

2020 年 9 月 24 日于润民居

# 哲思潜入诗情中

## ——评韩子勇的诗集《博格达》

韩子勇的诗集《博格达》以短章为主，几组组诗也是短章构成。诗人写作的时间跨度很长，但始终在追寻一种简约、清平的诗歌风格，在平静的水流下面藏着深深的哲思。这哲思来自于他的人生感悟，也来自于诸多的学养和不随波逐流的思索。在《一棵树》里他这样写道："多么奇怪 / 天底下 / 荒野里的 / 一棵树 / 是孤儿 / 是走散的人 / 是白日梦 / 是愁容骑士 / 是披头散发的魂灵"，这些丰富的意象从多方面来描摹这颗孤树的形象，写出了一棵树的孤独、坚韧和不屈。这些在一般的诗歌中也能读到，但结尾诗人笔锋一转，"天地如诅 / 热风炙焚 / 忧思已沸 / 哦——/ 旷野囚徒 / 迷途的跋涉者 / 你果真以荒原为家么"，最后一句"你果真以荒原为家么"，颇有石破天惊、"语不惊人死不休"的味道，写出了生命的顽强与无奈。那些旷野的囚徒、那些不屈不挠的跋涉者常常因为步人迷途而跋涉，而"迷途"来自何处，可能来自于命运的安排，也可能源自环境的压迫，还可能是性格的桀骜，所以是

“一棵树”。这样的哲思在韩子勇的诗中经常出现，和诗中的意象紧密相连，又悄然蕴藏在语言的河流深处。

当前诗坛流行两大诗风，一是从朦胧诗那里传承过来的、被称为“知识分子写作”的意象派，这些诗歌写得端庄、繁复又有象外之象的语义；一是被称为“口语派”的日常生活写作，他们用“反意象”的方式，大量采用口语进行诗歌创作，在“我手写我口”的叙述流中展现日常生活的朴素之美。虽然“知识分子写作”和“口语派”之间引发了一些诗歌论争，但实事求是地看，无论是“口语派”还是“知识分子写作”，他们在近期都陷入了一种僵化的模式，尤其是一些后学者往往得其精华不够，反而放大了其中的一些缺陷。一些按照“知识分子写作”模式写作的诗人，刻意“装”出高深和深沉的格局，堆砌辞藻甚至知识，意象没有新意就变成了陈词。而一些口语派的诗人，片面追求口语的鲜活和逼真，以至于被人嘲讽为“口水诗”。韩子勇避开了这些流行元素的弊端，根据自己的审美风格，将口语和哲思、知识分子和日常生活成功地进行了嫁接，虽然没有意象派的繁复和丰饶，但将知识分子写作的知识分子精神充分体现出来，而朴素的口语化的语言又是经过提炼和升华的，简洁的诗风蕴含着不简单的诗意。

《吴哥》属于游历所得，在他的诗歌中属于比较特别的一首，因为他的诗中抒情主人公一般都是诗人自己，以自身的视野来环视感受抒发对生活的感受。《吴哥》的灵感来自于吴哥窟的游览，但在诗歌里面，诗人放弃了自己的抒情的身份，而转化为吴哥的表白，以吴哥的视觉去感知周围的世界，感受到“生机勃勃的绝望”和“虚无的热浪”，尤其是最后“遗忘我，就是治疗我”的金句，让这首诗在哲理外又寓含着禅味，与吴哥窟的佛教色彩可谓天然合一。在诗歌的形态上又是口语化的叙述体，但达到了意象派所追求的深度。

这样的诗作在《博格达》当中比较多，尤其是他以新疆为题材的一些诗作，我看了以后有些心疼的感觉。那些关于故乡、关于成长、关于土地、关于亲友的诗篇，是饱含着深情和赤子之心写就的，那些送别和赠友诗中，能感受到韩子勇作为一个传统文人的情怀和才思。对中国诗歌古风的传承和弘扬，关键还在于他内心装着一个李太白式的诗童。在《孤烟》这首诗中，可以说是乡情、亲情、豪情集中爆发。“孤烟 / 中亚的流浪汉 / 芨草为冠 / 黄尘扑面 / 狐步摇动宽大的袍衫 / 寻觅天地间”，我在新疆的广漠上也看到了孤烟直上的壮观，也升起过一种写诗的冲动，但等我读了韩子勇的这首诗之后，我就明白他对孤烟的理解比我深刻。我在里下河平原上看到的袅袅炊烟，和广漠上的孤烟是不同的两个境界，我不会将袅袅炊烟作拟人化的描述，只是当作对乡愁和田园生活的怀念，而韩子勇的《孤烟》真孤，和我前面说到的《一棵树》一样，都是孤独的精灵。

孤独的灵魂常常是美丽的，也是不羁的。

# 民族艺术传播的兄弟佳话

## ——评《流风》

艺术创作之间不是一个隔膜的空间，而是可以交互沟通的体系。我们看到的一些大师常常是跨界的，古代的苏东坡在诗词歌赋、书法、音律、美食方面都是顶尖的人才，现代文学史上，鲁迅不仅是革命家、文学家，还是文学史家，还精通木刻、书法。在一个人身上，艺术的相通互相提升是可以理解的。

在一个家庭里，兄弟之间也常常相互影响，比如周氏兄弟，鲁迅和周作人的佳话也是人们常常提及的。最近我读到的刘半农、刘天华、刘北茂三兄弟的合传《流风》（胡美凤著，中国青年出版社出版）一书，引起了我对兄弟与艺术这一话题的思考。

刘氏三兄弟刘半农、刘天华、刘北茂，在中国现当代文化艺术史上取得了赫赫成就。刘半农、刘天华二人在现代文化史上已经广为人知，刘北茂作为音乐教育家我也是第一次通过这本书才有了详细的了解。

这本传记，以三人为传主，勾勒他们成长的家庭教育背景、艺术探索历程，通过生活细节还原人物活动场景，又融合中国历史时代风云、江阴风土人情，以艺术再现的方式复活了三人的艺术生命。这是一本有助于我们思考家庭教育、艺术教育的传记，无论是学文学的、学音韵学的、学民族音乐的学子，还是正处于焦虑中的中小学家长们，都可以读一读这本书，一定会有所受益。

艺术来源于生活，中国民族艺术来源于中国大地、民间，扎根于人民生活的根柢。太平天国兵乱，江阴刘家两代男儿先后被杀，刘家香火将断。深爱丈夫贤淑识字的夏氏，有家族承传的使命感，更有好生之德。先是领养刘姓宗族男孩刘宝珊，后又在河冰上捡回弃婴做童养媳。夏氏含辛茹苦养育一对儿女，供儿子刘宝珊读私塾，还亲自启发教育。刘宝珊和蒋氏成年后情投意合成家，他们就是刘家三兄弟的父母。夏氏还领回重病的孤老阮成，给他医好了病，阮成后半生成为这个大家庭的一员。刘家三兄弟的艺术成就天下皆知，而其祖母夏氏的故事，正是刘家重视教育、在贫苦中不丢读书、不失仁慈救助之心的家风的由来。夏氏、蒋氏、阮成，他们唱的民歌、童谣，他们讲的民间故事，是刘半农、刘天华最早的艺术启蒙，是中国民间艺术源远流长、口耳相传的民间现场。父亲刘宝珊在夏氏的严格要求下上私塾，苦读考中秀才，又办私塾，后来开办现代小学“翰墨林小学堂”。可以说，江阴教育在清末民初中国时代转型中，紧跟时代风气。从夏氏租房给读书人办私塾，到刘宝珊办现代小学堂，这个教育之路，是中国 19 世纪末到 20 世纪初的教育转型之路。

艺术的启蒙来源于童年生活。我们现在的儿童艺术教育，以上辅导班为主要形式。技术辅导训练固然有用，然而真正的艺术启蒙却只能来自于心灵与生活、与艺术的碰撞。耳濡目染祖母、母亲、老伯的江阴民歌、童谣，在江阴的寺庙和街头观察倾听二胡的声音，刘半农和刘天华，种植了对民族艺术的深刻体察和自觉。在艺术传承方面，我们经常会把一个人的艺术才能归之于“天才”“天赋”等。然而，通过这一家三兄弟的艺术生命史，我们可以现场感受：艺术启蒙来自家庭、民间艺术，艺术学习、突破、创新来源于不倦探索的奋斗精神，来源于生命的历练、生活的甘苦，来源于个人命运与家族、国家命运的碰撞和融合。

刘半农、刘天华自幼受到国学和现代学校两种教育方式的滋养。父亲要求刘半农写日记，教诲不倦。刘半农逐渐成长为吸收了民间文化、私塾国学、现代英语等丰富学养的学者。他自幼承载着艰难时世下重生的家族振兴的使命感，他的学习精神令人震惊。在常州中学堂就大量翻译英文，写古体长诗。到上海写小说随笔，结识陈独秀之后，深入思考白话文与传统古文的不同，在丰富的创作经验基础上写出《我之文学改良观》，以实践和理论双翼，推动白话文推广。他在英国、法国苦读六年，一家五口人所受艰苦常人难以想象。他研究实验语音学，以著述《汉语字声实验录》获得文学博士学位，为汉语研究的首次突破。这期间抄录敦煌史料，研究图书馆编辑学，学问之大，触类旁通，通则精深。《教我如何不想她》，“她”是祖国，也是从此有了与男性平等的一个文字指称的中国女性。刘半农从幼年开始整理江阴民歌，到后来两兄弟同为北大教授，得蔡元培支持推广全国整理民歌，在民歌整理方面也是开拓者。刘半农求学之刻苦，在这本《流风》里得以全面刻画。

二弟刘天华，自幼与哥哥一起学习，习染民族艺术。刘半农记录民歌歌词，他则喜欢民歌的曲调。他学习二胡，自己买的二胡被父亲摔断，偷偷地到寺院里学习。他的民族音乐学习、改良、作曲、整理收集、推广教育之路，尤其艰难。只有刘半农很早就认识到民族艺术传承的重要性，一直支持鼓励刘天华。他摆脱世人的偏见，跟不同身份的民间艺人学习二胡、琵琶，又在常州中学堂军乐队和上海开明剧社工作期间学习西洋乐器。一直到去世前，他还在努力学习小提琴。刘天华进北大之前，在江阴不得志，不能养家，创作二胡独奏曲《病中吟》，开启了创作之路。他被称为“中国近代民族音乐一代宗师、二胡鼻祖”，这是他在艰苦卓绝的生活条件下，学习不倦积累出来的。他或许是天才，但若没有超越常人的意志力，绝对不会在民族音乐领域有那么多突破和成就。外国人惊叹“微此君，将不知中国之有乐”。他与刘半农在语音实验方面多有合作交流，二兄弟不仅是骨肉兄弟，更是艺术兄弟，彼此相知相惜相扶助，实在是艺术史上的高山流水遇知音。

三弟刘北茂，后来也是北大教授。一家三兄弟，都以自身的才学，受聘为北大教授。刘北茂自幼失去双亲，在大哥二哥照顾下长大。尤其受到二哥的影响。刘天华逝世后，他放弃英语教授的稳定职位，继承二哥“改进国乐”的遗志，教授二胡，并先后创作了《汉江潮》《小花鼓》《流芳曲》等一百多首二胡演奏曲，是我国现代音乐史上一位多产的作曲家，被誉为“民族音乐大师”。他从西北联大到重庆，新中国成立后到北京，借调到安徽，几十年传承民族音乐。到今天，中国民乐传承世界，在各大院校传承有度，刘天华和刘北茂功莫大焉。

《流风》记载了三兄弟艰苦求学、弘扬中国民族文化艺术的卓越成就，令人高山仰止。而最让人痛心的是刘半农和刘天华的英年早逝。刘天华 1932 年因猩红热病逝，年仅 37 岁；刘半农 1934 年因感染回归热病逝，年仅 43 岁。人皆有一死，而他们正在治学、技艺的巅峰状态，只要活着，就能做出更大的成就。真是天妒英才！

《流风》文笔通畅，叙述详尽，尤其善于抓住细节叙事，引人入胜，如刘半农小时候爱看书、刘半农一家在英国极其简陋的房屋、刘天华学习二胡精益求精、刘北茂坚持传授技艺双腿麻木等，用细节再现了人物的性情。此书在大量史料基础上写成，真实可感。遗憾的是，无论行文中还是注释中，或者后记里，都没有指明使用的主要史料、引文的主要依据，不利于读者进一步阅读原文、探索考证，修订时不妨补充。能看出来书中写到的很多场景，是依据历史照片而写，如能把照片附印在书中，既有历史感，也更加直观，会获得更多读者的喜爱。

# 寻找青春叙述的光芒

## ——评贾若萱的中篇小说《圣山》

青年作家贾若萱近年来先后在《人民文学》《中国作家》《湘江文艺》《西湖》等刊发表了《所有故事的结局》《暴雨梨花针》《麦收时节》《即将去往倒淌河》等中短篇小说，以清新平缓而内涵隽永的风格引起了文学界的关注，成为华北大地上一颗耀眼的文学新星。近期我读到贾若萱的《圣山》(《中国作家》2021年第10期)，发现这部中篇小说在叙事时态上成功地进行了新的尝试，探索小说叙事的多种可能，在时下颇为平静的小说艺术探索当中呈现出比较独特的腔调和风范。

青春是作家经常书写的母题，不同时代的作家有不同的书写形态。杨沫的《青春之歌》是对大革命时代青年一代对理想追求的记录，林道静的恋爱过程也是她不断革新自我获得新生的过程。王蒙的《青春万岁》是对新中国成立初期年轻一代朝气蓬勃单纯热烈的生命似火的描写，那首《让所有的日子都来吧》的序诗，也成为共和国新一代青年人的主旋律。王朔的《动物凶猛》是那个非常年代京城少年青春的残酷记忆和美好回忆。而余华的《十八岁出门远行》则是上个世纪80年代年轻一代面对新的社会转型时的某种迟疑的反应和青春时期的迷惘。

贾若萱目前的创作以青春作为圆心向四周的社会生活扩展，展现年轻一代面对新的生活的惶惑、思考和抗争。她在《暴雨梨花针》中，写初入职场的青涩以及人生挫折的体验，可以说是《十八岁出门远行》的新一代版本，而《所有故事的结局》对初涉爱河的“我”来说是爱情的开始，也是青春忧郁广谱类症候的写照。职场青春、恋爱故事，这些在贾若萱同代人的笔下，也时有描写，有的可能比她笔下更惨烈更出奇，因而《圣山》的写作看得出她突围的信心和努力。

《圣山》依然属于青春小说的范畴，但多了一点缅怀和凭吊的忧伤与哀婉。“我”、张小婷、马丽静是三个同学，她们曾经一起读书，经历了非常有趣非常调皮的校园时光。多年之后，她们在圣山神奇而神秘地会合了，会合的过程有点玄幻小说的味道，在清新淡雅的语言清流中散发着小说叙述的独特的魅力。

现代小说和传统小说的一个重要区别在于“叙述的诞生”，某种程度上现代小说也是叙述的艺术。在现代小说中叙述人叙述产生的语言河流以及河流的倒影的光泽有时大于故事本身的价值。《圣山》小说的开头似乎就将读者导入了一种禅境，“顺着长长的阶梯往上爬，树木如同耀眼的绿油漆黏在两侧，由于人少，鸟儿清脆的鸣叫萦绕在耳，偶尔惊得飞起来，翅膀噗噜噗噜作响。上去后先看到一座青色方形门，门口有两个白石柱子，写着几个模糊的古字，猜测是‘朝花夕拾’。进去后是干净的水泥地，三棵参天大树用石砖围成一圈，野草花朵在底部蔓延，立在拱形朱砂门两侧，远看交织成了一个川形”。这样的开头貌似一个出世主题的开始，但随着小说的不断展开，我们发现贾若萱是在寻找、探索青春小说母题的深化和叙述的创新。

在《圣山》中，作家尝试了多种叙述的可能性，将叙述的时态扩展到现在时、过去时、未来时这样多时态的共现。一般小说的叙述往往通过人称的变换导致叙述视角的变换，从而产生不同时空的交错，比如苏童的《河岸》就是从库东亮个人视角（潜在的第一人称）转入第三人称，从而对历史和现实进行双重的钩沉。《河岸》的时态是交错的，在裂痕中展现历史的迷惘和现实的错位。贾若萱自然不能去重复这样的叙述方式，她在《圣山》中以一以贯之的“我”的叙述（目前来看，她极为偏爱这一叙事方式）这样第一人称的视角创建了三种时态的青春记忆叙述。

小说中的张小婷可以说是小说的发动机，她约“我”来到圣山这一举动，是小说叙述的中轴。小说里写到，“张小婷依然充满神秘”，这是小说的叙述基调，神秘的张小婷却寻找更加神秘的马丽静。“她突然问我，你还记得马丽静吗？我茫然地在脑海中搜寻这个名字，一无所获。就是疯了的那个，她有些紧张，抬头看了看四周。”张小婷偶然在天安门广场看见马丽静带着孩子和老公合影，但马丽静没有认出她来，她凭她的第六感觉得马丽静就在圣山附近，所以才有“我”和她的圣山之行。

对张小婷的叙述是“现在时”，她的辞职，她的考研落榜，她对北京复杂的感情，一直萌生出来的逃逸心态，都是当下的。而小说中的“我”则沉湎于往事的追忆，“我”对于圣山高中的怀念，尤其是对外婆的怀念，成为“我”叙述的主旋律，这是关于成长、关于故乡、关于亲人的一段深情的忆述。“我时刻感到前方有一道帷幕，遮住了我的未来，眼前混沌一片。也是从那时开始，我第一次思考人生的意义，发现其实并没什么意义。”小说里写了“我”对外婆、舅舅、父母的印象片段，笔记本和照片的设置都是这些片段的链接物，这些关于家世的叙述和寻找也带有某种成长小说的痕迹，主体散发着追忆逝水年华的光影。

“我”在小说里的过去时的叙述，并没有借助其他的叙述转换，而是直接在小说中书写，因而她的回忆并没有导入过去的时空来表现。“我”虽然和张小婷生活在一个当下的时空，但“我”的叙述本身，在于将马丽静、张小婷和“我”三个女同学的往事呈现出来，呈现本身就是一个独立的时空，这个时空是封闭的，是现在故事的背景。和张小婷带来的当下都市生活的种种烦恼和种种不适应不同，“我”言说的过去圣山中学的韶华岁月，更多的带着伤感和忧伤。这种忧伤又和现在时的生活形成一种潜在的映衬。

马丽静在藏经楼的出现，则有某种玄幻的色彩，似乎是未来才能出现的场景。“我”和张小婷对藏经阁的探索，出于一种好奇，也出于一种对怀疑的质询，当她们越过藏经阁，来到别有洞天的地方，居然在圣山疗养院 202 室看到马丽静在学习高中数学。时间仿佛绕回来了，过去、现在、未来都在圣山这样一个奇妙的空间重叠起来，校园、职场、寺院复合在同一个时空中，逝去的校园青春和当下的生活并不遥远，一纸之隔，时间真是一个魔术师。

记得四十年前，同样出生在河北的女作家铁凝曾经以一篇《哦，香雪》惊动了文坛，也标志着新一代女性开始从乡村向城市的边缘前行。改革开放时代的青春就是从向往和憧憬开始步向生活的海洋的。多年之后，在贾若萱的笔下，已经入城的女青年则会回到自己的出发点去重新回望自己的青春的足迹，这足迹，有时深，有时浅，有时正，有时歪，回望之后，还要继续前行。年轻的贾若萱当然要前行，她在《圣山》里闪烁的叙述光泽慢慢会成为她的一个背影，一个深邃的背影。

2021 年 11 月 1 日于建瓯

# 散文的骨骼、温度和灵魂

## ——序闫语的散文集

散文是最有自由度的文体，很多作家不拘一格，写出了形态各异的散文。现代文学史上的散文大家，鲁迅的散文，朱自清的散文，冰心的散文，林语堂的散文，都有自己的形态。当代的散文作家，汪曾祺、余秋雨、周涛的散文也都有自己的艺术形态和审美个性。闫语是一个年轻的作家，她的散文也有自己的个性，也有自己的形态。这本散文集里收的散文，初步展示了她向这些散文大家看齐的自觉意识和文学追求。

我个人认为，好的散文应该具有思想的骨骼，感情的温度，灵魂的诗意。这三者融合才能产生散文独特的魅力。当然，有的作家可以偏重于某一个方面，而闫语的散文在这三个方面都有自己的追求。首先，她的写作是带着体温带着个人的热情的。她在一篇获奖感言中多次提到“温度”的问题，认为温度是文学的重要元素：“混沌学有一个奇妙的概念：当一只蝴蝶在欧洲扇动几下翅膀，就有可能在亚洲掀起一场风暴。所以，当这种蝴蝶效应发生到文学身上，我们得以在这里相聚，学习，分享，收获友情，让一颗心带着写作的温度去眺望。”“让一颗心带着写作的温度去眺望”，就是闫语散文的写作理念和写作状态。文学的温度来自情感，尤其散文，离不开感情的流淌。如果某些小说家某些小说流派可以规避感情的渗透，去追寻“写作的零度”和“情感的零度”，比如法国新小说派，比如中国有些“新写实”的作家，但是对散文而言，这一古老的文体，也不能离开古老的文学原则，以情动人。闫语的散文充沛着热情和温度，她对于乡情、亲情、风情的描绘，不掩饰自己的热情和感受。当然，感情的分寸也是需要拿捏好的，散文的流弊之一就是滥情，滥情不是散文的温度，而是散文的稀释剂。闫语让这个温度在合适的度数上，温而不燥，静而不冷。

思想是散文的骨骼，散文里的思想不一定是伟大的划时代的宏大叙事，但散文一定要有哲思，要有作家的思考，哲思也是治愈滥情的良药。从闫语的散文中可以看出，闫语是一个具有思考能力且善于思考的作家，她对西方现代哲学尤其是人道主义哲学有着浓厚的兴趣，同时对中国古代的哲学也时时回望，这让她的文字背后时不时流露出智者的身影。她那些议论性很强的文字和评点更能体现出她的思想者的姿态。她看到一个远方亲戚的脸，居然联想起“生存”和“现实”的关系。“去年看到的是他扑满风尘的脸，今年看到的是他沧桑的背影。这是生存的现实，同时也是一份暗语式的文学现实。写作常常使我耽于幻想而忽略现实，但幸运的是，现实的隐喻之花总是会通过词的嘴唇绽放。”这样的笔墨在她的文中经常出现。“隐喻”是闫语散文中的一种思维方式，也是思想借着“语词”的嘴唇悄悄绽放。因而，闫语作为女性作家，她的文字带有女性的细腻和敏感，但绝无时下流行的女性散文的软弱和纤弱，哲思让她的散文具有骨感和柔性的力度。而在《你自己就是每个人》这篇堪称闫语代表作的“大作”中，闫语的思维的能力，哲学的思辨水平，对人的存在和价值的认识，是叩问，也是回答，是自我，也是众生，足以和当代那些“思想家”的随笔媲美。

散文是有灵魂的，散文的灵魂是什么？我认为是诗意，诗意来自生活的酿造，也来自作家的内心。闫语的诗意来自生活的酿造，也源于她女性的情怀，还源于她诗人的气质。很多人写诗，内心没有诗人的气质，写出来的诗也只是分行的散文，而一个真正具有诗人气质的人，即使写的是散文，也难掩盖住诗意的流淌。闫语写作诗歌的经历，让她的散文自然而然充满了诗的气息和诗的润泽。无论是写春天的松花江和太阳岛，还是写秋天淅淅沥沥的细雨和雨中的火车站，或者写冬日里到处弥漫的一场大雪以及那些顶风冒雪匆匆赶路的人，她的笔端都带着足够的诗意和情感的温度。这是夫子自述，也是我作为一个评论家的同样的感受。

比诗意更加具有灵魂感的是音乐，当代文学界很多作家受到音乐的影响。王蒙先生没有接触过意识流小说，但由于对音乐的热爱和潜心，他的《春之声》《夜的眼》通过音乐的旋律，与意识流小说产生了共振，而这两篇创作于40年前的小说，我们今天把它归入“新散文”的范畴一点也不会有人诧异。闫语的散文里有一种乐感，这是源于一种自觉，“我一次次尝试着将音乐与散文融合到一起，但我不知道的是，勃拉姆斯邮差会传递给我怎样一封舒伯特来信，或者，布里顿是否会捎来诗人奥登的歌剧口讯”，她那些“阅读”（其实是倾听）的音乐的随笔，进入另一个境界，音乐更贴近人的身体，也更容易化入人的灵魂，闫语的散文是有魂的。

闫语的散文创作来自于她多方面的文学实践，来自于多文体的尝试，一个作家适合某种文体有时候是有某种必然性的，如果闫语只是写散文，或许形成不了今天的散文的格局。当下的散文创作，需要革新、需要融合、需要创造，而融合其他的艺术元素和文体元素，才会让散文有新的气象，闫语的散文才找到话语的源头。希望她坚实地走下去，一定不辜负散文这个灵魂的载体。

2019 年 7 月 19 日于润民居

# 城乡生活的双面书写

## ——梁豪小说集《人间》序言

梁豪是一个“90后”作家，年龄其实并不重要，但是年龄体现出来的往往是时代的痕迹和历史的记忆。对20多岁的梁豪来说，时代的痕迹和历史的记忆其实不是特别清晰，他给我印象最深的不是纵深的历史跨度，而是空间的断裂和延续。他在城市和乡村之间游走和徘徊以及焦虑产生的莫名情绪，给我产生了很深的印象。

中国现代文学的一大贡献在于乡土文学的书写和繁荣。鲁迅、茅盾、赵树理、李劼人等都从不同的角度，对中国的农村进行了生动而深刻的描写，留下丰富的财产，也为后人的写作提供了可借鉴的优质资源。当代文学是以“农村题材”的方式开启乡土文学的新纪元的，柳青、路遥自不待说，莫言、陈忠实、贾平凹、张炜等优秀作家的优秀作品都是为乡土立传的。连王蒙这样以写知识分子和干部见长的作家，获得茅盾文学奖的《这边风景》也是以新疆为背景的乡土小说。梁豪的小说集《人间》里的作品也是从乡村、从家族的故事出发，让不靠谱的叔叔这样的人物登场，用他们的欲望滋生去折射在现代性冲击性下传统的破裂和乡村文明的崩塌。

对城市的书写是近四十年来中国文学的一个重大主题。中国现代主义小说滥觞于上个世纪 80 年代，其中有一个命题就是对城市的书写，但由于当时城市化的进程刚刚开始，那时候的城市在小说家的笔下更多的时候是西方伦敦、纽约、巴黎的投影，情绪固然是迷惘或愤怒，但城市的框架依然是异域的。一些不成功的小说被称为“伪现代派”，就是一些作家不适当地把西方的情绪装在大集镇一样的小城青年身上。

到梁豪这里，中国城市化的建设已经初具规模，虽然城市的内核依然充满乡村的气息，但城市本身与乡村的冲突已经蔓延到伦理上、价值上、心理上，成为小说创作的极佳资源。梁豪对城市的书写并不是有意为之，或者追赶某种潮流，而是来自内心的波动和激荡。长期城镇生活的积累，长期南方生活的滋润，让他对北京这座城市的书写带着一种复杂的情绪，这种复杂的情绪在小说里会转化为一种典型情绪，可以称为一种城乡的“双面”写作。

对一个城市的书写是现代小说常见的方式，19 世纪 40 年代法国作家欧仁·苏的《巴黎的秘密》就引起了马克思和恩格斯的关注，马克思和恩格斯通过对《巴黎的秘密》的批评，提出了著名的“典型环境中的典型人物”的现实主义理论。30 年之后，法国卢昂出生的作家福楼拜的《包法利夫人》出版，宣告现实主义巨著的问世，这也是一部以巴黎为背景的长篇小说。

北京作为一个中国地标性的城市，近百年来也是被人们反复书写。老舍的京味小说，奠定了书写北京的史诗性的地位。上个世纪 80 年代中后期，以王朔为代表的新京味小说的流行，也让北京书写补充了新的内容。京味小说的特点就是北京人写北京，以本地人的内在视角来展现北京的文化地理和人文风俗。而“另一种北京书写”则是外地人来到北京对这座城市的书写。上个世纪 90 年代以来，邱华栋的长篇小说《城市战车》描写一群流浪艺术家在北京的奋斗和苦闷，令人耳目一新，至今读来仍有价值。之后不少青年作家都通过外来者的视角观察、体会、描写北京这座变化、动荡的城市。石一枫虽然是北京人，但他的小说，时常引进“外乡人”的视角，《世间已无陈金芳》《玫瑰开满了麦子店》等以北京“城乡接合部”为系列的小说，也写出了城市与乡村“接合部”（不仅是地理意义上的，也是心理和情感意义上的）的巨大困惑和反差。

梁豪的《麋鹿》《让我们荡起双桨》等小说都属于对北京进行正面书写的作品。《让我们荡起双桨》也属于另一种北京书写的系列，主人公黄迪在北京打拼的故事显然没有邱华栋笔下的青年那么惨烈奔放，但感受到的压力比当年有增无减，而那个大鳄廖烨的出现，则是文化霸权对年轻一代的青春的榨取和压迫，让黄迪和姚凯薇的爱情和理想迅速破灭。这是一篇充满边缘与中心对立的人生痛感的小说。

而《麋鹿》边缘又让“中心”感到尴尬。小说讲述的是北京人摄影师老齐和来自云南的“粉丝”卢莹的故事，有点像夕阳红的老年爱情故事，这对于一个年轻的作家可以说是非常生疏的领域，但作家在描写两人细腻而微妙的情感冲突时松弛合适，一些细节也颇有生活气息。梁豪的本意不是去展现这样一个并不新鲜的故事，而是去挖掘这样的情感故事背后的文化差异，来自乡村的女性为什么比老齐要获得更多的自由感和价值感，而身居北京城多年的老齐，反而在他的一个乡下学生面前显得局促，甚至对她产生了某种依恋。梁豪的书写如果只是停留在城乡的价值和心理的冲突上，还不能超越他的前辈们的书写，他还在寻找在《麋鹿》这篇小说里，正如他取的题目一样，是人物之间的“四不像”的关系。老齐和卢莹，是师生关系？是情人关系？还是朋友关系？还是夫妻关系？他们两个人没有搞清楚，作家在叙述时，也透露出一种困惑。这种困惑，就是梁豪对新的历史时期新的人物关系的一种把握。有了这种把握，梁豪的写作才有可能在小说创作中摆脱前人“影响的焦虑”。

梁豪的创作和自身的生活状态有着某种联系，他从南方来北方，南方的视角和经验影响到他对北方的叙述，他从家乡来到北京这个“他乡”，因而在小说里时不时地带着某种“对照”的思维，这让他的小说带有某种复调的潜质，和同时期的“90后”作家相比，他写的北京比生活在北京的作家要“复杂”一些，和那些纯粹的乡土作家比起来，他的腔调也要暧昧一些，这是他的长处。

梁豪的小说注重生活实感，描写细腻体贴，尤其喜欢抓住细节来渲染气氛，让人物内心的苦痛变得尖锐而持久。如果持续不断地书写下去，不断地丰富自己，他也许会写出《巴黎的秘密》那样的经典作品。

2020年9月16日于润民居

# 转益多师是吾师

## ——序严孜铭的小说集《余烬》

未及前贤更勿疑，
递相祖述复先谁？
别裁伪体亲风雅，
转益多师是汝师。

杜甫《戏为六绝句》里的这一首诗，用在严孜铭的小说集《余烬》前，好像很适合。严孜铭这些年的作品数量不是很多，甚至显得有点少，但严孜铭的作品并不给人薄的感觉。这在于严孜铭的作品不单一，不重复，在于她的小说常常“跨界”，这所说的跨界不是跨越某个界别，而是她小说创作在题材上的广泛和风格的多样。一般说来，一个年轻作家的写作往往从一个题材开始，然后慢慢拓展，因而前辈作家有“打一口深井”的甘苦之谈，评论家也有关于“建立根据地”的教导，但这些对严孜铭来说好像都不管用，她有点“天女散花”的意思，她在小说题材和风格的选择上体现了某种多栖多变的特点。

就题材而言，严孜铭的创作涉及的范围极为广泛，古今、城乡、老少都有，有反映城镇乡村题材的《有谁认识他》《会飞的鸟巢》，亦有具有都市化生活书写的《日日夜夜》《夜游的人》。作者既关注中年女性困境、老年人情感世界，亦密切地关注着同龄人的青春困惑、都市生活体验和心灵漂泊感。近两年的作品中，她有意识地将目光集中到青年群体身上，着重探索他们都市生活的漂泊感和复杂多变如万花筒一般的心灵世界，从而使得创作凸显出青春的锐利和锋芒，是对“90后”一代作家书写回避青春叙事的反潮流态度。

严孜铭有鲜明的创作自觉性，对自身的创作不断思索，不受限于自身熟悉的创作领域，不断开拓新的领域和题材，呈现出万花筒一般纷繁多彩的创作面貌。

除了上面的题材外，小说集《余烬》中还包含了一些穿越时空具有探索性的作品，小说《对局》以鲁迅“故事新编”的形式改写唐传奇《霍小玉传》，充分展现女性的独特生命体验、伤痛与绝望，使其具有现代性意味。小说《使命》架空时代探索人的命运和矛盾。《如何拆解我的阿丽塔》更是一次带有软科幻性质的创作尝试，讲述类人机器的濒死与逃亡，试图探讨人性和爱的真谛。

在艺术风格上，严孜铭的写作同样“跨界”，不断寻找新的突破口，进行多方面的探索和实践。她对于叙述视角的敏感和执着，在“90后”的作家中极为少见，这种对艺术赤诚的追求让人想起她父辈们在上个世纪80年代所做的种种尝试。

小说叙述视角的探索，是小说艺术的难点。严孜铭的尝试也是慢慢找到感觉的。《猫的国》《奔跑的灯火》系作者早期创作的作品，如今看来稍显稚嫩，但《猫的国》以类童话的形式进行叙事，以一只猫的视角构建了猫之王国的世界，颇具想象力和张力，而《奔跑的灯火》中关于列车前行的书写和女主人公心理世界的刻画已经能窥见严孜铭讲究叙述追求创新的端倪。到《余烬》的写作，已经在文本中进行视角切换，日记和通告形式引入等多种叙事手段的糅合，体现后现代叙事的特征。《会飞的鸟巢》呈现出她对日常生活化情节的稳健把握，但作者随后的创作却出现新的面貌，创作出如《八十一次温柔》一般着力于挖掘人物幽微内心世界的作品，甚至表现出某种“晦涩”的特质……

严孜铭不断尝试，意犹未尽，还勇敢地探索了第二人称的叙述。我曾经把第三人称称为“神叙述”，是全知全能的“上帝视角”，把第一人称称为“人叙述”，是有限的人间视角，而第二人称是诡异难以捉摸的，它介于全知全能和有限视角之间，难以掌握，所以我把它称为“鬼叙述”。严孜铭的《夜游的人》选用了第二人称，娴熟地使用意识流技法呈现出女青年潇潇在一次赴约的地铁线路上的诸多内心意识流动，对她的情感困惑，对故乡和异乡的思索和心理感受娓娓道来，应该说第二人称“你”的叙述运用得比较贴切。

王宏图教授把严孜铭的种种探索称为“试错”，我觉得也是一种“试对”。一个作家并不是一开始就能找到适合自己的表现方式，苏童在写作《桑园留念》之前也写过一些非常贴近现实的写实主义风格的作品，但在进行多方面的艺术实践和探索之后，慢慢形成了属于自己的话语系统，形成了独特的“苏童体”，具有很强的辨识度。很显然，严孜铭现在的创作还没有形成自己的风格，她的不断尝试体现了她锐意探索和大胆求新的艺术精神，同时也说明她的知识结构和语言结构的丰富和弹性。这种弹性对于今后的创作来说，是一笔资源，在这样的基础上不断探索、不断创新，是值得期待的。

“转益多师是汝师”是杜甫对学诗者的忠告，也是自身的体会。严孜铭现在的小说创作还处于“转益多师”的状态，她的种种尝试，也是向很多大师致敬的一种方式。从“汝师”到“吾师”是一个作家走向成熟的标志，“汝师”是别人的，而“吾师”才是自己的，很多作家并不能完成“汝师”到“吾师”的转化。严孜铭用颇为艰辛的小说实践去塑造“吾师”的形象，这个“吾师”就是严孜铭的艺术风格成型版，也是很多作家终身以求的目标。今后的文学道路对于年轻的严孜铭来说，是漫长的，也可能是曲折的，她除了向书本学习、向大师学习以外，还要向生活学习，还要向社会学习。“别裁伪体亲风雅”，“亲风雅”的同时，也要亲生活。社会是一本百科全书，也是一所非常“综合”的大学，当然也是人生最重要的老师。

2021 年 4 月 2 日于凤城河畔

# 写实与疼痛

## ——丰一畛小说集《缙云山》序言

我不知道，如果没有山花写作训练营的创办，丰一畛的文学之路会不会还要在“黑暗中摸索”一段时间。山花写作训练营的创办，其实是受到雨花写作训练营的启发。2016年，时任江苏作协党组书记的韩松林找到我，希望我帮江苏青年作家的培养出些主意，因为在70年代之后，江苏作家出现了短暂的断层现象，“80后”“90后”的青年作家好像有些难以为继。我当时建议，和《小说选刊》一起创办一个类似NBA夏令训练营那样的培训形式，以新的方法来培养青年作家。两人一拍即合，当即拍板创立雨花写作营。

实践证明，雨花写作营的方式对青年作家的培养针对性强，实战性强，江苏在短短的时间内就涌现了庞羽、房伟、汤成兰、杨莎妮等优秀小说家，贵州作协的领导一次开会听了我的介绍之后，也主动联系我，创立了山花写作营。现在山花写作营已经连续办了三届，文体也从小说转向了诗歌、散文诸多方面。

丰一畛就是在第一届山花写作营上崭露头角的。不知道为什么，在我的印象中，丰一畛喜欢戴一顶鸭舌帽，显得老沉而沉着。他的形象在一群青年作家中显得有些过于沉稳。著名作家、《作品》执行主编王十月在读到他的小说《后遗症》之后，当即表示，贵州青年作家有人才，丰一畛的《后遗症》我们《作品》要发表。这对于丰一畛来说，有点意外，我看他发言时显然有些木讷和紧张，这对于一个大学老师来说，是不应该的，说明他内心有波澜。

《后遗症》后来在《作品》2018 年第二期发表了，《小说选刊》2018 年第三期也选载了。之后丰一畛又在《北京文学》《湖南文学》等刊物发表了一些作品，引起了贵州内外文学界人士的关注。现在中国作协的“21 世纪文学之星”丛书出版他的第一本小说集，让我来写序，我也是很乐意的。

丰一畛的小说比较扎实，属于写实主义的范畴，但又不同于传统的写实作家，沿袭的大致是“新写实”的路径。“新写实”作为改革开放 40 年来最有影响力的文学思潮，至今仍然具有生命力。“新写实”的最大特点是对早期现代主义过于主观主义介入的个人主义情绪的一种反拨，同时也是对传统现实主义那种不接地气的宏大叙事的一种改良，他们往往以底层人物的视角为经，以底层人物的命运为纬，交织出日常生活的原生态图景。我们从丰一畛的小说创作中也能感受这一思潮依然活在今天的文学创作当中。

丰一畛的小说往往取材于他身边的人物和身边的故事，写现实生活给人物内心留下的种种“后遗症”。这种“后遗症”是一种疼痛，且往往是一种隐痛。《后遗症》写两个青年知识分子在婚恋中微妙情感中的隐痛，《缙云山》写一个女大学生的生存的困惑和面对世俗的无奈,《我们的敌人》以家乡小镇的悬案来折射人性的复杂和“历史”的迷茫。在《秘密》这篇小说中写小学生与老师“对立”的紧张关系,冷静的叙述中隐含着无名的疼痛。这种疼痛在丰一畛小说里,是一个巨大的关键词,有时是正面的,有的则是隐秘的。在《缙云山》里写刘小丽内心的苦痛,没有直接写内心的感情波澜,而是冷冷的白描:

> 退出半掩着的门,刘小丽不知是否该轻轻关上,她犹豫了下,还是关上了。办公楼的走廊狭长而阴暗,但她丝毫不想麻烦头顶那些古怪的声控灯,她快步迈进雨里,雨水熟稔,落在脸上钝钝的,如一把把小小的生锈的刀,生产着恰如其分的痛感。

刘小丽感到了痛感的存在,“雨水熟稔,落在脸上钝钝的,如一把把小小的生锈的刀,生产着恰如其分的痛感”,生活就像那把钝刀子吗?作家没有说,但刘小丽的感受里包含着作家的倾向。作家把小说集的名字取为《缙云山》,或许刘小丽的疼痛是整个小说集的一个指代,一个浓缩。

疼痛感是现代社会人的一种难言的情感状态,和古典主义的大悲痛、大欢乐的价值观不一样,疼痛感细微而真实,但疼痛的根源往往像古典主义那样来自历史或道义的悖反,它来自人物内心的一种自我怀疑和自我否定,它是心理对行为的不信任,也是行为对心理的不负责。现代人的困惑越来越被这种隐隐的刺痛所冒犯。

也许我夸大了丰一畛小说哲学层面的内涵，一个小说家最好的状态是在小说中呈现生活和情感的原生态，而读者和评论家能够读出言外之意，则是小说家的最佳期待，尽管作家期待的是什么，作家也不见得说得清楚。因而在这样的意义上，丰一畛的小说又不仅仅是“新写实”能够概括的，他有很多现代主义和后现代主义的元素。比如，在他的小说题目上，我就读到了卡佛的“结构”，这是他的致敬之举，但早在五年前，我就和一个和他同样迷恋卡佛的青年作家说过，卡佛的题目辨识度太强，而汉语的疑问句和英语的疑问句是两种不同的时态和情景，大可不必如此拘泥。

丰一畛正处于创作最好的年龄，30 岁出头的时候，是文学创作的黄金岁月，预祝他越写越好，淘出真正的“黄金”。

庚子正月初五定稿于凤城河畔

# 小说的另一面

## ——序林漱砚的小说集《另一面》

小说集《另一面》的作者林漱砚是个女性，她写的小说多与女性生活有关，同时还与她的工作状态有关，她在医院工作，接触到很多病人，她的小说就有些不同于一般的女性作家。医生出身的作家容易引人注目，文学史上有些医生出身的作家都很有特点，国外如契诃夫、毛姆等，中国现代文学史上的鲁迅、郭沫若都是弃医从文的，尤其是鲁迅先生，他的小说带着强烈的解剖意识，藤野先生教授给他的是身体解剖学，而他的小说则是对人的精神解剖学，对人的心理疾病的冷静解剖。鲁迅不仅解剖别人，尤其对中国农民精神进行深刻无情的洞悉和呈现，他把精神的解剖刀，也投向了自己，对知识分子精神进行无情的解剖和批判，从而成为现代文学史上对国民性最深刻的批判者。当代小说家余华也是医生出身，他秉承的是鲁迅的冷峻，且融进了卡夫卡式的荒诞，因而小说独树一帜。

林漱砚秉承的是鲁迅先生的解剖精神，她关注人的精神面貌和心理状态。在《另一面》这篇小说中，她在塑造严紫粉这个当下独特的女性形象时，写了一系列的女性形象。小说从“这个名叫严紫粉的女孩，坐在我面前的转椅上，由我为她化妆”开始，通过写她几次化妆的形象的变化，慢慢展现她的内心和心理的变化。小说的题目起得非常准确，朴素又有寓意。“我”作为化妆师，是要为严紫粉这样的顾客塑造出另一面来，而这“另一面”除了美容以外，还可以表现出人物的内心诉求。严紫粉第一次化妆的母版是王昭君，“昭君出塞”是悲凉的美，“我”和其他顾客发现她有心理幽闭的倾向，而最后的“四大皆空状”是她心理释放之后的“另一面”，因而成为网红。小说几乎按照心理医生的方式来描写严紫粉，但小说还不忘记“我”这个叙述者的“另一面”，她的本名叫“小强”，这样的名字无疑是本色的，但确实少了很多的想象力，尤其作为美容店的老板更显得没有多少商业价值，小强在把自己的名字改为“阿朗老师”之后，换装成功，她犹如严紫粉化妆成王昭君之后受到人们的关注一样，“朗逸峰”虽然还有些中性的色彩，但“阿朗”因马甲的包装却魅力大增，“另一面”美容店也生意火爆。

名字如此，人的面貌自然也会随化妆而增值。现代人对自身的本来面貌缺乏自信，在于现代美容术确实会成功地塑造另一个自我，“素面朝天”是一种美，但是要有本钱的，而且素面常常会被假颜值击败，何况那些颜值低的人可以借助美容来实现自我呢？当然，这种虚的追求，会导致人的精神变异，“假作真时真亦假”，《另一面》其实说的是“假”美学在我们日常生活中的作用和反向，小说借着严紫粉的故事，写出人们心里的某种病态的错觉，且对此已经习以为常。

在《另一面》这篇小说里，林漱砚还写出了女性的另一面。女性叙事一般都是站在女性的立场上，对男权社会进行某种抗争和对女性权益的呼吁，但解剖派小说的写法，却是刀刃向内，这也是林漱砚站在女性立场上又迥异于一般女性作家的“另一面”。在小说里，严紫粉是被叙述的对象，也是被大家观照的对象，但同时她又像一面镜子折射出不同人内心的“鬼”来。首先是她的母亲，保守而又自以为是的母亲是以严紫粉的保护神自居的，她身上的自私是通过“爱”的方式来表现的，这种由“爱”而变态的母爱也是“另一面”。而美容店里众多女看客对严紫粉的嘲讽和奚落，是出于某种嫉妒和本能的敌视，让我们想起了大观园里那些丫鬟之间的绞杀和撕裂，小说的笔法也很像鲁迅《故乡》里那些看客对祥林嫂的态度。她们对容颜的珍惜，对严紫粉的醋意，是带着酸和刻薄的。林漱砚在写这些看客的心态时，是有着鲁迅的凛冽的寒意和残酷的，甚至“我”对自己的助手蓝妙芝也不放过，蓝隐隐藏着的病态也被挑刺一样挑了出来。这种对女性的严厉的拷问确实有些大手笔的味道。

当然，林漱砚还有一颗巨大的悲悯的心，她对笔下这些有些病态或者变态人格的批判没有鲁迅先生那么冷峻，也没有鲁迅先生那么“酷”，她还是带有些温情和宽容的，她的笔墨有时候甚至会有些郁达夫式诗意的“沉沦”，不是道德的沉沦，而是从诗意去理解那些人的非常态，她对静子的哀怜，对严紫粉的理解，是善意的，她对那些略有变态的女看客的态度也是同情的，包括对严紫粉的母亲的描写，并没有把她们推向“恶”的深渊里。

林漱砚的小说带有时尚小说的味道，她描写时尚生活细腻深人，在同代作家中属于佼佼者。她的文笔也超越一般女性作家的矫情，她懂得反讽是现代小说的灵魂，因为用反讽来对待时尚和当下生活，她避免流行的俗，很难得。遗憾的是小说集里作品参差不齐，我想，假以时日，她会写出更多的力作来。

2019 年大暑于润民居

# 诗情翻腾　母爱光芒

## ——胡晟《疼痛的远方》序言

作为一位诗人，需要敏锐的艺术感受，这种感受来自于一种触觉唤起的敏感程度。胡晟的敏感程度显然高于一般人，那些触动他诗感的元素常常来自于日常生活的赐予。在读他的《疼痛的远方》时，我发现他诗意的触角极其发达，既能够在乡村的记忆里找到诗情与画意，也能在亲情中感受到大地的慈爱和厚重，既能在日常生活中发现那些隐藏诗意的角落，也能在工作的烦琐甚至厌烦处挖掘出诗情和哲思。

今年春节，我去给王蒙先生拜年。王蒙先生问我对某次诗歌论战的看法，我说评价一个诗人的优劣不是看他最差的诗歌，而是要看他写得最好的诗歌，如果以最低处确定一个诗人的“段位”，不用说郭沫若等诗风变化较大的诗人会难逃诘责，李白、杜甫这样的大诗人也有很多随性之作、随意之作。对一座山峰的高度的认定，是以他的海拔作为最后的标准，而不是山腰的亭子和水池，也不是山顶上空飘动的气球。王蒙先生点头：你说得有道理。

依据这一原则，我在这里不想要全面地评述胡晟的诗歌，重点谈一谈他书写母亲、书写亲情以及乡情的诗歌。这些诗歌是胡晟的诗歌的高度，代表他最好的诗歌水准。真情出诗人，胡晟写母亲的诗歌很多，完全出自真情的流露，这种真情的流露是人的天性，也是诗歌的内在本质之一。虽然现代派诗人艾略特说诗人不是表达情感而是要逃避情感，诗歌不是表现才华而是要逃避才华。艾略特的话，其实是针对浪漫主义诗人的滥情而言的，是对那些过分雕琢的无病呻吟的技巧派而言的。逃避本身恰恰说明诗歌源自真情，无情难以成诗。胡晟的诗中对母亲的爱如此深沉："当一片蛙声把一枚荷叶顶出水面的时候 / 荷花分娩了六月 / 母亲分娩了我"。这样的血肉之情写得浪漫而清新。"荷花""六月""蛙声"记录了那样一个平常而又不平常的日子，一个孩子的诞生，对这个世界来说，增加了一个新的生命，而对于母亲来说，也是创造了一个新的世界。

胡晟善于书写真情，但真情不是直抒胸臆，直抒胸臆正是艾略特所言的需要逃避的，真挚的感情要通过意象来呈现，才有味道。胡晟善于捕获意象，善于转虚为实，转实为虚，情思哲思交相辉映。这本诗集的第一首这样写道：

夕阳被稀饭熬烂
糊里糊涂粘着岁月
在薄薄的云层里
翻晒着自己的阴霾

父亲将一天的收获和疲惫
扛回了家
母亲打下收条
然后捧一把唠叨
小心翼翼地擦洗
父亲满身的尘埃

炊烟赶走了夕阳
占据了整个村子
傍晚傻傻地等待
明天升起的太阳

在这首诗里，作者表达的是母爱、父爱，对亲人的热爱和思念，但诗人巧妙地将这种感情转化为乡村的生活图景。“夕阳被稀饭熬烂”，如果按照一般的语法逻辑是难以理解的，但诗歌的语法是意象的语法，是心灵的语法，“夕阳被稀饭熬烂”，交代了时间，交代了乡村的饮食特点，一个“熬烂”堪称“诗眼”，夕阳西下，晚霞在缓缓地燃烧，而母亲正慢慢地熬稀饭，等待着亲人归来。黄昏时分的乡村场景，父母劳作的辛苦，亲人之间的温情，全在短短的诗句中得到了充分表现。

胡晟写母亲的诗篇不但多，而且时有金句爆现：

站在家门口

母亲把目光

擦得铿亮

——《归来》

我的骨头像母亲的骨头

像织布机的骨头

脸，像母亲用黄栀子染出来的布

——《一瓢米汤》

月光下

故乡很亮

母亲把皱纹铺成一条小路

我沿着小路回家

——《归——写在中秋节》

胡晟这样的句子凝聚着对故乡的爱，对母亲的爱，我们在读的时候，仿佛目光也被擦亮了，原来人类的爱如此日常，又如此深藏。胡晟作为一个游子，作为一个孝子，他的爱温暖而悲悯，仁慈而苍凉。

前不久，我在谈论诗人何鸣的诗集《自画像》时，说到是诗意照亮生活，还是生活照亮诗意，是诗歌的不同的取向。胡晟属于诗意照亮生活这一派，他在生活当中处处感到诗意的存在，收在诗集中的其他诗篇也体现了他作为一个主观诗人的“照亮”生活的情怀。他以强烈的主观的主体的情怀去浸泡生活、记忆和经验，所以他的诗有着浓烈的修辞意味，“炼字”“炼句”的中国古典诗歌的作风非常明显，以至于他的诗歌呈现出来的是语言的阵痛伴随着意象的诞生。前面说到的“荷花分娩了六月 / 母亲分娩了我”，也是他写诗的写照。

所以他把诗集取名为《疼痛的远方》，对一个诗人来说，一首诗的诞生，也是一次分娩，一次疼痛，但远方的憧憬，远方的期待，远方的爱，才是诗永恒的魅力。

2021 年植树节于润民居

# 如何唤醒沉睡的时空
## ——《海陵八景》序

《海陵八景》让我写序，是个难题。

“八景”是中国古人喜欢的一个话题，或者说是中国古代文人特别喜欢的话题，几乎每个地方都有八景或十景，以至于鲁迅先生在著名的《再论雷峰塔的倒掉》一文中，批评中国人患有一种“十景病”。鲁迅反对的是贪大求全的思维方式，并不一味地反对对地方的文化风景名胜的欣赏。

八景或十景是当时的文人对地方文化和风景名胜一种命名的方式，也是当时地方对外宣传的文化名片，我们往往是通过这些十景、八景来了解当地文化特色的，同时对后人也是一种教育和传承。我在高邮工作时，曾参与整理过秦邮八景的文史资料，给我留下深刻的印象，还以其中一景“甓社珠光”写过诗，题为《珠·湖》。女儿出生时，为了纪念她的出生地，特地用了秦邮八景之一的名称作为她的名字。现在我生活的北京，自然也有燕京十景之类的轶事，自然大多数已经见不到了，有的甚至连确切的地址都没有考证出来，但这并不妨碍人们对它的怀想和追忆。如今北京地铁有一个站名叫“金台夕照”，就是燕京十景之一，每次我看到这个地铁站名就顿起怀古之幽情，如果叫金台路就显得很一般化了。

虽然一些地方的十景和八景有凑数的嫌疑，但这些景点的命名和推广也是记录当时的地理风貌和人文环境，某种程度上是一种浓缩的县志，是县志的精华版，是县志中的县志。这些可能记载了当时的自然风貌，比如海陵八景中的“城楼眺海”，就让我们了解到海陵当时距离大海是那么的近，在望海楼上可以看到一望无际的大海，可以听到海浪的涛声，也明白海陵这个地名的来历。我们还可以通过十景或八景来了解一个区域的历史沿革，海陵八景中的“范堤烟柳”的遗址，据考证现今散落在东台、海安一带，八景之一的“董井寒泉”说的是董永和七仙女的故事，虽然实景不在，但遗址在今东台市西溪镇，我今年春天去东台还向当地人询问了这一掌故的由来。这两个景点能让我们了解到当时海陵的区域其实涵盖到今天的海安、东台一带。我们还可以通过这些遗存来了解历史名人的足迹，比如“范堤烟柳”，就是对名相范仲淹政绩的一种记录，当然也是怀念。范公堤在很多地方的县志和八景中都有记载，说明范仲淹“先天下之忧而忧，后天下之乐而乐”的高尚情怀广为流传，深受爱戴。

在历史上已经沉寂的这些景点，虽然我们在旧日文献的记载中能够感到它们的优美或秀丽，但今人不只是怀古或者凭吊，而是要唤醒沉睡的时空，唤醒那些美好的记忆。我们对传统文化的尊重和弘扬，一方面是要原汁原貌地传承，另一方面则需要在新的时空中加以复活。这是对沉睡时空的唤醒和激活。这种唤醒，大约有两种方式，一种是建筑的重建，一种是纸上的重建。建筑的重建，就是通过新建史上曾经存在的亭台楼阁，再现当年的景点，比如凤城河畔重建的望海楼，便是对当年八景的致敬与续写。书中这样记载望海楼，“城楼眺海”景即望海楼，建于南宋绍定二年（1229），初名海阳楼。海阳为泰州古称，泰州东旧为海域，登海阳楼远眺，沧溟惝恍入目，故海阳楼又称望海楼。因其高峙城隅，关乎一州“文运命脉”，有所谓“望海楼一郡大观，不壮不丽不足称形胜”之说。明嘉靖二十八年（1549），州守鲍龙重建毁于大火的望海楼，泰州名士徐嵩为之作《重修望海楼记》。万历三十一年（1603）楼圮，惟存遗址。清康熙年间，知州施世纶重建海阳楼，落成之日雷雨大作，有白鹤来翔，视为瑞异，因更名靖海楼。楼于嘉庆初年欲圮，知州杨玺拆而重建，将楼基增高一丈二尺，取“朝阳鸣凤”之意更名为鸣凤楼。抗日战争期间，楼被拆除。近年来，泰州市政府于旧址采宋代形制重建望海楼，“壮其规模，优其材料，精其工艺，以吞吐古郡风范，盛世气韵”，当代国学大师文怀沙先生题“江淮第一楼”，范仲淹第二十八代孙、《人民日报》原总编辑范敬宜为之作《重修望海楼记》。如今，复建的望海楼已经成为泰州新的地标，也就是说望海楼被唤醒了，再生了。

另一种重建就是文艺家的重建，也可称为纸上的重建。我们对待传统文化最好的方式是让其在今天的生活中能够发挥光泽，滋润今天的文化质地，而不是让其成为古董，束之高阁。这种非建筑实物的重建，《海陵八景》做了有益的尝试，编者在梳理历史上的八景之后，发动当代当地的文人墨客重新书写海陵八景，让海陵的历史和现实进行对话，让海陵的古贤和今贤隔空交谈，让乡情和诗情完美交融，让泰州的文脉在新时代赓续流长。徐一清的《城楼眺海》、沙黑的《泮池桃李》、姚社成的《梵宫花雨》、陈社的《古阜斜阳》、范观澜的《范堤烟柳》、武维春的《西湖春雨》、薛梅的《泰堂明月》、叶慧莲的《长桥烟景》、陈建波的《驼铃清风》、徐同华的《贡院奎光》等，都以深沉的挚情和优美的文字叙述了对海陵历史的厚爱和怀念。海陵自古也是书画之乡，书中收入了徐文藻、吴骏圣、张执中、巴秋、钱新明等为八景创作的绘画，同时书法家和篆刻家也以海陵八景为题创作各具个性的作品，可谓图文并茂，色彩丰富。

因此，《海陵八景》不仅是对海陵历史文化的一次打捞和唤醒，也是当代海陵文艺人才一次奇妙的集结，还是海陵文化精神的一次优雅的发扬。这创意，旨在连接历史和现实，传承和发扬海陵的文化血脉。我的序言难以与之匹配，权当一次点赞。

2021 年 7 月 28 日于润民居

# 地缘与文学
## ——《黄桥文丛》序

鹏春让我写序，我无法拒绝。

什么原因无法拒绝，我也不清楚。他不是我领导，也不是我老师，我们也说不上是什么至交，更多的时候是神交，淡淡的君子之交。无法拒绝的原因，其实是一种敬重。敬重他的人，敬重他的文。

80年代读过他的一些作品，印象最深的是他的剧本《皮九辣子》。1988年冬天，我和王蒙先生对话的时候，他听说我是扬州人（当时泰州还属扬州管辖），就说看过扬剧《皮九辣子》，评价颇高，还哼了几句扬剧唱腔。我当时惊讶于王蒙的记忆力和学习力，也佩服《皮九辣子》编剧的魅力，没有好剧本，观众是记不住的。《皮九辣子》的作者就是刘鹏春。在这部罩着喜剧外壳的悲剧中，鹏春的才华和敏锐发挥到一般人达不到的高度。我内心对有才华的人是敬重的。

鹏春让我写序言的作品，我不知道是《黄桥文丛》，当时答应下来了，现在发现这是个难题，我有些犯难了。这么多的作者，也不是很熟悉，写得不对怕有冒犯之嫌，姑且先从地缘与文学的关系说起。

现在一说地缘，与政治挂了钩，就与国际关系挂上钩，好像只有政治才有地缘似的，其实文学与地缘的关系，也是非常密切的，历史上的江西诗派、桐城派都属于地缘文学，当代的“山药蛋派”和“荷花淀派”也是源于地缘与文学的结盟。现在文学研究界颇有影响的文学地理学，就是从文学与地缘的关系来探讨一个地区一个时代在地理学方面呈现出来的种种现象。

《黄桥文丛》也属于地缘文学的一种，因为收入这套丛书的作者都来自于一个地方：黄桥。黄桥的名声很响，外地人可能不知道泰兴的地名，但都知道黄桥。黄桥因一场战役而出名，黄桥烧饼也因此而出名。共产党得天下的原因，在于得民心，得民心的表现在于老百姓自觉自愿为子弟兵提供给养，因此“黄桥烧饼黄又黄”的歌声传遍大江南北。后来的淮海战役也是老百姓推着鸡公车为解放军送煎饼，让共产党取得决战的胜利。

可以说，顾寄南先生是得益于这片地缘的，他的代表作《黄桥烧饼》取材于多年前那场伟大的以少胜多的战役，取材于家乡的舌尖上的美食烧饼，让我们曾经习以为常的烧饼成为良好军民关系的象征，也让我们对伟大历史的宏大叙事从最普通的日常食物开始。从另一个意义上说，家乡也是得益于顾寄南先生的，没有他将家乡烧饼与伟大历史衔接起来，黄桥的大名至少黄桥烧饼的美名不会传播得这么早这么快。烧饼是苏中地区最常见的食品，能够和黄桥烧饼媲美的大约有十个乡镇之多，但烧饼最后被黄桥冠名，一是与那场战役的胜利有关，二是与这篇广为流传的《黄桥烧饼》散文密不可分。《黄桥文丛》中收入顾寄南先生的文集，也是与“黄钟大吕”的创意相吻合的。

《黄桥文丛》与《黄桥》这个刊物有关，一个小镇能坚持办这么一个文学刊物，在全国不多。文丛就是将创刊十年来的重要作者的作品汇集出版。而这个刊物与刘鹏春的弟弟刘鹏旋有关，他自己写作各类文学作品，有理有趣，十余年来悉心办刊，更值得称赞，如今又编辑出版文丛，对黄桥的历史文化传承，对苏中地区的文化生态发展，功莫大焉。

刘鹏春还有一个弟弟叫刘鹏凯，是企业家，但也是文化人，还是中国化工作协的执行主席。刘鹏凯办一家民企，写一手好文章。他的黑松林公司富有文化色彩，他的文章在弘扬企业文化的同时，也传达了很多人生感悟和生存智慧。中国企业家里以儒商为最高境界，刘鹏凯是往这个方向努力的。

一个家庭的三个兄弟都对文学一往情深，都有不同建树，《泰州晚报》《坡子街》要开“家庭与文学”的专栏，我说首推黄桥三刘。地缘文学更多的时候是一种熟人的文学交往，父子父女间的传承，兄弟间的影响，师生间的教学，朋友间的切磋，这在黄桥应该有很多的对应和证明。《黄桥文丛》里收入的各类文体，也说明黄桥人的才能全面，石启荣的文集全方位地记录他多方面的才华，周新天的诗词赏析、王夔的小说、何雨生的小说、苏亮的诗歌、陈庆生的散文、刘明生的歌词创作，都是黄桥人值得骄傲的。我只是选择读了他们的一两篇代表作，就能感觉这块热土酝酿的才情不同凡响。

前几天在深圳年度市场影响力十大作家颁奖会上碰到黄蓓佳，她是领奖作家，我是评委代表。说起她的处女作《补考》，1973年发表在扬州的《革命文艺》上，当时我正上初中，她的名字前面有“黄桥中学”四个字，这让我发现我的文学梦想离现实如此切近，我就读的乡村中学离黄桥35公里，后来发现这距离花了十多年还没赶上，现在只有用序言向黄桥致敬，向黄桥的文学工作者致敬。

2021年1月9日于润民居

# 知性而灵性的书写者
## ——王开生散文集《茶叙五味》序

和王开生相识属于偶然。

2019 年参加《青岛文学》的一次活动，在莫奈花园的书吧，我随手写下了“莫奈花园”几个字，当时笔墨纸都不适合写字，纸窄，笔硬，墨涩，却不住主人热心，反正写完了也就写完了，我脑子就想着莫奈的风格，开玩笑说，我写一写“莫奈体”吧。现在书法热，人人都爱写字，人人都喜欢题字。现在各地的接待清单中，可能会有一项，请来宾题字。反正，成本也低，写了就写了，万一，来宾中有一人暴得大名，这字也就升值了。

本以为写完一笑了之，没想到，再一次去青岛入住莫奈花园，我的四个字居然被挂在餐厅里，我有些意外，再看看周围的字，都是书法界的专家，主人王开生，还是青岛市书协的副主席。这让我更忐忑了。文人写字，人人都自爱，要让他去挂别人的字，还是很难的。时我已不在编辑之岗，开生对我这文人字高看一眼，后来才知他内心存有某种共情。

后来慢慢聊开了，原来他是一个“扬州控”，他对扬州文化尤其对扬州美食的熟悉让我大吃一惊，对淮扬菜的烹制也是如数家珍。他知道蟹黄汤包的“三字诀”，还知道食蟹黄汤包还要谨遵“三度”，即高度，端盘要高至鼻前；角度，盘中包子与嘴唇保持 45 度斜角；速度，包子内汁多、汤烫，食之不能着急过快，须小心从上端咬开一处口子，轻轻啜食。扬州人对待吃向来是认真的。这让我这个老扬州都有些意外，“三度”的发现，非饕餮之徒，不能道出。

这是一个山东人吗？他不仅对扬州，对苏州也是耳熟能详，这更让我惊讶。后来说到汪曾祺、林散之、高二适、萧娴、亚明、吴冠中等江南名家，他亦通晓他们的人和艺，我仿佛遇见了多年的南京老友，这些话题都能聊的，基本是与南京、扬州、苏州有过交集的人。2000 年离开南京之后，在北京很难碰到这样的“熟人”。用一见如故来形容我们的交往，是一点也不过分的。我说他，一个青岛人，有一颗江南的心。

现在王开生让我为他新出的散文集写个“小引”，我也是乐意的。他是书法家，也是作协副主席。他的书法功底正，笔墨适度，灵拙合适，行家里手。他的文章也和他的书法一样，功底实在，智通性灵。在本书中，可以看出他对青岛的历史人文做过大量的功课，尤其对八大关一带的掌故熟悉得像一位饱经风霜的导游，娓娓道来，情真意切。在《三翰林和一圣人》中，他写道：“康有为自 1917 年首度来青，到 1927 年去世的十年间，写下大量赞颂青岛旖旎风光的诗篇。在青期间，康有为多次在寓所举办书法绘画古董展览会，溥伟、王埣等社会贤达均是天游园的座上客。”这是对家乡的热爱，也是对工作的热爱，他的工作就在太平角，他对这里的一山一水都有深厚的情感。在《方言与老规矩》里，他对青岛各地方言的熟悉，并和当地的风俗民间规矩结合，足见其文史功底和用心专注。

他的笔墨时常有灵光闪现的地方，比如在《铁路宿舍》里，他对剃头挑子的描述就特别生动：

> 街衢纵横，居民密集，进出方便，故来铁路宿舍走街串巷叫卖的商贩，也多。剃头师傅，挑着挑子，手里拿一金属大镊子，用根铁棒从镊子中间快速擦过，弄出“噌～”的一声长音，颤悠悠的，回声绵长。剃头就在自家天井里，极便捷，价格比理发店也省得多。“磨剪子来～锵菜刀”，如此抑扬顿挫的吆喝声，常在某个慵懒的午后，带着乐感飘入耳中。

而在《昔日盛夏与严冬》中，这一段堪称神来之笔：

> 盛夏最遭罪的，还得算夜间。关上门窗，极热；开窗自然通风，则进蚊子。一个夏季下来，屋内四壁白墙上，尽是蚊子的斑斑血迹。其实，那都是我的鲜血呀！

如此诙谐幽默，亦是大彻大悟之人。王开生的散文深受汪曾祺的影响，他在文中反复引用汪曾祺的很多句子，表达对汪先生的崇拜和高山仰止之敬。或许他是汪门的私淑弟子，他对汪先生价值的理解也别具一格：“读汪文亦能释压。汪曾祺作品越来越受欢迎，跟如今的生活节奏快、工作压力大不无关系。看他的东西能静下来，慢下来，忘忧，且有所悟。他独特的语言节奏，宽泛的知识面，幽默的谈吐，亦是良药！”

知汪如此，九段高手。

2022 年 6 月 23 日于润民居

# 鱼的视角与散文的目光

## ——序方欣来的散文集《岳州笔记》

方欣来把《鱼巷子》放在她散文集《岳州笔记》的第一篇，可见作者对这篇散文的重视和潜在的自得，出一本集子，放在第一篇的文章总是作家最满意、最自得的作品。当然，他人编的集子也是选择其代表作。

记得多年前有桩公案，是关于李商隐的《无题·锦瑟无端五十弦》(简称《锦瑟》)的，这首诗是李商隐的代表作，写得妖娆映丽而又扑朔迷离，一直是文学史上的一个谜团，所以注家蜂起，莫衷一是。因《锦瑟》放在《玉溪生集》的开篇，钱钟书先生认为，这是一首序诗，是李商隐对自己诗歌创作的一次诗性的总结。钱钟书先生的解释本来为争论多年的公案已经画上另外一个句号，但因《玉溪生集》是宋人所编，序诗之说也就留下疑点了，但我相信如果李商隐亲自编撰诗集的话，也会把《锦瑟》放在第一首的。

方欣来为什么要把《鱼巷子》放在第一篇呢？我们先看其中

的一段：

> 鱼躺到盆里的那一刻，看到巷子上空那一线窄窄的天，还有一个个带有鱼腥气的分子在半空浮动、跳跃、翻转，像在向自己传递一种讯息，是危险？幸福？抑或惬意？猜测不透。鱼看见了猫的目光，不由得打了个冷战，那目光里充满了挑衅，似在敌视或觊觎。

作为小说的叙事方式，以鱼的视角来观察世界，已经是非常新颖，但作为散文的叙事，可谓是给人石破天惊的意外之感。因为现在的散文基本上流行两种模式，一种就是那种大散文的模式，也就是以余秋雨为代表的历史文化散文模式，那里的叙事者、议论者、抒情者是“我们”，即使以第一人称叙述的“我”，也是一个“大我”，支撑“我”的并非自我，而是肩负着民族、历史和文化的使者；一种就是新散文的模式，那里的叙事者、议论者和抒情者是一个“小我”，是以自我为中心去观察世界的，更多的侧重个人的感情体验和心理感受。而方欣来的“鱼”的视角则脱离了“大我”和“小我”的套路，进入一个无我的境界，这个无我的境界就是对天地万物的一种尊重和膜拜。

这或许是作者写作时没有想到的哲学问题，她在写作《鱼巷子》的时候，只是希望视角更新鲜一点、更独特一点，没有想到背后蕴藏着一种自然与人价值观的融合。尤其是写到“鱼看到了猫的目光”，几乎是全篇的神来之笔，其实这篇散文的视角是从猫的视角转换到鱼的视角，开篇不久就写道：“猫是这条巷子的见证者之一，日子在它的目光里来来回回。”而鱼的视角出现，让猫的叙述带有更多的意味，猫和鱼对鱼巷子的沟通叙述和描述，成为这篇散文最有美学创意的亮点。

另外一篇《鹤叙述》，直接以鹤的叙述来命名，虽然文章没有使用“鹤”的视角，但作家天人合一的生态主义思维却得到了完整地体现：“那天傍晚，我拿了本书在堤上坐着，夕阳漫不经心照过来，洒在湖水和草木上，一片慵懒，几只蚂蚁从不远处的地面爬过来，直爬到我皱着的裤腿上，用它的触须这里闻闻，那儿嗅嗅，好像从没见过我似的，陌生，疑惑，犹豫，细细探究着我这不速之客。那一瞬间，我也疑心它们是不是与大堤同龄的蚂蚁的下一代或下下一代？也同我一样对外界的事物充满好奇。”这里的蚂蚁和《鱼巷子》里的猫和鱼一样被赋予着生命的灵动，原本以一个地方的地域文化和风物为主题的“地方性写作”一下具有了超越性的审美价值。

《岳州笔记》是一部以岳阳的历史、文化、掌故、风景和往事作为主体性内容的散文集，这样的写作是很难写出新意来的。一是受限于地方的资料和文史的成型，作家面对已有的风景，很难“思载千里”，天马行空式的书写自然会受到限制；二是受限于前人的经典描述，古代文人对岳阳的描述人们耳熟能详，更何况岳阳已经诞生了范仲淹《岳阳楼记》这样的名篇，在山水和楼宇之间唱出了“先天下之忧而忧，后天下之乐而乐”的君子华章。方欣来面对“崔颢题诗在上头”的境遇，能够独出一格，独出心裁，也是对家乡的热爱，也是有创新的艺术勇气。

在《岳州笔记》里，作家几乎遍览了岳州大地的锦绣风光，也几乎用审美的无形之手抚摸了岳州的每一寸好山好水。在第二辑《楼观岳阳》里，就集中写了瞻岳门、南岳坡、汴河街、滕子京、岳州府衙、小乔的月光、点将台等与岳阳楼相关的人物、风景和故事，这些人物和风景因为作家的爱心被蒙上一层“谁不说俺家乡好”的美感，这美感发自内心，也和当地的文化景观和人文积淀相吻合。

名为笔记，但贯穿在全书的还是温婉的诗意。海德格尔那句著名的“诗意地栖居在大地上”的格言，是现代人的一个理想境地。对一个作家来说，首先要实现的就是在文本中诗意地栖居，才能在现实生活中不庸俗、不媚俗。很多描写地方风物的文章，往往避免不了“媚”的嫌疑，这种媚自己看来是理所当然，爱我所爱，但对于读者来说，就有点牵强。怎么摆脱这种媚的嫌疑，方欣来提供了一颗诗心，这颗诗心就在于来自内心的对家园的热爱和自信，同时还是诗的内力贮藏。方欣来作为一个诗人，曾经从事过多年的诗歌创作，也取得了不小的成就。诗意的积淀，让方欣来在面对家乡的风物人文书写时，既保持一个在场者的亲切和自然，对家乡的每一寸土地都浸透着来自肺腑的热忱赞美和讴歌，同时作为一个诗人，她必须又有远方的情怀，所谓“诗和远方”，在《岳州笔记》里得到了复合，她的诗心让对家乡的偏爱升华到“远方”的高度。每个人看待家乡的目光都是偏爱的，都有着旁人不能理解的“不客观”，但诗心就不是一个地方情怀能够包容的，诗情会大于乡情，再好的乡情也必须在诗情中才能实现。“媚乡”是人之常情，但诗心是让故乡真正走向远方的内核。所以，我本不愿意为类似的乡情散文写序，因为太多的乡情散文往往透着一种善良的“媚”，真诚的“俗”，但方欣来的乡情之外，有一颗远方的诗心，她的笔记比之同类的作品有一种诗意地栖居的可能，虽然这种可能她只是努力，有时候还是被浓浓的乡情淹没。

近年来的散文创作数量多，介入的人数也多，尤其描写乡情、亲情、风情类的作品占据了很大的比例，但容易流于模式化、套路化，一些以地方历史文化作为素材的“大散文”也常常气势宏伟，格局阔达，但进入文本内部的时候，往往显出先天不足来，一些作者的目光只盯着脚下的这片土地，缺少宏阔的视野和诗心的飞翔，以致很多大散文成为有文采的地方志或者虚构了的“非虚构”的文本。其实，散文的目光，也是文学的目光，现代散文的魅力在于融合小说、诗歌、戏剧、理论诸多元素，拓展了散文的疆域，当下的一些优秀散文家于坚、祝勇、刘亮程、周晓枫、格致、庞培、张锐锋、叶浅韵等都是借鉴了诗歌或小说的元素，为散文增添了新的活力。尤其是这些新的散文家几乎都是诗人出身，诗性对于一个散文家的视野形成了不可低估的影响。

方欣来作为一个诗人“仰望星空”的情怀，让她脚踏大地的现实关怀超越了一般散文的视野，如果坚持努力下去，或许会跨越到这些散文新锐的行列之中，当然方欣来非专业创作性质会制约她的创作向更广阔的空间发展，这里面收录的一些散文已经看到这种制约和牵扯，未来的写作对她来说将更为艰辛和困难，她在《鱼巷子》有段话特别有意思：

> 墙，是时光里的屏幕，猫只是屏幕上的一个词语。

套用这样句式，作为我的序言的收尾：

散文，是文字建构的墙，词语只是这墙上行走的一只猫。

# 高邮文气清如许
## ——赵德清《风雨墙》序

全国各地的文联主席很多，但高邮的文联主席位置不一般，不是它的官位有多高，而是它的文化地位不一样。高邮是历史文化名城，高邮出过秦少游、王磐、王氏父子、汪曾祺等一代宗师，尤其近年来随着“汪曾祺热”的渐起，高邮成了文青们的打卡地，文联主席就不是一般的干部了，而是要由有文气、有人气的人来担当了。

高邮文联也有好多人当过主席，我印象最深的有两位，其中一位就是陈其昌。他是高邮文联的第一任主席，他对高邮的文学艺术的贡献应该在高邮文化史上大大地书写一笔。陈其昌先生是那种真心热爱文学、真心热爱人才的领导，他对高邮人在外发表作品的兴奋有时候超过作者本人，从来没有心里犯“酸”过。在高邮成才的或者成才以后离开高邮的文艺家，都受到他的拥戴。他曾有意地收藏我最早发表的作品，拍成照片四处宣扬，我自己都有些不好意思。陈其昌最早策划、成立了高邮文联。高邮文联在他的领导下，风生水起，现在那些活跃的作者都感受过他的温暖。1987 年到 1991 年期间，我曾先后借调到北京的《文艺报》、南京的《钟山》杂志社，当时关系一直在高邮文联，陈其昌先生一直为我说话，也一直为我发工资。多年来，我一直对高邮心存感激，这感激中，陈其昌先生的成分很重。一直想找个机会表达对他的谢意，今天借为赵德清写序，向这位高邮的第一任文联主席、我的好领导表示最由衷的感恩！

陈其昌有文气，有人气，现在德高望重，也是高邮的文化长老了。赵德清年轻，也是有文气，有人气，也是乐于为高邮文学艺术铺路架桥的“善人”。我最早了解他，就是从他人气爆棚的“汪迷部落”开始的。几年前，有一个“汪迷部落”引起了大家的注意。这个小小的公众号在全国拥有大量的粉丝，不比那些国家级大刊物的公众号人气差。我一打听，群主居然是一个人防办的干部，这更让我惊讶，此人如此有文气，当“弃戎从笔”，后来市领导识才，让他担任高邮文联主席，文气和人气回到了应该发挥的地方，赵德清也归队似的乐呵呵的。在文联岗位上，他大展身手，做了很多大事、难事、好事。我隐隐觉得，赵德清的才华还没有用够，如果平台允许，他好像还可以做得更大、更好、更壮观一些。

赵德清的小说集要出版，让我写序，让我意外又惊喜。原以为他只是一个文艺活动的杰出组织者，没想到还是一个实践者、创作者。一般的文联领导，善创作的往往不善组织或无心组织，组织工作做得好的，往往不善文艺创作，人各有长，兼得二者少之又少。赵德清属于德艺双馨类的。德，愿意奉献；艺，又会创作。

赵德清的小说也是追随汪先生的。首先，他的小说里透着对高邮无条件的爱。他的小说基本都是以高邮为背景的，在《王爷英雄》里，直接写道："高邮州府，地处要冲，鱼米之乡，战略高地。"短短十六字，对高邮的"溺爱"溢于言表。说是"溺爱"，在于地处要冲和鱼米之乡，并不是高邮才有的特色，赵德清对家乡的热爱是秉承汪曾祺先生的传统。其次，在选材上，赵德清也以汪曾祺先生的小说作为楷模，远当下，亲历史，写百姓，道日常，他的小说描写高邮的历史掌故和风俗民情，努力传承汪先生的余韵。第三，赵德清的小说还进行新的尝试，比如变换人物视角，偶尔还意识流一下，不只是汪味小说的简单翻版。在《风雨墙》这篇小说里，他通过不同人物的视角来讲述一段今昔交加的传奇，还通过书信的方式展示不同的叙述视角，跨度很大，但基本上吻合人物的性格和心理，说明他在小说艺术上不是一个故步自封的守旧者，而是努力探索小说的多种可能性。在繁忙的文联工作之余，能抽出时间来创作小说，实在难得，乃至我在他的文本中，都能读出他的工作之忙和写作之累。好在工作和写作对他来说都是愉快的。他说，今年五十了，我说，五十只是人生的上半场，下半场会更精彩，会有更多的时间来经营小说和其他文体创作。

去年 5 月 18 日，汪曾祺纪念馆开馆那天，赵德清特别开心，晚上，邀请我们吃夜宵，他把他珍藏了几十年的老酒拿出来，估计也是仅有的几瓶，给我和汪朗等汪家人分享。汪朗原来很爱喝，后来身体不适，就不怎么喝了，我成了全权代表，喝了一杯又一杯，代这个喝，代那个喝，很仗义的样子。因为我自己也特别开心，和赵德清一样开心。纪念馆建成，高邮的文气可以实实在在地聚拢在老人家的周围了，而且还可以辐射到高邮周围，里下河，大运河，长三角，甚至更远。

高邮文气清如许，是一代又一代如陈其昌、赵德清这样的写作者和工作者艰苦努力和无私奉献的结果。

2021 年 4 月 19 日

# 《闲说水浒》序

写序是个问题。

从事文学工作时间长了，也被人称为“干老”了，自然也就陆续有人要求写序了。记得我写的第一个序言是为《海子骆一禾诗集》作的，当时海子、骆一禾先后去世，有热情的出版人编辑了他们的诗集，让我写序，我倒是很乐意，第一对他们表示悼念和追怀，毕竟有过一些交往，二是对他们的诗歌确实有话要说，所以就写作了《诗的生命》这篇序。30 年过去了，海子和骆一禾的诗歌还在流传。有人说，当时你就这么有预见性啊，我想至少序文现在还可以看，这样的序就写得值。

当时没有想到写序会变成一种负担，只觉得是一种自然的流露。渐渐地，找我写序的人多起来了，有些是出于友情，有些是出于尊重。慢慢地，觉得序不好写，尤其是陌生人的序言更不好写。熟悉的人，还可以从交往说起，由人及文，陌生的人，如果只是纯粹从文本说起，就与文学评论文字无异，也就是一个书评，不太像序。再一个就是有些作品很长，也没时间去精心研读，如果硬写出来，有敷衍的嫌疑。后来我就不大愿意为人作序，怕误人误己。

也有实在难以推却的，大多是太熟悉的人，或者是被工作布置的，比如中国作协的《21世纪文学新星丛书》的序言就是被布置的。所以这一次，蒋广平老乡推荐《闲说水浒》让我写序，我颇费踌躇。蒋是老乡，作者陈学文也是老乡，《水浒传》的作者施耐庵又出自吾乡，我如果拒绝，似乎有点愧对家乡，但如果写就有点破例了。几年前有家乡的作者出版作品，让我作序，我忙于杂事，就没有写。这次本来也想婉拒，等我阅读了《闲说水浒》之后，就不再犹豫，答应写了。因为书中写到的一些话题是我熟悉的，也是我曾经思考过的，还有一些是给我启发的。

陈学文的学问扎实，文笔朴实而准确，简洁又不粗疏，他从多侧面、多角度去透视《水浒传》这部伟大作品的内涵，有的是从文艺理论的角度探索小说创作的特性，有的则是从历史考证出发去对照小说与现实的关系，有的则是从一个人物的形象去解读其他的内容。作者文史哲的功底不浅，视野也开阔，对于研究水浒的人和普通读者，都是有益的。

《水浒传》是一部伟大的小说，它的伟大还值得我们今天去咀嚼、赏析它。四大名著中，《三国演义》和《水浒传》是长得比较相似的，也难怪有人说这两部作品是施耐庵和罗贯中的合作之作。这两部小说里的有些人物是可以互文的，比如刘备与宋江，孔明与吴用，张飞与李逵，人物的性格都是同一个模型里出来的，甚至把李逵的名字换成张飞、孔明的名字换成吴用也无大碍。但

《水浒传》里那些关于日常生活的描写尤其是市井生活的描写，正是《三国演义》里所缺少的，用现代小说的标准来衡量，《水浒传》的格要比《三国演义》高。正因为如此，《水浒传》里关于市井生活的描写对后来的《金瓶梅》《红楼梦》影响巨大，也是让中国小说从英雄传奇走向日常生活最早的尝试。汪曾祺先生对《水浒传》极为赞赏，还写过《〈水浒〉人物的绰号》一文。其实汪先生继承的是《水浒传》里那种对市井生活的生动细致的描写，可以说是施耐庵之后描写市井的第一高人，遗憾的是我们的研究者对此重视不够。

前几天在扬州碰到毕飞宇，说到兴化人的性格，我们一致认为，《水浒传》对兴化人的性格形成有一种潜在的催化作用，这是一个很深的文化积淀问题。抑或是施耐庵的兴化文化的性格塑造了《水浒传》，抑或是《水浒传》反过来塑造了兴化人的性格。大碗喝酒，重仁重义，不畏强权，不欺弱者，不仅是兴化人常见的性格，也是里下河人的秉性。希望陈学文在这方面继续做一些深入的研究，探讨“水浒文化”与地方文化性格的关系，也是大有可为的。

看得出来，陈学文的《闲说水浒》是经营多年、笔耕数载的用心之作，在名著中找到我们的文化基因传承的元素，也在名著中张扬文学创作的一些普遍规律，同时也是构建小说之乡、弘扬小说之乡的力作。相信此书的出版，会引起更多的人对“水浒摇篮”的关注，也会促进更多的人对《水浒传》这部传世之作进行更深入的研究。

如果有一天，我写出了关于《水浒传》的论文或感想，则要感谢陈学文《闲说水浒》这部作品的触动和提醒。也就是说，这个序也是值的。

是为序。

2020 年 8 月 30 日于润民居

# 文学与风景的优美相遇
## ——序《印象秋雪湖》

相遇是一种缘分，有缘才会相遇。

秋雪湖和文学的缘分，最早可追溯到石言的小说《秋雪湖之恋》，这篇小说当年就获得了全国奖，算是秋雪湖最早向全国人民亮相的时候。秋雪湖当时还属于红旗农场，作为一道优美的风景还处于沉睡的状态，沉睡在里下河这片丰沃的土地。石言与里下河的关系源远流长，上个世纪50年代，他小说最早的成名作《柳堡的故事》就是源自里下河的故事，后被拍成电影，我第一次看到里下河的风车、里下河的茅草屋、里下河的板桥就是在这部电影里。虽然小说获奖了，但当时人们并不知道秋雪湖在哪里，秋雪湖像个传说，一个优美的传说，在文坛流传，不知就里的人还以为是作家的虚构。

现在秋雪湖不再沉睡了，文学又一次和秋雪湖相遇了，不是石言一个人，而是一群人。石言的笔名很有意思，石头开花是神话，石头开口便是文学。我和石言在饭桌上讲过几次话，老先生确实不喜言说。秋雪湖与文学的这一次相遇，不是一个人，而是一群作家，是一批“石头”在秋雪湖口吐“莲花”了，结集成为《印象秋雪湖》这本散文集。

这本散文集主要源自一次征文，很多作者踊跃参加，连我的同事“散文新秀”徐可（老兄之前一直在香港等地工作）也撰写了情深意切的得奖之作。文中所收的散文大多是一些非专业作家所写，他们当中不少人的文字是配得上秋雪湖这块美丽而神奇的土地的。

秋雪湖的风景对我来说，太熟悉了，太亲切了，书中的记述，让我感觉到里下河的风物、里下河的人文、里下河的故事都被浓缩在这里，当然有的场景是放大和提炼，是历史和现实复合成的优美风景。

所谓风景其实是大自然和人的一种交融，也是人和自然共同完成的，再美好的风景如果不和人相遇，就会藏在深山人未识，只有和人相遇了，才会成为风景，尤其和文人相遇了，风景就成为名胜了。黄鹤楼是唐朝无数亭台楼阁中的一座，但因为李白的“故人西辞黄鹤楼，烟花三月下扬州”，因为崔颢的“昔人已乘黄鹤去，此地空余黄鹤楼”，就成为千古名楼。毁了还要建，再毁还要再建。人们并不因为是新的重建的就不爱来，也不因为当年的物是人非而不来。其实，当年黄鹤楼“唯见长江天际流”的壮阔景观已经不复可观，武汉林立的高楼大厦让黄鹤楼（哪怕从三楼加高到五楼）已经“鸡立鹤群”，但人们看的不是今天的黄鹤楼，而是当年的李白眼中的黄鹤楼，这风景其实已经是另一种时空了，不是物理时空，而是审美时空了。这是文学的魅力，也是风景的魅力。如今比黄鹤楼高大上的楼宇遍地都是，比黄鹤楼看到的景象更壮观的也比比皆是，但人们要通过李白当年的眼睛来看这个世界，要通过崔颢的视角来看黄鹤楼的风景，那时空也是另一种世界，另一种人生。

作家范观澜这些年来一直致力于家乡泰州的“风景”的营造。2009 年的春天，我带着一帮作家到新落成的凤城河景区与泰州的文化相遇，后来形成了《印象凤城河》这本散文集，十余年过去了，这本散文集如今也成了“风景”。当时，范观澜就是当事人和见证人。近年来他一直从事泰州文化风景和自然风景的挖掘和呈现，留下了很多不菲的文字。这本新的《印象秋雪湖》是当年的延续，也是文学和风景相遇的新篇章，希望这些文字也能够和美丽的秋雪湖一样成为人们心中永不消逝的美景美文。

2020 年 4 月 22 日于润民居

# 夜色下的美文

## ——序安民散文集

“扬州月”已经是文学史上空前绝后的一道风景。张若虚的一首《春江花月夜》，牵引了多少文人墨客的情怀，之后“扬州月”在诗歌中行走，在风景里妖娆。我常常后悔自己晚生，不能亲眼看到古人笔下的明月，尤其身在异乡，常常有“明月何时照我还”的感慨。唐代的扬州，唐代的夜晚，我们何时再相逢呢？但后来一想，诗歌本来就是想象虚构，何况是历史消失已久的盛世繁华烟云呢？

活在诗词里的扬州夜晚，会复活在现实生活中吗？

古人说的秉烛夜游，有那么神奇吗？“何不秉烛夜游”为什么如此受古人追捧？《古诗十九首》里说：“昼短苦夜长，何不秉烛游。”秉烛夜游也就被视为延长生命长度、提高生命质量的一种高质量的生活方式。年轻时我对秉烛夜游是有顾虑的，是持怀疑态度的，怀疑古人是在作秀，朗朗晴天，风景依然，为什么要到夜晚才发现“那人却在灯火阑珊处”呢？

一次夜游的经历，改变了我的看法。1995 年夏天我在贵州黄果树参加几家刊物举办的“联网四重奏”的笔会。白天他们去游览黄果树瀑布，我因之前去过，就没有去。到晚上，神仙作家何士光说，王干，带几瓶啤酒去游黄果树，是很有味道的。我便有机会夜游了一次黄果树，发现古人的夜游确实是不同凡响的创举。夜色下的黄果树和白天的风景完全是两个维度，黄果树夜晚的美感是不容易发现的。

那次夜游归来之后，我写了一篇《夜游黄果树》的短文，记载了那次夜游的感受。1989 年的冬天，我和苏童等作家有一次夜游中山陵的体验，是老乡王德龙开车带我们去的。那时中山陵还不是封闭的，还可以自由出入。我们看到了与白天不同的中山陵，中山陵居然还有那么静谧肃穆的美感。几年前还夜游过九寨沟，虽然没有记载的文字，但觉得夜游确实是不错的审美方式。白天的风景和夜晚的风景像镍币的正反面，日光下的风景和月光下的风景是来自两个世界的声音。我到一个地方去，一有机会就在晚上出来转转，看看夜色和人们的夜晚生活。

扬州被称为月亮城，扬州的夜色也是天下一流的。但那是唐代的夜晚，或者是古代的夜景，近代的夜景被文人写得最流光溢彩的还是“桨声灯影里的秦淮河”，朱自清和俞平伯的美文让南京的夜景在文学史和旅游史上熠熠发光。扬州的夜景在近现代人的记忆里，大多还是停留在唐诗的余韵里。我在扬州学习生活期间，也有机会夜游扬州，但并没有读到有特别深切的感受和特别难忘的记忆的文字，只恨自己笔拙，愧对大好美景。2008 年，应邗江方面的邀请，我陪王蒙先生夜游扬州古运河，扬州的夜景给王蒙先生留下了深刻的印象，他在传记的第三卷专门写到这次夜游，感慨夜游的美好和扬州的韵味。2020年春节前，我们聚会，我说我到扬州大学当老师了，欢迎您去讲课，他欣然同意，并说，扬州值得再去。

近日老朋友徐推荐一位叫安民的作家给我，说他写了一系列的关于夜扬州的文章，我顿时有了兴趣，说发来看看，我想我笔拙，总有文笔优美之人，来写写当下的扬州夜景。一看，果然不错，正如作家所言，他“摇荡了瘦西湖的水月，拨弄了廿四桥的丝弦，点亮了枣林湾的灯火，装扮了万花园的春色，卷上了文昌路的珠帘，飘散了宋夹城的烟花，体验了古运河的清幽，品尝了东关街的老酒”，我翻阅了他这一夜一夜的吟诵，仿佛在翻阅一页一页的扬州历史，也仿佛在欣赏一幅清明上河图式的长卷，扬州今天的风俗民情，烟火气味，尽入其中。欣然应允作序。虽然多次声明不愿意写序，一是序者多是德高望重之人，我不够也，二是写序难免左右为难，我不善也。但关于夜游、关于扬州、关于月亮，还是打动了我多处的敏感神经，不惧浅鄙，作此陋文。

文末，借安民的散文集出版，呼吁一下“美文扬州”的建设。近年来扬州文旅事业繁荣，扬州“美食之都”的称号已经享誉全球，《夜扬州》的出版，也让扬州沉睡多年的夜色被扬州籍作家“挖掘”出来。他以夜晚的视角来展现扬州文化的多样美感。但一个安民是不够的，扬州的美需要更多的美文来呈现、来展示。扬州不仅是“美食之都”，还是“美文之都”，扬州的记忆是和美文联系在一起的。我在这里还想纠正一个概念，人们把美文的定义局限在散文是一种狭隘的文学观念，美文应该泛指一切文学作品，小说、散文、诗歌和戏剧，我们说汪曾祺写的美文，不仅是指他的散文，还有他的小说、诗歌甚至戏剧。在这样的前提下，扬州是当然的美文之都，那些优美的诗词，早已让人们记住了这座美文之城。遗憾的是，当下人们对美文之都的认识还有待提升，安民的创作实践，也是对美文之都建设的一种很好的尝试和呼吁。

2020 年 6 月 28 日于观山居

# 第三辑　答问似风

# 文学刊物与中国当代文学的发展

## ——答《大家》问

**周明全**（《大家》编辑部）：王干老师好！

大家都知道您是一位杰出的评论家、作家、编辑家，今天，我们想借助您精彩的办刊经历，来了解当代文学刊物与文学发展之间的关系。不管是过去工作过的《文艺报》《钟山》《东方文化周刊》《中华文学选刊》，还是今天的《小说选刊》，您都在发掘和助推青年作家，您在开创引领风气之先的文学事件、引发文学评价和反思、引导创作潮流等方面发挥了重要作用。不过，我们还有很多人只是大概了解，所以很期待您能再谈谈与这些文学刊物之间的关系，比如具体的工作时间，主要负责的工作，等等。因为您是新时期以来重要文学刊物的重要参与者、组织者和当事人，我们希望通过您的回顾与思考，展现当代文学刊物与文学创作之间某些隐秘的机缘或者某些被遮蔽的问题。

**王干**：文学期刊在中国新文学发展史上有着至关重要的作用。五四时期，文学研究会的《小说月报》和创造社的《创造》都引领了当时的文学潮流，影响了当时的文学风气，推动五四新文学的发展。这些文学刊物有的时间长一些，有的时间短一些，但都留下了自己的足迹。1978 年以后，中国的文学期刊发挥了巨大作用，我们今天读到的很多经典作品，都是在当时的文学期刊上发表的。最近我策划了一次活动，就是找 40 位刊物主编、评论家来评选 40 年来最有影响力的 40 部小说，现在这 40 部小说选出来了，都是在文学期刊上发表过的。可以说新时期文学期刊的发展史，也是新时期文学发展的历史。

进入新世纪之后，随着出版业的迅速发展，随着网络的异军突起，也随着媒体的多样化发展，文学期刊当初的功能被销蚀了，传播能力也下降了。文学期刊的功能在转化。评论家何平在《文学策展：让文学期刊像一座座公共美术馆》（《光明日报》2018 年 9 月 4 日）一文中说道："文学活动的主体部分在文学刊物，文学刊物本身就是一种主体行为。它不仅仅是文学作品的汇编，也不仅仅是发表多少篇好作品，而关键在于它是一个综合性文本，是一种文化传媒。它应该更有力地介入创作与批评，介入文学现状，介入文学活动的全过程，并能有力地引导这种现状和过程。"如今，文学刊物不是传统意义上只发表文学作品的载体，而是跨越文艺和生活、文学和其他艺术样式的界限，成为彼此共同成长的空间。

文学期刊在中国当代文学发展的过程中是一个起点，也是一个终点。作为终点，是一个作家创作的终结。作为起点，文学期刊对作家作品的发表，是传播的第一个程序，这个程序也是文学见世面、见天地的亮相，怎么让它亮相、怎么让它见世面，在今天已经变成了一门艺术，或者学问。虽然酒香不怕巷子深，但如今资讯发达，信息爆炸，文学期刊如何让好作家、好作品脱颖而出，就有了“策展”的可能和必要。

**周明全**：确实如此，我们从您最初的工作谈起吧？

**王干**：有人和我开玩笑说，你的名字是王干，干字加一个立刀，就是“刊”，所以跟刊物有缘。我与刊物结缘到现在，有30多年的历史了。最早办的一份刊物是一份内刊，在高邮工作时，高邮文联的《珠湖》我办过几期。“珠湖”是高邮湖的代称，为什么呢？沈括的《梦溪笔谈》里，写到高邮湖上有一天晚上突然来了一个像飞碟一样的东西，发出碧色珠光，所以高邮湖从此就有了“珠湖”的名字。我当时从高邮县委党史办调到文联，文联就让我去办《珠湖》这个刊物。《珠湖》我其实只办了两期，但是我觉得还是值得说一说的。当时我找了我文学上的恩师、引渡人汪曾祺先生，写《珠湖》刊名。汪老给我写了。现在《珠湖》还是汪先生写的刊名。当时我充满雄心壮志，要把《珠湖》办好，跟汪老约稿，还请他写刊名。还专门去找当时著名的诗人顾城约稿，顾城给我一组诗，在《珠湖》上发了。现在看也是很难得的。但其实《珠湖》在当时就是一个文学小报，是报纸性质的，还不是刊物，后来变成刊物了。汪老当时信也寄了，字也写了，但是他看我在信中充满雄心壮志，就给我泼凉水，说这个报纸没什么意思，办不出什么名堂来，要我走出去。

因而我第一次办刊的经历很短暂，两期之后就中断了。不仅仅是因为汪先生的冷水，也是机缘巧合，当时全国中篇小说评奖，也就是鲁迅文学奖的前身，我被抽调到《文艺报》负责评奖办公室的具体工作，就这样来到了《文艺报》。评奖结束后，《文艺报》正好缺人，觉得我还不错，勤快，笔头又快，就留下工作了。我之前也希望在北京工作，但是觉得不可能，我一个基层来的，怎么可能留在《文艺报》工作呢？但是正好《文艺报》理论部缺人，就问我能不能留下来，我说可以，就留下来了。当时《文艺报》发了一份公函，于是我就从高邮县委借调到了北京的《文艺报》理论部工作，从 1987 年 12 月份一直到 1989 年 4 月。

**周明全**：在《文艺报》的近两年时间您主要负责什么工作？这些工作是否符合自己的预期？

**王干**：我当时在《文艺报》理论部做编辑工作。这份工作让我接触了很多人，尤其是文艺界一些非常有名气的老师，比如谢冕、刘再复、钱理群、李泽厚、乐黛云等老师，因为《文艺报》经常组织一些讨论会，我就有机会近距离接触到了他们，同时我还要联系他们组稿，在这前后一年多的时间里，我觉得是受益匪浅的。主要就是接触到了高端的理论家、高端的学者，从他们身上学到了很多的东西。我自己也没想到有这么好的机会。当时我也比较勤奋，白天上班，晚上大家都走了，我还在单位看书写东西。

后来就发生了一件事，就是跟王蒙对话的事，有些偶然性。我一直想有机会见到王蒙先生，最好的方式，就是能像我们今天这样，坐而论道。一起谈谈文学、谈谈艺术、谈谈审美，这是我梦寐以求的，不能叫华山论剑，就是向文学的高峰、前辈、大师求教。但我知道这是不可能的。因为我当时是从基层借调来的，用我们现在的话说，就是北漂，他是云层之上的文学伟人，我是一个小小的草根，怎么可能呢？

比较巧，当时《文艺报》的理论部办公室，有里外两间，我在里面一间，王山就在外面那间。当时我在《读书》上发了一篇批评莫言小说的文章叫《反文化的失败》，2012 年莫言获得诺贝尔文学奖后，这篇文章又反复被拿出来炒作，好像我专门去赶时髦一样，但其实这篇文章是 1988 年写的。中间还有一个趣事，当时我从《文艺报》到鲁院去组稿，组完稿去食堂吃饭碰上了莫言，很尴尬，刚批评了人家，不知道说什么，进退两难。但是莫言人很好，主动跟我说话，问是王干吗，你那篇文章我看了，百分之四十九是表扬，百分之五十一是批评，可以嘛，不错嘛！所以后来我跟莫言反而成了很好的朋友，他很大度。这篇文章在当时影响很大，听说胡乔木也读到了这篇文章，本来我也不知道，但是王蒙怎么会跟我对话的，就是胡乔木跟王蒙说起王干的文章写得不错。因为看我的文章比较老练，名字一看也像个老人的名字，不像个年轻人。后来王山说，什么老先生，王干就是我们编辑部的。当时我跟王山说过，什么时候有机会去拜访你父亲。王山说好。后来见了之后一聊，王蒙觉得我这个年轻人很有想法。

当时我住在团结湖附近的 43 旅馆地下室。为什么叫 43 旅馆呢？因为当年有个 43 路公交车终点站就在那里。《文艺报》对我很好，当时没有宿舍，《文艺报》给我十块钱让我去住招待所。当时十块钱可以在地上住，但是住地上是两人一间，平均两天就换一个室友，外地人到北京都很兴奋，晚上不停跟你说话，从哪来的，做什么的……弄得我每天都很烦。我就跟旅馆老板商量，在地下室包一个单间。也磨了很长时间。当时规定很严，不允许一个人住一间，我就说来人尽量安排在别的房间，如果实在不行，可以安排到我房间里。因为我长期住，所以他们对我还比较客气。有一个周日，旅馆服务员告诉我说有我电话，在楼道里喊我的房号和名字，我很纳闷，没人知道我住这里啊，家里人也不知道，我自己都不知道旅馆电话。我一接，电话那头说我是王蒙。因为之前在王山家见过一次，王蒙在电话里说有件事想跟我商量一下，上海文艺出版社想做一个对话录，但是他一直不知道跟谁对，朋友都太熟悉，不合适，互相都知道要说什么，所以希望找一个年轻人，互相激发一下，他明确表示他也没时间整理，我可有时间做这件事。问我愿意不愿意，我说当然愿意了！王蒙那时候是文化部长，很忙，但是一有空，就打电话，打旅馆那个电话找我，那部电话成了热线。后来知道王蒙是通过《文艺报》办公室主任问到这个电话的，费了一番功夫。当时跟王蒙做了十次对话，影响很大，但是书耽误了三四年才出来，后来再版了三次。

这就是我在《文艺报》期间的经历，很多都是出乎意料的，我甚至觉得都没做好准备，但是学到了很多东西。

**周明全**：1989 年，您到《钟山》杂志社工作，用苏童的话说，就是转身，选择从北京“转身”到南京的原因是什么？

**王干**：《文艺报》对我的工作很满意，很希望我留下来，但户口问题不太好解决。当时江苏作协一直想办一个文艺理论刊物，建议我回去办理论刊物，但是刊号一直没批下来，再后来有了，这个刊物就是现在的《扬子江评论》。他们问我是留在北京还是回南京，当时我就想回南京，去《钟山》。所以 1989 年 4 月份，我就回到南京，到《钟山》工作。《文艺报》很好，但是我心里一直有个情结，想做文学期刊，觉得文学期刊能承载更多东西。当然，也有一帮好朋友在南京，苏童、叶兆言、周梅森、黄蓓佳，有人把我们叫作“文学发小”，一起成长。所以最终我回到了《钟山》。

**周明全**：您在《钟山》给人感觉比较“风光”，您在《钟山》策划了一系列的活动，能谈谈当时的情形吗？

**王干**：当时《钟山》比较风光，我个人其实是个苦力。我到《钟山》还是做理论版编辑。因为当时的一些特殊原因，那边人事关系冻结了，单位人员清查，不能进人也不能出人，所以我在《钟山》被“晾”了两年，还是借调人员，算是借调去了《钟山》。高邮文联都着急了，他们在那期间还一直给我发工资。他们都替我着急，说我借调出去两年多，人事关系怎么还不调走。想想也很艰难，但是没办法，一直等人事关系解冻了，我才正式调进来。在《钟山》一开始做理论编辑，后来领导发现我跟作家，跟方方面面都很熟，觉得只做理论编辑资源有点浪费，就开始让我也做一些作品的编辑。所以就介入了《钟山》的很多工作，包括策划、宣传等。所以很多人误以为我在《钟山》是副主编，因为做了很多事，但其实我还是个“借调人员”，就连“新写实”讨论会时，我也还是借调人员，“新写实”当时做得那么轰轰烈烈，我还只是个借调编辑。所以人生风光背后，还是有很多不为人所知的无奈和叹息。

作为理论编辑，当时我在《钟山》，理论版办得很用心，发表一些有意思的论文，陈晓明三万多字的长文章，王晓明五万多字的文章，张颐武、戴锦华、孟繁华等的文章都在《钟山》发过，他们在当时还是新秀。这些作者现在都是大咖了，都是分量很重的学者、评论家。

**周明全**：王老师，下面要请您重点谈一下，文学刊物在推进文学思潮及实践方面的作用。1988年，也就是您调到《钟山》之时，《钟山》与当代文学现场发生了重大关联。其中，最著名的应是“新写实小说”的命名，据您在一个访谈（《跨越八十、九十年代的“新写实”》，赵天成）中说，是缘于“现实主义与先锋派”这个研讨会的启发，《钟山》准备搞一个会，引起大家讨论的兴趣，由于徐兆淮办刊倾向于现实主义，范小天比较倾向于“新潮”“实验”“探索”方向的“先锋文学”。《钟山》杂志为什么要策划这样一个会议？

**王干**：当时我还在《文艺报》，《钟山》少一个理论编辑，当时的理论编辑要去加拿大留学，他们希望我回去到《钟山》工作，而且我也参与了“现实主义与先锋派”这个研讨会的准备工作，是跟《文学评论》一起举办的。这个会应该是1987年开的，但是因为发生学潮，这个会就耽搁下来了，一直拖到88年。会议的议题也是87年定下来的。《钟山》当时两个副主编，一个徐兆淮，年龄大一点；一个范小天，年轻一点，当然都比我大。他们两个人，都是很有想法的编辑家，对《钟山》的成长做出了很大贡献。他们一个侧重现实主义，一个注重先锋派。开个会，把这两个观点结合起来最好，这个题目，两个人都能接受，也都有话可说。应该说，不是谁的建议起了作用，而是他们各自的文学编辑经验产生了一个都可以有话说的话题。

这个会后来就酝酿出了“新写实小说”。“新写实小说”是把先锋文学的元素，加到现实主义里来。原来的现实主义太老派，已经不适应当时的时代和审美的需求了。所以当时我们就希望现实主义能够丰富、能够多元、能够开放，正好当时也出现了一些作家，像刘恒、刘震云、池莉、方方他们。当时方方的《风景》已经写出来了，刘恒的《伏羲伏羲》、刘震云的《新兵连》《塔铺》、池莉的《烦恼人生》也出来了。这一批的现实主义跟传统的现实主义是不一样的，所以《钟山》在这个时候联合大家，做了“新写实小说”这样一个创意。

**周明全**：我问这个问题的原因是，一个有深度、有见地或哪怕仅仅是有意思的会议议题，不会是碰巧出现的，至少需要提出者的洞察力和敏锐力，也就是其他人还在被动接受之际，他已经无意识地察觉到了这可能是一种重要现象一种可能趋势。所以，我要问的是，您是如何捕捉信息的？

**王干**：我想是由于我在《文艺报》的时候，工作需要做一些概括性的文章。对全国文艺思潮的动态比较关注，能迅速抓到一个点，把它进行概括、浓缩。“新写实小说”刚开始准备叫“新写实主义”，“主义”在英文里面只是一个后缀，但是在中文里面就变成了一个大词，最后就变成“新写实小说”，“主义”就去掉了。现在看来，当时不叫新写实主义还是有道理的。其实我1988年概括它的时候用的不是“新写实”，我用的是“后现实主义”。有人查了一下，说我是中国最早用“后”这个词的，当时中国还没有出现“后”这个说法，我不知道对不对。“后现代派”还没有流行开来。我用的这个“后现实主义”，由于人们还不习惯，后来就改成了“新写实”。但是“后现实主义”一文中所有的内容，都给了“新写实”。其实我觉得我是有些掠人之美的，“新写实”很多人都做过贡献。我1988年这篇文章《近期小说的后现实主义倾向》成了“新写实”的比较完善的理论阐释而已。当然这篇文章的发表也比较周折，1988年9—10月份写出来后，交给了《文学评论》,《文学评论》觉得很好，但是他们犹豫再三，一是因为我当年已经在《文学评论》发了一篇文章，再有可能觉得“后现实主义”这个概念没听过，没有这个概念，就没有发，但也没退稿给我。后来在《北京文学》发出来，已经是1989年6月份了。现在谈论“新写实”都爱拿这篇文章说事。

对我来说，写这篇文章是我的工作，我要到《钟山》去，所以要为《钟山》做工作。当时并没想通过写这篇文章去建功立业，对我来说就是普通的一篇文章，因为《钟山》搞这个活动，我当时在《文艺报》，他们和我讨论过会议筹备情况，我要去参加就需要提交一篇论文，还要契合《钟山》这个活动的议题。“后现实主义”又有现实主义，又有先锋派，我就是这么考虑的。后来大家对这篇文章评价比较高，认为把“新写实”的内涵都包括了进去，我又在《钟山》工作，有“新写实”的讨论会就让我去发言。接着我们又推出了“新写实小说大联展”，推了一年多。

“新写实小说大联展”很多作家都介入了，但是其实这个大联展本身的“壳”大于“内涵”。因为刘恒、刘震云他们真正的代表作，没有在联展里发。刘恒发的是《逍遥颂》，有种荒诞主义小说的味道；池莉发的是《太阳出世》，也不是她最有名的《烦恼人生》；倒是另一个作家很有影响，叫朱苏进，他的《绝望中诞生》，那个小说写得非常好，头条，一下子让我们这个“新写实”栏目提高了很多知名度。

“新写实”相关的这些，当时对我来说就是一份工作，也没有想到会在文学史上有那么深厚的影响，到现在大家还在谈论它，所以我自己也打算过段时间重新梳理一下这个问题。当时我的想法是，人们经历了80年代那样一个激情、梦想的时代后，到了90年代一下子急转到这种世俗主义的时候，需要一个坡度，我觉得“新写实”确实是给我们提供了一个精神的坡度，要不然下不来。但是现在看来我要重新认识。当时是从人们阅读情绪上讲，它是给人一个精神坡度，但今天要我来看，“新写实”可能就是一个中国特色现实主义。因为现实主义有很多很多种，法国“新小说”派，它还说它是现实主义；福楼拜，我认为他是经典的现实主义，但是我们把他叫自然主义；巴尔扎克，我们认为是现实主义，但又叫批判现实主义。那么中国真正的现实主义，有中国特色的现实主义，我准备以后抽时间探讨这个问题，为什么“新写实”过了三十年还经久不衰，大家还在说这个问题，它肯定是打动了中国人内心的，或者说它和中国人灵魂和精神里的哪一点是契合的，要不然不会这么持久。所以这个我也在重新思考。

**周明全**：今天“现实主义”再次回归，您认为跟三十年前的“新写实”应该有什么不同吗？

**王干**：今天的现实主义与“新写实”相比，应该有所变化。“新写实”当年我概括它有三个元素：原生态；零度写作；与读者对话。今天的现实主义我认为它需要批判精神，需要战斗精神。以前我是主张零度的、不动声色的，但是今天不一样，因为今天的生活里面有太多突破底线和阴暗的事情，让人忍无可忍，所以我认为现实主义在今天应该去批判邪恶、批判黑暗，这是我对现实主义的一个新的认识。如果说我对今天的现实主义有什么期待的话，我希望我们的作家能够有批判精神，之前虽然我也写过、表达过类似的观点，但是没有像今天这么明确：我觉得文学必须批判金钱，文学必须批判黑暗，文学必须批判邪恶，要不然我们要它干吗呢？这个是我的现实主义观到今天的一个转变：现实主义要高扬批判的旗帜。我们现在社会有这么多问题，我觉得一个很重要的原因就是我们的文学家没有能够发出正义的声音。如果现在让我讲现实主义，跟三十年前不一样了，三十年前我希望是零度的，但是现在我们的作家要发出正义之声，要发出对邪恶、黑暗不妥协的声音。

**周明全**：“新写实小说”的命名及“新写实小说大联展”，无疑是极其成功的。然后，到了1994年，《钟山》杂志又提出了“新状态”这个说法，请问：“新状态”是基于什么文学现象提出来的？

**王干**：“新状态”这个提法首先是因为当时《钟山》面临改

版，《大家》的成功对文学期刊都有冲击，《钟山》的主编也换了，希望有一些新的气象，比如外观上变成了大 16 开。《钟山》的这次改版还推动了全国文学期刊改版潮，之前都是小 16 开，后来很多期刊都变成了大 16 开。

最主要的原因是整个文学环境跟 80 年代相比发生了很大的变化。93 年以后，中国开始以经济建设为中心，整个社会经济、娱乐中心化，文学开始边缘化。跟 80 年代不一样，那个时候文学、作家还在舞台的聚光灯下，还是生逢其时的感觉。但是 90 年代之后，文学开始慢慢边缘化了，各种各样的小报出来了，电视也普及了，很多作家下海经商，文学受到了比较大的冲击。这个时候，面临两个问题：一个是怎么概括我们这个文学时代，怎么概括我们现在的文学环境、文学形势，“新状态”是从这个层面提出来的。现在有“新常态”，有人调侃我说，你三十年前就有这个提法了。它是对当年文学生态发生变化后出现的文学格局的概括。第二个层面是对一些年轻作家的出现的概括，韩东、朱文他们出来了。他们是体制外的作家，我用了一个词叫“游走”，他们开始在我们传统文学的中心游走，有了个人化的叙事，因为“新写实”等基本都是非个人化的叙事，是负数叙事，而他们是个人化的。所以当时我们发现了这样一批作家，发现了他们身上这种个人化叙事的特点。另外一点是，他们是对抗当时商业化的。基于这些，我们提出了“新状态文学”这个概念，因为不仅是小说，散文也出现了新的写法，后来把它称为“新散文”。

“新状态”这个提法在当时争论很大，原因很多。我现在回过头想，是因为它把两个层面的事放到一个层面去说了。本来“新状态”作为一个对新的文学格局的概括是可以的，但我们又希望在这下面找到一些作家，但是这些作家还没有能跟这个提法完全契合起来，所以大家就会觉得这个提法太超前，只是一种苗头，还没看到收成。现在我回过头看，“新状态”这个提法是一个超前的命名，甚至当时有些概念都运用到网络里了。它跟“新写实”不一样，“新写实”是应势而生的。当时我们是想引领，却产生了很多争论，但是也是好事，那个时候让《钟山》在全国吸引了大家的眼球，当时我们是跟《文艺争鸣》一起推出“新状态文学”这个概念的。“新状态”没有像“新写实”那样得到广泛的承认，但是“新状态”在整个社会、文学转型的时期留下了重重的一笔，我们是想用我们的刊物，我们评论家的概括，记录下转型期的文学。因为转型期的文学本身是变化的，所以大家不习惯、不理解、有争论，我觉得是正常的。

**周明全：**1980年代以来，文学命名意识非常强烈，对某一文学现象进行命名，是当代评论家和刊物都很热衷的一种行动。比如，以时间段来命名的“新中国文学”“新时期文学”“新世纪文学”等，以特征或事件命名的“伤痕文学”“朦胧诗”“知青文学”“寻根文学”“先锋文学”“新写实小说”等，以出生年代命名的“第三代诗人”“新生代作家”“中间代诗人”“70后作家”，等等。不可否认，这其中有些命名非常成功，有很多却名不副实，还呈现游戏化和作秀化倾向。因此，想请您谈谈，“文学命名”对作家、评论家、刊物及文学本身的影响。

**王干：**概念这个东西又好又不好。好是好在它能够迅速找到一个抓手，尤其办刊，很需要找到一个话题引起文学界的注意。不好在于，一个命名容易以偏概全，王蒙说过一句话很深刻，他说所有的概括都是有所遗漏的。命名本身就是一种概括，自然会遗漏或牵强，但不能因噎废食。事实上，经过几代人的努力，《钟山》现在很有影响了，但是当时《钟山》还是个边缘性的刊物，话语中心在北京、上海，《收获》《当代》《十月》都是名刊，占据文学的制高点。《钟山》怎么办，只能努力奋进，做出一些事来，让大家关注。命名是让《钟山》能够跻身名刊的一个重要手段。命名就跟概念一样，它能找到一个抓手，把一批作家团结起来，能抓住一个潮流，这样对作家、对文坛还是有吸引力的，因为每个时代总有一个审美的主潮，那么刊物如果契合了这个主潮，就可以事半功倍。其实命名也不是《钟山》一家。但是《钟山》可能是做得最早、最好的，所以大家一说概念就是《钟山》，然后就扯到王干，其实我当时在《钟山》连编辑部主任都不是，就是一个普通编辑，只是思维比较活跃，也比较喜欢干活。当然，《钟山》在全国的影响跟“新写实”“新状态”是有很大关系的，让它进入了当代文艺思潮的前沿。我一个人很渺小，也不是决策的，是《钟山》自身的实力带着我走，我是沾了一点光的。

**周明全**：在互联网没有在中国普及之前，当时文学刊物就开始“联网”，现在看来，太超前了，能接着谈谈1995年的“联网四重奏”吗？

**王干**：“联网四重奏”是个什么概念呢，就是当时的四家刊物《钟山》《山花》《作家》《大家》，两个大型文学双月刊，两个月刊，同一期同时发头条推出一个作家的作品。当时我只听说过互联网这个概念，还没有使用互联网，真正用互联网是 1999 年以后了。但是我当时一听就觉得很好，这是一种资源整合和共享。为什么叫共享呢，我们当时要推出好的作家，好的作品，但是我们这些刊物都是单打独斗、互相竞争。当时《大家》是我帮他们创办的，整天找我要稿子，甚至反过来争《钟山》的稿子。我夹在中间也很为难。《山花》1995 年改版我也帮他们做了策划。《作家》当时跟我们办刊的趣味和方向也比较一致。当时我们是“农村包围城市”，我们是边缘的刊物，是东北的、西南的，都不是上海、北京的。而在那个时候，北京的文学活动很少，处于一种比较沉寂的状态。那时候有一批青年作家势头很好，于是四家就联合起来搞了一个“四重奏”。“四重奏”就是我们同一期刊物都推出同一个作家，头条发表，同时配评论。当然对作家也是一种生产力的激发，一下子要准备四篇小说。这个“联网四重奏”在当时也是很有影响的，很多作家当时都是刚刚出来，像徐坤、韩东、朱文、东西、陈染、林白、邱华栋等一大串名字。打个不恰当的比喻，就是用集束手榴弹的方式来“轰炸”文坛，一个手榴弹没有威力，我们把它捆起来，就有战斗力了。这其实是对中央话语权的一个挑战，我们没有核武器，但我们有手榴弹。后来发展到评论家也做，当时的吴义勤、施战军也是我们“联网四重奏”推出来的。

现在回头看，这次“联网四重奏”非常重要。一些文学刊物怎么能有自己的话语权？怎么能够获得话语权？怎么能够获得更大的话语权？它对文学期刊的发展、文学新人的成长，都是一个非常成功的案例。所以后来这四家刊物在全国也都是非常重要的，刊物跟作家一起成长。“联网四重奏”还有一个非常重要的意义是，率先打破了刊物的地域局限，用共享、共同发展的方式，整合文学资源，让文学能够在一个更高的平台上发展。“联网四重奏”是我们四家众筹的一个平台，是 1+1+1+1 大于 4。再有就是率先运用了互联网的思维，互联网的思维就是打破时空界限，来发展文学。这是“联网四重奏”有意义的地方。

**周明全**：在《钟山》的 9 年，可以说是《钟山》最辉煌的一个阶段，您个人，作为一个批评家和作家，也取得了极为杰出的成果，完成了《王蒙王干对话录》《南方的文体》《静夜思》等著作。为什么会再次选择“转身”，到《东方文化周刊》做主编？

**王干**：如果有人认为《钟山》有辉煌的时段，那也是多方面的合力造就的。我只是一个普通的编辑，做了一些自己应该做的事情，也做了一些自己“编外”的事情，我一个人的力量有限，《钟山》的品牌是几代人共创的，我是几代人中的一粒沙子而已。而且我在《钟山》资历浅，但是做了许多事，领导觉得这个人可以用，就提拔我当创作室副主任，当时苏童、叶兆言开玩笑说我是他们领导。那时江苏电视台要办《东方文化周刊》，缺少有经验的编辑，就有人推荐我，说王干办刊很有经验。

现在可以说，我去《东方文化周刊》也是有点“私心”的。当时正是大众文化兴起的时候，我最喜欢的一个外国理论家是罗兰·巴特，他是我的偶像，我的很多文章都是受罗兰·巴特影响。罗兰·巴特可以给《花花公子》开专栏，可以给时装刊物写时评，我对他心向往之。正好有《东方文化周刊》这份刊物，它是大众娱乐文化刊物，我觉得我可以来实践一下，了解一下大众文化。到现在人们都还说，《东方文化周刊》在王干当主编时是最有影响力的，比如我做了“南京十大文化符号”等。《东方文化周刊》在当时影响很大，我试图把大众文化做得有品位，同时把有品位的文化去让大众接受，我主要就做这个工作。刊物一度发行量到了 20 万份，在短短不到一年的时间。那时候南京的老百姓不一定知道评论家王干，但是说起我是《东方文化周刊》的主编，人家就很客气了。

那个时期对我影响也很大，我深切地接触到大众文化生产的过程，让我对大众文化的生产、大众文化的元素有了很多了解。我还专门写了一本专著，叫《赵薇的大眼睛》，就是研究大众文化的。当时大众文化主要是电视台在做，电视台办了个《非常周末》，那时候还没有《非诚勿扰》，所以后来江苏台做出《非诚勿扰》，我能理解。

**周明全**：后来为什么没有继续了？

**王干**：有两个原因。一个是太累，它是周刊，我每天早上七点要到编辑部，晚上十点才回去，周日都得不到休息；第二个是做了一段时间后，发现大众文化的创造性有限，重复、克隆的内容太多，而且是流水线作业，对我这样一个从事文学研究多年的评论家来说，刚开始新鲜，时间长了，就不过瘾。我从来没有那么想念文学。原来我觉得天天看小说、看文学刊物很烦，做《东方文化周刊》之后，我发现自己还是离不开文学，最后还是选择回到文学。

大众文化的重复概率更高，干了一年我觉得就可以了，它几斤几两、多长多高多宽，我已经有数了，再做就没意思了。我是一个好奇心很强的人，很多新的事物我都希望能接触到，不能成为专家，但我至少要知道。大众文化在那之前对我是一个很有诱惑力的话题，但是经过不到一年的时间我已经知道它是怎么回事了，它的内核在哪。

**周明全**：选择回到文学之后为什么没有再去原创刊物，而是到了《中华文学选刊》？

**王干**：也是机缘巧合。当时全国书市在南京开，当时人民文学出版社的社长聂震宁说《中华文学选刊》正面临问题，经营上的问题，办不下去的问题。在南京书市见面，希望我参与其中，一拍即合。

我去人民文学出版社，还有一个原因就是我对文学生产产生了兴趣。搞文学以后，我能充分地阐释一个作品，好作品的内涵能够阐释出来，好作家我能把他挖掘出来。我从推出一个作品，到挖掘一个作家，最后能呈现一个思潮，按我的思路接下来就是要了解文学生产。写评论那叫研究，办刊物那叫编辑，搞文学生产，那就要去出版社。大众文化的生产我也看过了，当时我就少一个文学出版的履历。那个时候做图书还是很有意思、很有创造性的，人民文学出版社也是一个很好的平台。到《中华文学选刊》主要还是因为对人文社、对文学生产有兴趣。我要把整个文学生产的流程都做一遍。

之前我在《钟山》做文学编辑的时候，王安忆的《长恨歌》就是我做责任编辑的。《长恨歌》刚出来的时候一点动静也没有，我说这么好的小说怎么没人看啊，我到处去讲。当时我还专门鼓动编辑部到上海开了一次关于《长恨歌》的讨论会，我说好作品一定要有人看，不宣传没人看不行。上海人还觉得很奇怪，说《钟山》这是干吗呢，王安忆不是江苏作家，《钟山》开研讨会也不出书，也不拿版税，说你们钱多啊。

后来我到人文社就是想做文学生产，而且我觉得做得还有点成效。我到人文社不久就做了一本书，张者的《桃李》，完全靠大众文化生产的经验，做到十万册，就是一个普通作家，名家当然不算。到2009年的时候，文学已经很不景气了，苏童的《河岸》，我还是做了八万多册。在人文社，对图书出版我还是很感兴趣的。当然我在《中华文学选刊》也尽量做了一些工作，产生了一些影响。比如我搞了一次“年度文学人物选”；还做了一个论坛，探讨当下的一些文学问题。“非典”以后，我选了一个议题叫“文学与疾病”，探讨文学和疾病的关系，当时阎晶明、孟繁华、张颐武、陈晓明他们都参与了。

因为人文社是出版机构，我对文学生产也感兴趣，干了很多年期刊以后想尝试图书出版。文学生产也是很有意思的，就是怎么把一本书变成畅销书，中间是很有意思的。但是做了这么久之后，我发现文学生产跟我追求的理想的文学生产状态有很大区别，种种限制，不能够完全按照自己的想法和意图去实施。再一个就是互联网出现以后，传统的文学生产很难了。原来做书还是靠市场、靠读者，互联网出现以后，我们的国家政策改变以后，一本书的命运往往不是一个策划人能够控制的，太复杂了。2011 年茅盾文学奖评选的时候，我特别有感触。我编辑的作品有五部进入了前四十。这里要说到里面有一个叫胡冬林的，现在已经去世了，他最早是写生态文学的，他妹妹跟我讲他自己一个人住在长白山里，跟偷猎者进行斗争。我出了他一本生态保护的书，绿色文学最早就是在人文社提出来的。后来胡冬林获得了骏马奖。

**周明全**：所以后来您又来到了《小说选刊》，在《小说选刊》的工作是怎样的？

**王干**：在人文社，我自己是觉得创意比赚钱重要，但是一个好的创意往往要赔钱，所以最后我放弃了文学生产，正好有机会到《小说选刊》来。经历过大众文化和文学生产过程以后，我觉得自己还是回到文学的本行合适，更得心应手。而且我这些年各种各样的经验，对文学期刊的发展是有用的。

到《小说选刊》以后，刊物还是在推出新人方面下了功夫。比如这次获鲁奖的马金莲，就是《小说选刊》重点推荐的，10 年选了 14 篇。马金莲之前就写得很多，发表的也很多，但是没有引起关注。她的《长河》出来那一年，全国所有的选刊只有我们选了，我们选了以后，《新华文摘》也选了。石一枫的《世间已无陈金芳》，我们今年也补选了。我希望《小说选刊》能够迅速把一些好的作品、好的作家找出来，像星探一样。

在《小说选刊》我工作得更本色了，也更放松了，能够把以往的一些经验，运用到纯文学期刊，让读者跟刊物的品位完美结合，我在努力尝试做这个工作。这些年《小说选刊》在圈内口碑还是不错的，大家觉得《小说选刊》选稿还是很有眼力的，尽管不是我一个人的功劳，我也是很欣慰的。

选刊跟原创刊物、地方刊物不一样，不能够简单地去标榜一种观点，要兼容并蓄，要讲究百花齐放，尤其是中国作协的选刊，更要具有包容性。我个人写文章可以天马行空，但是选刊不行，要维持读者，维持艺术性、思想性等。我来到《小说选刊》后，封面都没有大动，就是换了照片，不能让读者不认识了。这么多年选刊已经培养了一批读者，不论好坏，这是可以培养的，但是不能让他们不认识了，不认识了他们就不看了。所以既要维持品位，又要维持读者。这一点，我一直保持着非常清醒的认识。

**周明全**：选稿的时候，艺术性和通俗性存在冲突吗？

**王干**：我们选稿的时候是尽量做到方方面面都有，有的是可读的，有的是有品位的。如果全是可读的就没有品位了，全是讲品位的就没人看了。要把文学生态的多样性、丰富性在刊物里体现出来。这里面也用到了之前做大众文化的思维，在文学期刊发行量普遍下降的时候，我们还没有下降，就是我之前做大众文化生产，包括文学出版这些经验起了作用。

**周明全**：选稿的时候，会集中在《人民文学》《十月》《钟山》《北京文学》《山花》《当代》等“主流核心刊物”中选吗？是否存在“选刊倾向”的问题？现在选刊的困境是什么？

**王干**：我们在选稿的时候，大刊小刊都会选，努力展现当前的文学生态。我们作为办刊人要保持品位，还要维持读者。从刊物性质来说，还是需要读者支撑的，没有读者，我们的刊物就维持不下去，我们没有国家拨款，是有生存压力的。当然我们要把生存压力和我们的品位平衡起来，不能因为生存压力就媚俗，既要提高读者趣味，又要受读者欢迎。让读者喜欢，然后提高他们的品位。

最大的困境就是好小说太少了。按照我内心的标准能够上选刊的作品太少了，每次发稿都很难，很不满意。

**周明全**：选刊有在扶持新人上下功夫吗?

**王干**:《小说选刊》这几年有两个特点，第一个就是重视城市题材的作品。因为我们现在乡土小说太多了，有时候一本刊物里可能全是乡土小说。所以选稿的时候我就说乡土很好，但是不要全是乡土。我来《小说选刊》从编辑部主任做起，2015 年我统计了一次，乡土题材终于低于百分之五十了。那年很有意思，刚好社科院发文统计说城镇人口占百分之五十一，乡村人口占百分之四十九。《钟山》1994 年开过一个城市国际文学研讨会，那时候我就觉得中国的城市文学太缺了，都是乡土小说。第二个就是对文学新人的重视。《小说选刊》我希望每期都尽量选入一个新面孔，给新人以机会，让他们在文学舞台上亮相，也给读者新鲜感。我在《小说选刊》做过一个“80 后”作家小辑，去年做了一个青年作家的小辑。我是有意识地挖掘文学新人，让一些新面孔能够迅速跟读者见面。这两条是我到《小说选刊》后一直在坚持和倡导的，也在影响编辑。

**周明全**：选刊在作家成长过程中会发挥消极作用吗？

**王干**：任何一个刊物都不可能把全天下的英才一网打尽，《小说选刊》也是。有些好作品由于各种原因，是可能被遗漏的。但是至少我们发现的、展现的，永远比遗漏的多得多。

还有，选刊不像原创刊物那么自由，比如我要选一个作家的作品，他如果同时在一个刊物上发两篇，我们就没法选，因为我们不可能同时选同一个人的两篇作品。有时候上一期这个作家刚选过，这一期就不能再选。石一枫的《世间已无陈金芳》就是这样，当时刚选了他的另一篇，这篇又出来了。所以有的好作品是无意遗漏的，有些是没办法。

**周明全**：我目前虽然在《大家》工作，但对《大家》的前史不甚了解，而《大家》的创刊，您是出过大力的，直接参与了《大家》的创刊工作和栏目设置。当时《大家》是谁来找您的？您给他们出了哪些主意？

**王干**：迟子建介绍我认识了她在鲁迅文学院的同学海男，以前写过诗，后来开始写小说，在《钟山》上发过，毕业以后分到云南人民出版社，说他们的领导想做一个刊物，就带着编辑部的同事到南京找到我，希望我介入《大家》的创意。说到《大家》的成长，首先与云南人民出版社的历任社长的支持是分不开的，我和好几任社长都很熟悉，他们对《大家》都非常支持。后来他们邀请我去昆明帮助策划《大家》刊物。

我当时正处在脑洞大开的时候，我建议三条原则，希望能把《大家》办成一流的刊物。第一条，作为边缘刊物，要引进主持人机制，这也是借用了大众传媒、名家效应。当时是王蒙主持长篇，刘恒主持中篇，苏童主持短篇，汪曾祺主持散文，谢冕主持诗歌，我主持评论，把主持人的黑白大照片做一整版，充分发挥名家效应。第二条，开本一定要高端高雅，当时文学期刊都比较简陋，后来改成大十六开，是全国第一家。第三条，提高稿费。那时候全国刊物的稿费基本是千字三十、四十，《大家》千字一百，才能吸引好稿子。《大家》引发了全国涨稿费的热潮，稿费开始慢慢上浮，以前太低了。最后还有一个大奖机制，设了一个十万元大奖，第一个得奖的就是莫言的《丰乳肥臀》，第一次颁奖是在人民大会堂。

《大家》的成功是创意的成功，也是云南出版界的成功，渗透了好多云南出版人的心血。记得《大家》发布会那天，有一个细节很有意思，汪曾祺是主持人，他看到自己要主持散文，可能有些不高兴，他觉得自己应该主持短篇小说。上午快要开会了他还没来，我专门打了车接他到了会场。其实汪曾祺的短篇小说和散文都是一流的，只是栏目限制，让老先生受委屈了。

**周明全**：*以上肯定是《大家》一开始取得成功的原因。那您觉得《大家》后来一个时期衰落的原因是什么？*

**王干**：原因也是很多的，就像当初的成功也有很多因素造成的一样。最重要的原因，我觉得是《大家》作为一个大型文学期刊，它的底蕴还是不够深厚，它原来的出版资源和积累不足以长期支撑这样一个文学刊物。第二，后来相关部门对它的扶持力度变小了，原来的扶持力度非常大，之后面临市场压力，为创收奔波，自然影响到刊物的发展。文学期刊让它去挣钱，就是让它灭亡，原创文学期刊挣钱的有几家？都是靠政府扶持的，政府也必须扶持。当然《大家》创刊的一些团队骨干也流散了，有的到其他部门发挥更大的作用去了。种种原因，让《大家》衰落，甚至停刊。好在现在云南又开始重视这本刊物，《大家》近两年又有了重新起步的可能。作为《大家》创刊的见证人，我还是希望《大家》能越来越好，重新回到文学的正道上来。

**周明全**：最后想请您谈谈，今天来看，文学期刊的困难和机遇有哪些？

**王干**：文学期刊一直都是有危机的。第一次危机是在90年代，大众文化兴起以后，尤其是都市报起来以后，对文学期刊的发行量冲击很大。80年代都是十几万几十万的发行量，后来变成几万、几千。还有图书出版，畅销书对文学期刊的冲击，原来作家的作品往往先由期刊发表，再转化成图书，现在由于出版周期加快，文学类的作品不需要由期刊先发表再变成图书了，直接面对市场了，期刊的中转功能丧失了。第二次是2000年以后，国家让文学期刊改企，这对部分期刊的冲击非常大，有些刊物改了就再也回不来了。再有，互联网的出现从根上动摇了文学期刊存在的可能性。原来发文章，有审查制，要经过三审。互联网出现后，发文章没有门槛了，原来都要向文学期刊投稿，现在文学期刊的投稿量大大减少了。我在《钟山》的时候，要用麻袋装自由来稿，那时候处理稿件是个大事。互联网出现以后，年轻作家像韩寒、郭敬明，他们都不是通过文学期刊成名的，是通过图书、网络和大众媒体成名的。近十年网络文学，把年轻的作者和读者都拿走了。我们现在的文学期刊“老龄化”严重。

但是经受了各种冲击后，文学期刊还是存在，大家还是对文学高看一眼。所以我认为，我们今天的文学，已经变成了文学的文学，像酵母一样。文学期刊原来是摇篮，现在变成了酵母，把一个作品发酵到其他方面去。

有趣的是，曾经冲击我们的报纸、电视，现在也被新媒体冲击得跟我们90年代的处境差不多了，好多报纸都停刊了，但是文学期刊停的很少，当然也是因为一是政府扶持，二是文学期刊的运营成本很有限。所以我觉得文学还是有生命力的，文学期刊，今后，尤其是在中国，还会存在，但是会淘汰一部分。

现在最大的问题是，能够支撑我们《小说选刊》的作品太少，能够支撑文学期刊的作品太少。所以最主要的问题不是期刊的问题，而是文学创作的问题，好作家、好作品还是不能够适应广大读者、广大期刊的需求。作家数量很多，作品的总量很大，但作品的质量还是不能适应广大读者的需求，也不能适应我们这些办刊人的需求。

2018年国庆节改定

# 答《青年报》记者问

**李敏**（新青年特约访谈人）：王干老师您好！

我是读您的书长大的“80后”，很荣幸得到访问您的机会。

《巴黎评论》的记者在访问帕慕克时提出的第一个问题是“你喜欢接受采访吗”。接受过无数采访的诺贝尔文学奖得主帕慕克，没有正面回答这个问题。他突然回答说：“我有时觉得紧张，因为有些问题很无聊。”王老师，今天我们也从这个无关紧要的问题开始聊，您觉得如何？

**王干**：帕慕克先生的话，我也曾有相似的体会。如果采访者是一个对文学不熟悉、不感兴趣的人，或者他跟我在两个频道上，这样的采访就比较辛苦，双方都很累。但如果采访者和我彼此之间气息相通，谈得愉快，能够碰撞出火花，这样的采访就是有价值的。

**李敏**：您在上世纪八十年代研究过诗歌，从1986年开始，您连续三年在《文学评论》发表文章对朦胧诗进行美学阐释。您愿意谈谈早年诗歌研究反过来对您的文学思想构成哪些影响吗？

**王干：**我在小说领域做了三十多年的研究、评论和编辑工作，见证了一些作品的出炉，也见证了许多优秀作家的成长，现在还在《小说选刊》工作。但其实很多人不知道，我是从朦胧诗开始进入文学评论的。80年代初期，我的理想是当一个作家、诗人，也写了一些诗。但当我看到朦胧诗时，非常震惊。我感觉他们写得太好了，把诗歌写到了极致，写“绝”了。我觉得不能超越他们了，就成了他们的粉丝，那时候朦胧诗发表的主要阵地都是地下刊物。我是在《诗刊》《星星》的缝隙里发现的北岛、顾城、舒婷、杨炼他们的诗歌，对他们的诗歌产生了兴趣。因为实在太喜欢了，我就一首一首地抄下来，慢慢读，慢慢欣赏，至今还保留着当年手抄的笔记本。

对朦胧诗的热爱，虽然没有使我成为一个诗人，却在另一个层面上激发了我的自信。很多人都觉得朦胧诗看不懂，我觉得看得懂，那么要如何把我读懂的东西阐述、呈现出来？这就使我产生了一种好奇心、好胜心。我并没有现在年轻人修学分、完成学业的压力，纯粹是出于爱好，一种自发的热情和力量。我的第一篇文学评论《历史·瞬间·人——论北岛的诗》，反响很好，收到了近百封读者来信，这在当时是非常罕见的。

但是我写诗歌评论的时间并不长，很快就转到了小说领域。一方面，是由于朦胧诗的没落。在我看来，朦胧诗借鉴了庞德、艾略特的意象派，是对中国传统文脉和西方思潮的兼容并蓄，是中国文学的一个高峰。在那个有很多话不能说明白、不能说彻底的年代，人们需要变换着方式去表达，这就催生了朦胧诗的艺术。

它对整个中国文学艺术，包括之后的新潮小说、先锋小说，甚至中国的第五代导演都产生了很大的影响。但是到了1986年之后，这种来自外界的压力慢慢消解了，与这种压力共生的艺术，也就慢慢凋零了。与此同时，是先锋小说的崛起，成为中国文学又一个高峰。二者的发展都与时代背景有着很大的关系。对于我个人而言，朦胧诗可以说是我的文学启蒙。从诗歌评论转型做小说研究，现在又转向《红楼梦》研究，我能感受到它们之间内在的相通，这大概也是朦胧诗给我奠定的美学基础。

**李敏**：您有一部关于朦胧诗的论著《废墟之花》，书的环衬上写着“谨以此书献给高邮荷花塘、梁逸湾、百岁巷”。高邮荷花塘、梁逸湾、百岁巷，是不是给您留下了深刻记忆的地理空间？它们对您当时以及后来从事文学评论产生过什么推动？

**王干**：荷花塘、梁逸湾、百岁巷是我在高邮居住过的三个地方。这三个地名见证了我在高邮城自北向南迁徙的过程，也见证我完成这本书的写作。这本书写于80年代中期，却由于种种原因，直到2008年前后才正式出版。尽管已经过去20多年了，当年文字中那些饱满的激情并没有退去。对我来说，这三个地名，不仅仅是一个地理空间的意义，还意味着那个热情奔放的岁月。把这本书献给它们，也是出于一种感恩，不忘初心吧。

**李敏**：您在江苏生活过很长一段时间，能谈谈那个阶段有哪些文学印记让您难忘吗？一些人与一些事，有形或无形之物，有哪些在您的心灵中留下了深刻足迹？

王干：我在南京待了很多年，现在想想那段时光，那时相交的朋友都是非常有意思的，非常令人怀念。比如好朋友顾小虎，他的父亲顾尔镡是《雨花》的老主编，也是一位优秀的戏曲家，70 年代末期对《雨花》的贡献很大，汪曾祺的《异秉》就在《雨花》发的，汪曾祺当时是自由投稿。顾小虎喜欢下围棋，但他下不过储福金，于是他就培养他儿子，把储福金打败了。他喜欢古玩，带动了一批人，很多跟着他玩的人都成了收藏大家，挣了很多钱。但他依然是闲云野鹤的样子，非常潇洒。又比如古琴大师成公亮，广陵派的代表人物。他是上海音乐学院作曲系毕业的，但是有一天迷上了古琴，就不学作曲，开始学习古琴，成了一代大师。那个时候我就经常听他弹古琴，打谱。古琴只有技法，没有旋律，没有节奏，就需要打谱，分析它的旋律和节奏。他打出来以后来请我们去，我还带上了韩东，听他弹琴，喝一杯宜兴红茶，那是我第一次知道宜兴红茶。我第一次写乐评，就是为成公亮写的，一写就上了《人民音乐》。成老师一定要我这个外行写，我推辞不掉，就有了一篇唯一的乐评。

当时在南京，我来往的都是一帮文人艺术家，下棋的、弹琴的、画画的……著名的美术评论家李小山，喜欢写小说，但是不考职称，号称自己是终身讲师。还有画家毛焰。毛焰擅长画人物，我的评价是他能把人的神经画出来，境界很高。我们讲到南京这么有趣，各式各样的人都有，但他们都有一个共性，都是那种散淡之人，有一点狂放，有一点文人气，有一点哥们义气，还有一点公子哥儿顽主的气质，江南名士气质。与这些朋友的交往对我影响很大，当时来看好像是我写的文章少了，懒散了。但是现在回过头看，不同领域知识的拓宽，对我是一种滋养。

**李敏**：南方成长的地理和文化空间，这些和后来您论述“南方的文体”有没有关联？

**王干**：当时我在南京出过一本书《南方的文体》，就谈到南方的文化跟北方的文化有差异。南京是六朝古都，我们谈魏晋风度、江南名士，都绕不开南京。它是江南文化的集大成者，在南方气象之上，又相对开阔、疏朗，同时也能沉淀下来。还有就是时代的因素，80 年代末期在北京，文学基本上处于一种停顿的状态，但是南京接续了文学的繁荣。我曾经打过一个比方，我说南京这个城市呢，就像一部明清小说，叙述慢慢悠悠的，不着急，但是打开来看，处处有风景。北京呢，就像一个电视剧的片场，人来人往，今天他来了，明天就走了，今天你是主角，明天就换成他，太匆匆了。

**李敏**：您和汪曾祺及其家人交好，同时是汪老的研究者，很早就在《读书》等杂志发表过谈他的重要文章，去年还出版了专著《夜读汪曾祺》，您怎么看待汪老其人其文？

**王干**：我和汪老交往的时间很长，与他的家人也十分交好。我有一种想法，作家分两种。一种是超越生活的作家，像鲁迅这样的，要超越生活，要抗争，要批判，像匕首一样；还有张承志，他也是要超越生活的。还有一种作家是热爱生活的作家，就是汪曾祺、沈从文这样的。我们长期以来鼓励作家超越生活，要有理想，要崇高，要有力量感。但是像汪老这样的作家，可能有些人觉得他写的小，比较软弱，比较冲淡。他自己也说上不了头条，没有太多的思想性。他追求的不是深刻，而是和谐。但是读他的作品，会让你在生活的很多细微之处发现美好，这就是他的乐观精神。这是非常宝贵的。

**李敏**：由您主编的一套五册《回望汪曾祺》文丛，对全面评价汪曾祺的文学成就起到了十分重要的作用，在这套丛书的《前言》中，您认为汪曾祺是被遮蔽的大师。想知道汪曾祺被遮蔽的背景与原因是什么？这么多年过去了，他的“处境”如何？

**王干**：汪老在世的时候，文学地位并没有达到现在的高度。在我看来，还是时代背景导致了文学评判标准的差异。我们早年接受的是苏联宏大叙事的熏陶，80年代中期开始转向了西方现代派的思潮，这两种审美趋势和汪老的文学风格都不对等。但是，在汪老去世的这二十年间，他的声望和影响不断地在上升，喜欢他的人越来越多，他的著作重复出版率可以说是仅次于鲁迅。我注意到，最近刘奇葆部长在一次谈话中也高度评价了汪曾祺，而且是和托尔斯泰、鲁迅这样的重量级的人物相提并论的，这也说明我们的生活、我们的时代在变化。汪老的可贵，就在于他打通了中西，打通了雅俗，他接续了中国传统文脉，在他的作品中展现出的温润与柔软，其实是很有力量的。这些年我们总说要讲述中国故事。汪老就曾说过，要把中国古典诗词化开到小说中去。化开，不是照搬诗词平仄，而是把那种意境晕染开来。这才是中国故事，中国精神。

**李敏**：您对挖掘汪曾祺起到了十分重要的作用，这些年看到您利用各种形式，比如在《小说选刊》上重新推介老作家们的作品。在您的心中还有哪些作家被遮蔽了？

**王干**：珍珠在那里，终会被发现。汪曾祺本来就广受欢迎，我只是希望读者看到真正的好作品。王小波就是一个例子。另外我觉得有一些知名的老作家的作品，比如王蒙的《杂色》，非常优秀，但是作品没有得到应有的认可度，也是非常可惜的；周梅森的《沉沦的土地》也没有得到应有的评价。

**李敏**：从南方位移到了北方的文化空间，其间感受一定独特。您和一直生活在南方或北方的作家、批评家似乎不同，南北两地的气质在您身上均有体现，您能否从评论家的角度谈谈南北之间的本质差异在哪里？生活地理到底对一个作家的影响有多少？

**王干**：我觉得，生活地理对作家和评论家都有着很重要的意义。老一辈作家，比如鲁迅、林语堂，都有南方北方两种生活经验；苏童、余华、格非他们也是，苏童在北师大的四年，叶兆言在北京的生活经历，对他们的创作都有很重要的影响。历史上我们一直强调的是北方民族征服南方，其实不单是南北文化差异，近年来我逐渐意识到，东西部文化的差异，中国政治文化中心由西向东转移的过程，西域的商贸往来，甚至是茶叶等作物自西向东的传播，都对中国的历史和文明产生了重要而深远的影响。所以古人说读万卷书，走万里路，其实就是不同空间不同地域的碰撞和交流。这样的碰撞和交流，能够产生一种更加有层次的文化场，不仅能丰富作家对生活的理解，也能丰富评论家对作品的解读。

**李敏**：王蒙先生和您有过多次文学对话，《王蒙王干对话录》收录的是1988年到1989年的对话，2016年您和王蒙先生又展开这样的文学对话。王蒙先生的作品，您也曾有过不少论述。您能谈谈您和王蒙先生的交往吗？

**王干**：我与王蒙先生的交往，后来看王蒙先生的文章才知道，最早是因为胡乔木先生的推荐。王蒙先生位高权重声名显赫，却一点没有架子。看名字他以为我是一位老先生，没想到是年轻人，并且一见如故，相聊甚欢。正好有出版社向他约稿，就产生了对话的契机。他的工作非常忙，但同时又很渴望交流。那个时候我住在团结湖一个招待所的地下室，他居然找到招待所的电话联系我。去年，出版社提出能不能有新的对话，所以我们在北戴河又展开了一次新的对话。当年和王蒙先生对话时，我才28岁。28年过去了，我们对话的状态却一如当年，聊得非常愉快。

**李敏**：王蒙先生出生在河北，大部分时间在北京，您怎么看待王蒙的文学地理？尤其如何看待王蒙近几年的文学创作，从王蒙的作品中，我们似乎找不到年龄或者说是苍老对一个作家思维的“僵化”，据您了解他是怎么做到的？

**王干**：对我的人生产生重要影响的，有两位作家，都是我的前辈。一位是汪曾祺先生，我们是老乡，有相通的文学基因。另一位就是王蒙先生。两位老先生性格不同。汪老较为内敛，王蒙先生则性情奔放。这或许和他在新疆的生活经历有关。去年我们再次对话时，他依然是一个很有活力的状态，也没有看到岁月给他带来什么变化。我特别感慨，时间都去哪儿了？铁凝说他是高龄少男。他始终保持着一颗赤子之心，非常难能可贵。汪老和王蒙先生虽然性情不同，但他们都有这种宝贵的童心，都是明白人。所以我觉得我非常幸运，从他们身上得到很多宝贵的东西，遇到问题时有一种参照，有一种精神的力量，不是每个人都能有这样的机缘。

**李敏**：据我所知，您是中国传统文化的爱好者，您热爱下围棋、听古琴、写书法，可以说对传统文化的热爱和您的日常生活已融为一体。记得赵本夫写过一篇文章《说不尽的王干》，里边吐露出了许多您在南京时期的业余生活，但是时空发生变化，您在北京还能找到对手，还有心情和时间去下棋、听古琴、练书法吗？追忆逝去的岁月会不会觉得有些忧伤和人生感叹？

**王干**：听古琴确实是少了，难了。在南京我们的聚会是雅集，有人唱昆曲，有人弹古琴。在北京，古琴更多的时候带有一种传授、表演性质。但是下围棋还是有一个圈子，我和李洁非、祝晓风、胡平他们经常一起下棋，《围棋天地》还约我和常昊等国手进行对话。我有空还组织大家搞“联赛”。现在作家们也都很热衷书法。我们一度把书法和文学分开，把书法视作一种工艺，其实在古代它们是合二为一的。一个文人首先要有书法的基本训练。练书法需要掌握它的基本规律，之后就能触类旁通，就能悟出来。在北京的生活和南京不尽相同，我觉得南京的生活对我就是一种浸润，我对自己的概括是一个乐观的悲观主义者，一个感伤的唯美主义者。因为这个世界最终是要毁灭要死亡的，所有的美好都要消失，从本质上我是悲观的，但是我们面对生活的时候一定要乐观，在向死而生的过程中寻找一种积极意义。这也是汪老和王蒙先生给我带来的影响吧。

**李敏：**我注意到您对足球和电影也非常有兴趣，写过不少非常重要的随笔。有新闻说，您获得鲁迅文学奖散文奖，是写新浪博客写出来的？这是生活对您的回报呢？还是文学评论家的收获？您觉得当一个优秀的评论家与生活阅历体验有关系吗？

**王干：**我在南京时就踢足球，来北京也一直组织足球队踢球。我在博客上写球评，就是自然而然，有感而发。要说起来，我最喜欢的就是80年代普拉蒂尼时期的法国队，虽然没有拿冠军，但是他们的球风非常华丽，就像法国小说，梅里美的小说一样唯美。那个时候没有功利足球，不是经过科学的计算，也不像现在这么野蛮。现在的足球没有了那种理想主义的激情，没有了英雄主义的浪漫，只讲究实用主义。我现在还看球，但还是更怀念足球的黄金时代。对足球的欣赏、审美，和我对文学的欣赏、审美，其实有共通之处。

**李敏：**提起生活，突然想起您的《潜京十年》，您在扉页上写了一句“在京城，无人知道你是一条鱼”，能给我们解释一下这句话背后隐藏着什么样的特殊感受与故事吗？

**王干：**赵本夫有一句话很有意思，北京深不见底，藏龙卧虎，也藏污纳垢。我的老家是水乡，鱼的意象对水乡人来说也有特别的意义。在北京，如果只是作为漫无目的的飘萍，未免有些可惜。像鱼一样沉潜水中，自由游弋，是一种安慰，是一种乐趣，也是一种生存方式。

**李敏**：在《潜京十年》的《起居》一章里，描写了京味十足的日常生活，比如《小二、点五、涮羊肉》《男人居住北京的十一条理由》《向老舍学习北京话》等，而在《怀乡》一章里，您又描写了江南的无穷意味，比如《江南三鲜》《泰州是谁的故乡》等。想知道您真正地融入京城了吗？您这一代有没有大移民时代的飘浮和焦虑？

**王干**：我第一次进京，是80年代借调来北京，在《文艺报》工作，那是文学的黄金时代，我很快就适应了北京。第二次是2000年左右，我正式调到北京来，不算是北漂。但也能体会到北漂的心情，充分体会到"居大不易"。北京是一个熔炉，也是一个模具，它能够锤炼你，打磨你。在小地方上，有可能你是金子也发不了光。为什么大家还是愿意来北京？在北京，真正有本事的人还是能做出一番事业的，机会还是多，当然北京的艰难也不是一般的艰难。《红楼梦》里有句话，"假作真时真亦假，无为有处有还无"，是曹雪芹北迁之后的真实感受。

**李敏**：您对传统文化的热爱还体现在对《红楼梦》的阅读上，为什么您读了它很多年，兴趣未减，反而更浓？而且您把《红楼梦》与文学评论及写作技艺联系起来，写出了很多像是评论又像是随笔式的非常生动有趣的文章。想问一下，您是怎么看待文学评论这种文体现状的？评论的文本本身可读性与批评性哪个更重要？

**王干**：从80年代开始，我一直在文学现场，对于很多作家和作品都有深度的介入。这几年我渐渐感觉到，当代文学已经不能满足我的胃口了。那么我就把目光转向了《红楼梦》。我忽然发现，我们从80年代开始学习的接触的新方法、新概念、新理论，完全可以用来解读《红楼梦》。这对我是意外之喜，也是尝试一种“打通”吧。

**李敏**：读过您谈《红楼梦》的文章后，发现您有许多新发现和奇思妙想，比如说它为何要从天上的炼石补天开始，然后接着又谈高高的大荒山无稽崖，还有从林黛玉“弃舟登岸”推断大观园在南京还是北京。简单分享一下您还有哪些细如发丝却重若千斤的发现？

**王干**：我觉得曹雪芹能够写《红楼梦》，跟他在南京和北京都生活过有关系。纯粹在南京城或纯粹在北京城都写不出来，必须有南北文化的交融，一种双重的视角，才能写出《红楼梦》独特的味道。

**李敏**：三十年来，您一直在中国文学现场。上世纪八九十年代您论述过朦胧诗，论述过先锋作家莫言、苏童等人的小说。之后，您是“新写实”文学思潮的倡导者。“新写实”，它的理论资源似乎也在西方，它在中国是怎样发生的或者说是怎样出场的？

**王干**：“新写实”的主要理论资源来自三个概念，最主要的是罗兰·巴特的《写作的零度》，在这里我把它化用为“情感的零度”；其次是原生态写作，借鉴了胡塞尔的现象学，把事物还给现象本身；第三个就是巴赫金的对话理论。这是“新写实”的一个理论框架。实际上我是从很多人的作品中看到了这些元素，比如刘恒、刘震云、方方、池莉，还是从作品出发，做出理论提升。

**李敏**：如今回望“新写实”，它当年承担了什么样的历史使命和美学使命？“新写实”经历这么多年之后有什么样的发展？它的实践与理论对当下创作的意义在哪里？

**王干**：这三十年来，其实真正得到发展和沉淀的，还是“新写实”主义的写作。“新写实”不像先锋小说，它不是对西方文学的克隆，虽然借用了西方的理论资源，但底色却是中国的，是中国独特的一个小说形态。我们现在常提怎样讲好中国特色、中国故事，“新写实”的可贵之处就在于它能够为讲好中国故事，弘扬中国精神，提供坚实的理论基础和旺盛的生命力。

**李敏**：除了是评论家、作家之外，您还是一位编辑家，您是如何看待编辑与作家之间的关系的？编辑与评论家这两个角色中，您认为哪一个更有利于帮助作家的成长？

**王干**：虽然我一直是以评论家的身份出场，但其实我的工作一直是编辑，做了三十多年的编辑。评论家、作家、编辑，这三重身份，我觉得它不是割裂的，而是综合的，不断切换的。我的理解是，编辑工作其实是我自身文学理想的一个延伸和外化。通过对作家作品的鉴别、欣赏、引导，去实现更广阔意义上的一种文学创作。很多年以前，刘再复提过“专门性人才”，后来说“专门性人才”要增强横拓面，即“T字型人才”。我觉得自己就是干活的命，是干实事的人，苦活脏活都能干，写作、评论、编辑都能干。如果我要做一个纯粹的评论家，我可以去高校做研究，但是我用一种综合的身份在文学现场，把我的文学经验和理论准备迅速地转化到编辑程序里去，能够更好地贴近作家、作品，同时也得以通过编辑工作来实现我的文学理想，传达我的文学理念。

**李敏**：有人说您有透视能力，在发现新人与挖掘新作品方面有独特的眼力与胆识，这么多年经过您及您所在的平台，一批文学新人从此走上文坛，成长为中国作家的新生力量。您有哪些判断标准作为基本的衡量尺度？您最看重的是一个作家作品中的什么要素？

**王干**：我觉得一个作家最重要的能力在于，他能够发现别人发现不了的东西，并且用别人想不到的方法表达出来。而我最看重作品的有三点——人性、人情、人道。好的作品肯定是要写人性的，但是只写人性，离伟大还很远。如果能将人性、人情、人道三者结合起来，才能写出丰满厚重的作品，才能成为伟大的作家。

**李敏**：您这么多年推出和帮助过的文学新人，如今他们有没有到达您当初的判断？他们发展得如何？您怎么评价青年作家目前的创作状态？他们与老一辈作家的差距在哪里？优势又在哪里？您有什么样的期待和提醒？

**王干：**每个作家有每个作家的命运。作家都是自己成长起来的，说发现有夸大自己的嫌疑。编辑和作家，是一个相互推动的过程。很多作家的出现，给我带来了新的元素，新的色彩，丰富了我的文学资源，拓宽了我的文学格局。所以对一个评论家和编辑来说，发现作家作品的过程，也是发现自我的过程。当下青年作家的创作，和老一辈作家相比，阅历不够，沧桑感弱一些，会影响小说的丰富性。这也是我重新开始研究《红楼梦》的原因。倒不是说他们的视野格局不够大，还是经历有限。这是资源配置的问题。技术性写作就像书法，并不是说掌握了技法就能成为大家。董其昌、文徵明他们把楷书写到了极致，别人只能另辟蹊径，才有了郑板桥，才有了扬州八怪，才有了伊秉绶。另外一方面，青年作家大多是在城市、城镇成长起来的一辈人，城市自身的历史都很短暂，在城市的格局下也很难写出乡村乡土那种沧桑感和厚重感。相信随着城市的成长，城市的发展，青年作家的经验也会丰富多样，变得厚重而沧桑。

# “作嫁衣裳”的另一种时光
## ——对话评论家、编辑家王干

舒晋瑜

**舒晋瑜**（《中华读书报》记者）：您是什么时候开始当编辑的？80年代您首倡的“新写实小说”，引领了那时文坛的潮流。

**王干**：最早是1987年，我在高邮文联的一家刊物当编辑，因为参加了全国优秀中短篇小说奖评奖，之后被《文艺报》留下当编辑。那时候，写实小说正在发生变化。我从很多人的作品中看到了新写实主义的元素，比如刘恒、刘震云、池莉的作品，从作品出发，做了一些理论性的概括。1989年第六期《北京文学》发表我的《近期小说的后现实主义倾向》一文，就“新写实”的概念及创作表现，做出全面的论述。当然，“新写实”小说是作家创作出来，是很多评论家、编辑共同推进的，是合力的结果。我一个人没有这么大的引领能力。

“新写实”至今还对小说创作产生着影响，我们经常看到某篇小说，说：这是“新写实”的写法。我觉得“新写实”主义，是这四十年有价值而且至今发生影响的文学流派。当时以为这一波浪潮会很快过去，现在看“新写实”主义的写作经过发展和沉淀，已成为写实的“葵花宝典”。“新写实”不像先锋小说，它借用了西方的理论资源，但底色却是中国的，是中国独特的一个小说形态。我们现在常提怎样讲好中国特色、中国故事，“新写实”的可贵之处就在于它能够为讲好中国故事，弘扬中国精神，提供坚实的理论基础和旺盛的生命力。

**舒晋瑜**：无论是在《文艺报》还是在《钟山》，您是怎样一直保持着敏锐的文学嗅觉，组织了很多有影响的活动，也推出了一批文坛新锐？

**王干**：新锐都是自己成长起来的，我作为编辑和评论家最多也只是摇旗呐喊，做“看瓜”群众而已。我在《文艺报》待了两年，又回到江苏作协《钟山》杂志。90 年代，受大众传媒的冲击，文学期刊的影响力减弱，社会比较冷清，我牵头组织了“联网四重奏”，《大家》《山花》《钟山》《作家》同期在头条刊发同一位作家的不同小说，山东《作家报》同期推出相关评论。邱华栋、徐坤、林白、东西、韩东、朱文、李修文等一批青年作家先后亮相，现在他们都已进入文学的盛年；当时的吴义勤、张清华等参与评论的“联奏”。“联网四重奏”起到集束手榴弹的作用，在当时产生了很大的影响。

另外，1994 年，我帮《大家》策划改版，改成 16 开本的大型刊物，与国际接轨，引领了文学期刊的风尚。后来我又到人民文学出版社当编辑，先后编辑出版了王安忆的《长恨歌》、邵丽的首部长篇《我的生活质量》、苏童的《河岸》、毕淑敏的《拯救乳房》等，发行量都在十万册以上。还介入“春天文学奖”的活动，当时获奖的作家，如戴来、李修文、张悦然、徐则臣等，现在都成了文学的中坚力量。

**舒晋瑜**：这种对于文学新生事物的敏锐把握来自什么？学者李洁非在《弄潮儿向涛头立》的文章中，对您的批评风格进行了梳理，写得非常有趣，用“形式结构”评价顾城诗歌，也的确够得上“勇立潮头”。能谈谈您的批评吗？

**王干**：主要还是热爱文学，关注面比较宽。当时也没有什么大数据，80 年代中期，文学批评比较迷恋科学主义，热衷于将文学问题的讨论数理化。我是把有用的信息组合进行创意，转化为有意思的文学的活动。我长期搞文学评论，我把文学思潮和作家创作及文学编辑出版贯穿起来，形成了自己的判断方式。

**舒晋瑜**：在《小说选刊》，您也做了一系列有意义的推动工作。您有什么主张吗？

**王干**：我在《小说选刊》的一期卷首语中写过：我们就是好作品主义。作家的好作品不论什么风格，都要选，在推出新人方面下了功夫。比如这次获鲁奖的马金莲，就是《小说选刊》重点推荐的，10 年选了 14 篇。马金莲之前就写得很多，发表的也很多，但是没有引起关注。她的《长河》出来那一年，全国所有的选刊只有我们选了，我们选了以后，《新华文摘》也选了。石一枫的《世间已无陈金芳》，我们今年也补选了。我希望《小说选刊》能够迅速把一些好的作品、好的作家找出来，像星探一样。

在《小说选刊》我工作得更本色了，也更放松了，能够把以往的一些经验，运用到纯文学期刊，让读者的需求跟刊物的品位有机地结合，我在努力尝试做这个工作。近些年《小说选刊》在圈内口碑还是不错的，大家觉得《小说选刊》选稿还是很有眼力的，这不是我一个人的功劳，是历任同仁努力的结果。选刊跟原创刊物、地方刊物不一样，不能够简单地去标榜一种观点，要兼容并蓄，要讲究，尤其是中国作协的选刊更要具有包容性。我个人写文章可以天马行空，但是选刊不行，要维护读者，保持思想性、艺术性。我在《小说选刊》做得比较有意思的事情，就是举办"让小说走进人民"的系列活动，缩短小说和读者的距离，让文学和人民有血肉联系。三年间有二十多次，带着作者、作品到边远地区和当地读者交流，强化"人民性"，把文学的种子撒向边远地区，让文学接地气，作家也和人民群众产生联系，而不是躲在书斋里，产生了很好的影响。去年第七届鲁迅文学奖颁奖，十部中短篇获奖作品中，有六篇曾被《小说选刊》选载。

**舒晋瑜**：近年您还和江苏作协共同打造了"雨花写作营"？

**王干**：也是利用刊物的资源，做青年作家的培训工作。当时的江苏作协党组书记韩松林找到我，希望我对培养青年作家提些建议，我认为针对性强、见效快的还是写作营，让作家和编辑供需双方直接见面。刊物根据他们的要求对作家提出修改意见，作家根据作品的需求选择不同的刊物。我们推荐房伟、庞羽、杨莎妮等作家，经过编辑的指导，他们进步很快。办写作营是受到美国 NBA 的启发。姚明每年都到篮球训练营强化训练。写作营采取报名和推荐结合的方式，不受地域限制。作者报名通过以后，把稿件发给编辑部，由编辑部筛选。编辑部邀请全国各地有经验的主编和资深编辑对作品进行评点，稿子哪里不行重新修改，很多青年作家被批评得坐不住。后来江苏的经验推广到贵州作协，我们和江苏、贵州连续举办了几届写作营，发现了一些底层的作者，给他们创造了机会，比如贵州一位“90 后”中学老师田兴家，就是报名后被发现的，后来《小说选刊》还选了他的小说《夜晚和少年》。

**舒晋瑜**：无论在哪里，您都能和作者打成一片。有什么诀窍吗?

**王干**：和我交往的作家有三个类型：一是汪曾祺、王蒙等师长辈的作家，从他们身上，我学到了很多东西。二是和同代的作家相知相交，共同成长。我与南京的苏童、叶兆言、韩东、毕飞宇，赵本夫、范小青、黄蓓佳……都是“文学发小”。迟子建、洪峰、苏童的第一篇文学评论都是我写的。三是青年作家。《小说选刊》这几年做过好几次“青年作家小辑”，对青年作家大力扶持，希望他们尽快成功。但是也有一条，即使选了他们的作品，我也会指出缺点；即使他们的小说获了鲁奖，我也会真诚地告诉他们，获奖的不一定是他们最好的小说，真诚待人，严格待文。

**舒晋瑜**：和那么多知名作家交往，肯定有不少有趣的故事吧?

**王干**：苏童的小说《河岸》原名为《离岸记》，我说，小说不仅写了河上的事，也写了岸上的事，叫《河岸》更有意味。苏童欣然接受。张者的小说《桃李》，从书名到故事框架，是我帮他修改完成的。他当初有一个中篇小说叫《唱歌》，我认为写出了大学里的众生相，建议他再写一部长篇，这就是后来的《桃李》。赵本夫的《无土时代》，原来的题目是《木城的驴子》。还有胡冬林，那次我到吉林见到他时聊起生态文学，后来我出了他第一部作品《野猪王》。当时他还没有名气。

**舒晋瑜**：80 年代中期，您曾在《文学评论》上连续发表文章对朦胧诗进行美学阐释。这一点倒令我特别意外。

**王干**：我是从朦胧诗开始进入文学评论的。上世纪 80 年代初期，我的理想是做一个作家、诗人，也写了一些诗。但当我看到朦胧诗时，感到非常震惊。他们把诗歌写到了极致。我觉得不能超越他们，就成了他们的粉丝。北岛、顾城、舒婷、杨炼……我对他们的诗歌产生了兴趣，一首一首地抄下来，至今还保留着当年手抄的笔记本。

对朦胧诗的热爱，虽然没有使我成为一个诗人，却在另一个层面上激发了我的自信。很多人都觉得朦胧诗看不懂，我觉得看得懂。那么如何把我读得懂的东西阐述、呈现出来？这就使我产生了一种好奇心、好胜心。我当时并没有现在年轻人修学分、完成学业的压力，纯粹是出于爱好，一种自发的热情和力量。我的第一篇在《文学评论》发表的就是诗歌评论，但是我写诗歌评论的时间并不长，很快就转到了小说领域。一方面，是由于朦胧诗的没落，另一方面是因为先锋小说的崛起。从诗歌评论转型做小说研究，现在又转向《红楼梦》的研究，我能感受到它们之间内在的相通，这大概也是朦胧诗给我奠定的美学基础。

**舒晋瑜**：研究《红楼梦》有何契机，您有何独到的体会？

**王干**：从上世纪80年代开始，我一直在文学一线，自嘲是个车间主任，对于很多作家和作品都有深度地介入。这几年我觉得当代文学已经不能满足我的胃口，就把目光转向了《红楼梦》。我们从上世纪80年代开始学习的接触西方的先进的批评理论和方法，完全可以用来解读《红楼梦》，这对我是意外之喜，也是尝试一种"打通"吧。我觉得曹雪芹能够写《红楼梦》，跟他在南京和北京都生活过有关系。纯粹在南京城或纯粹在北京城都写不出来，必须有南北文化的交融，一种双重的视角，才能写出《红楼梦》独特的味道。

**舒晋瑜**：您说"当代文学已经不能满足我的胃口"，为什么？

**王干**：对于好作品的索求，我总是贪婪的。在上世纪80年代我就已经开始学习很多关于赏析和评论文学作品的接触方法和理论，但是当代文学作品中却很少有能够使我尽用到这些方法的作品。当代文学作品中大多都是一些看惯了的陈词滥调，创作情节严重模板化，缺乏创造创新的写作思维，让我感受不到文学作品中的新鲜感，看多了反倒味同嚼蜡，不能满足自己内心对文学美的欲望。

而《红楼梦》恰巧是一部能让我久久回味的文学著作。记得当年吴宓说过,《红楼梦》是中国第一杰出小说，堪与世界任何一部伟大文学作品媲美。其中所涉及的很多中国传统文化，如茶文化、中医文化、戏曲文化、服饰文化、饮食文化等，都很值得读者去大做研究。

**舒晋瑜**：可见您不只是对文学的感觉敏锐，对任何新生事物都如此。

**王干**：网络文学刚开始热门时，我最早是盛大文学的评委。唐家三少刚出道时，我也关注过，还参加过很多网络文学的活动，当评委，对网络文学充满热情。现在《小说选刊》微信公众号的粉丝，最多达 38 万。但现在网络文学面对的是新的问题。

**舒晋瑜**：您有一个观点，网络文学面临经典化的问题。

**王干**：中国的四大名著中三部是话本小说，相当于现在的“网络文学”，都有经典化的过程。今天的网络文学经典化的过程就是需专家学者政府帮助经典化。学界应介入好的网络文学使其真正成为经典。《西游记》当时的版本太多，是有位叫李春芳的宰相自己花钱让吴承恩整理出来；金庸的小说当时在《明报》连载，成书也是经过修改。网络文学确实是质量不高，尤其是大量的低级重复、大量的废话，缺少经典文字的剪辑凝练，缺少经典文学的品质。网络的经典化是重要问题，这是编辑的庞大工程。

**舒晋瑜**：您对 AI 写作怎么看？

王干：根据我这些年的编辑和文学培训经验，古今中外作家的创作都是有模式可循的，我自己现在已经发现了小说的八种写作模式。AI 已经写出了诗歌，据说电视剧已经开始使用 AI 写作。“AI + 文学”可能成为今后文学的方向。

**舒晋瑜**：与人类创作相比呢？

王干：模式化肯定是缺点，文学有规律但又没有规律。人的创作，可能是更有灵性，也更没有规律性，也更有才气的创作。但是，我大胆地预言，将来可能我们每个人都会成为小作家，都可以通过 AI 给自己编小说、编电影、编电视剧。尤其是芯片和人脑复连以后，智能写作会更加变成现实。AI 诗歌创作已经有了，电视剧也会很快到来。

**舒晋瑜**：您曾经出版过一本评论集，从老一辈作家高晓声开始，到中年的赵本夫、周梅森、苏童、叶兆言、范小青、朱苏进……再到“晚生代”，江苏知名作家基本“一网打尽”。这其中，您评论苏童的作品最多，为什么？

王干：江苏的文学给予我的养分很多，我也和江苏文学一起成长。苏童是我的文学发小，我最早也是写小说的，我的小说理想被苏童完整地实现了，他写得比我想要写的还要好，我反过来研究他，也是我文学理想的一种实现。在 1993 年的一篇《苏童意象》中我曾将苏童的小说分为三大类型，一是童年视角的记忆性的乡村叙事类型，一是关于女性生活的红粉系列，还有就是香椿树街的城市生活系列，后来苏童又增加了新历史小说的创作。这种分类，未必准确，但基本上能够概括苏童小说的重要特征，好的视角，细腻的心理，城市的变迁，成长的主题，历史的无奈，由此带来的人性的扭曲和伸张。他的作品更多的是具有独特的想象空间，有很多自己的真切情感在里面，作品也是由内而外的开展，从人物的内心情感下手描绘人物形象，用自己的角度来刻画人物、反映社会。

**舒晋瑜**：1988 年，您和王蒙进行了 10 次文学对话。28 年后你们又有了第二次对话，是何机缘？

**王干**：后来看王蒙先生的文章我才知道，王蒙知道我，最早是因为胡乔木先生的推荐。胡乔木看到我《读书》上的文章，推荐给王蒙看，王蒙看名字以为我是一位老先生，后来见面时发现我竟是年轻人，并且一见如故，相聊甚欢。正好有出版社向他约稿，就产生了对话的契机。他的工作非常忙，但同时又很渴望交流。那个时候我住在团结湖一个招待所的地下室，他居然找到招待所的电话联系我。去年，有出版社要重版此书，提出能不能有新的对话，所以我们在北戴河又展开了一次新的对话。当年和王蒙先生对话时，我才 28 岁。时隔 28 年，我们再次对话，依然那么无缝对接，这部对话录在充实了新的内容后，以《文学这个魔方：王蒙王干对话录》为题再次出版。

**舒晋瑜**：您对王蒙有怎样的评价？

**王干**：他不是一般意义的天才，是奇人。过了四十年，依然保持着一种反映生活的热情状态。最近在《生死恋》的研讨会上我讲到，王蒙年轻时候能写出沧桑感，年纪大了能写出热情。《组织部来了个年轻人》写得很老到，《生死恋》写得青春焕发，还像 18 岁的少年那么有热情。他对文学全身心投入，他是共和国文学的一面旗帜，也是共和国文学发展的见证人。

**舒晋瑜**：您对汪曾祺的研究也颇有成果，他对您有影响吗？

**王干**：我受汪曾祺的影响很大，尤其是他平易近人的态度。我向汪曾祺学习生活，向王蒙学习达观。他对人生的态度，一方面不纠缠，一方面对文学不放弃，这对我影响很大。他又是一个非常有远见的人，悟透了人生。这两个前辈，一个像火一样，一个像水一样，让我保持热情，同时又懂得淡定。有人说我的文章和我下围棋的风格不同，围棋下得很奔放，散文写得很淡定。汪先生对我影响很大：逆来顺受，随遇而安。

**舒晋瑜**：同为高邮人，您受益很多？

**王干**：其实我不是高邮人，是高邮邻县的，因为在高邮工作过，又从高邮出道，也就被误作高邮人。我读汪老的作品觉得亲切，很崇拜他。在没有认识他之前，我可能是较真的人，认识他之后，随着时间的改变，不纠结，不纠缠。他给了我成长的养分，我非常感谢他。作家分两种。一种是超越生活的作家，像鲁迅这样的，要超越生活，要抗争，要批判，像匕首一样；还有一种作家是热爱生活的作家，就是汪曾祺、沈从文这样的。我们长期以来鼓励作家超越生活，要有理想，要有崇高感，要有力量感，但是像汪老这样的作家，可能有些人觉得他写的小，比较软弱，比较冲淡。他自己也说上不了头条，没有太多的思想性。他追求的不是深刻，而是和谐。读他的作品，会让你在生活的很多细微之处发现美好，这就是他的乐观精神。这是非常宝贵的。

**舒晋瑜**：您是评论家，但是您的散文随笔获得了鲁迅文学奖。

**王干**：我以评论家的身份在文坛多年，但真正的工作是编辑，散文随笔是业余之业余，获得鲁迅文学奖的散文杂文奖，我也没想到。我们这一代人分工越来越精细，越来越高端，很多学者教授能写好评论论文，但不怎么喜欢写散文随笔。我的潜在目标是，文章写得像《读书》杂志的风格。《南方周末》编辑马莉约我写副刊文章，后来我又在《北京晚报》开专栏。总觉得字数受限制，我又在博客上写，写球评，写书评，自然而然，有感而发。好的文章一定是自由放松的创作，没有约稿任务。获奖的随笔选就是我在评论编辑之余写的文章。现在，我二十多年前写的随笔散文，通过自己的公号发表，很多人还以为是新写的，说：怎么一下子写那么多？其实都是旧文，有的是二十多年前写的，还像新的，说明文章还没有速朽。

这么多年写评论，也一直在追求可读性，没有端着架式写。评论不应该是枯燥的大词，从概念到概念，而随笔近人，很难装，你的知识、阅历、情感，包括你的人格、性格都能表现出来。我在新浪的博客，没有到大 V 的程度，但是也很受欢迎。微博也用，刚出现微博时，还组织召开过第一次微博研讨会。

**舒晋瑜**：在编辑工作中，您有怎样的原则？可否总结下您的编辑工作？

**王干**：我的指导思想就是“好作品主义”，既讲究故事，也讲究艺术。我最看重作品的三点——人性、人情、人道。好的作品肯定是要写人性的，但是只写人性，离伟大还很远。将人性、人情、人道三者结合起来，才能写出丰满厚重的作品，才能成为伟大的作家。

**舒晋瑜**：您如何评价自己的编辑生涯？

**王干**：好多年前，我曾经很纠结，作嫁衣裳的活做多了，难免有失落感，自己心有不甘。现在我不这么认为了。佛教中有“度人之人”的说法。当编辑，为他人作嫁衣，搞文学评论，都是“度人”，最后是“度己”。三十多年编辑生涯，我觉得很有价值也很有意义，学习了很多东西，长了见识，也让自己的境界提高了，就是甘于做幕后工作，当铺路石子，做一个默默无闻的石子。

这么多年，我通过阅读作品、评论作品发现了一些默默无闻的作家，但同时，对熟悉的作家，我也严格要求。往高尚里说，是为了文学事业发展，实际上这些人的成长也是满足我对文学的一种成就的需求。他们的成长，他们的出息，也是我在文学上的一种成就的另一种表达。

去年，为庆祝改革开放四十周年，展现小说反映改革开放伟大征程的成果，《小说选刊》主办了中国改革开放四十周年小说论坛暨最有影响力小说评选活动，《白鹿原》《古船》《尘埃落定》《浮躁》等40部作品入选改革开放四十年最具影响力小说。其实，这也是以文学编辑的方式，发动很多作家学者共同完成的大编辑举动。

**舒晋瑜**：这么多年的编辑生涯，您觉得后悔吗？

**王干**：不后悔，当编辑，就是为他人服务的工作，好的编辑就应该有奉献精神，何况在当编辑的过程当中也能学到他人的很多优点，从而充实自己。一个作家的作品是通过自己的手来呈现给人民大众共享，对于编辑来说也是很欣慰的，内心会充满与他人分享好东西的愉悦感，我曾经说过："一个人，从自享到分享再到共享是一个寻觅快乐的过程。"编辑作为文学传播链条上不可缺少的一环，总是要有人做的，做得好也是对文学的一种贡献。编辑更多的时候是在幕后的，是一个无名的非英雄，默默地在幕后就是工作的常态。

如果说把一个作者从被挖掘到成名看作是荷花绽放的过程，那编辑连荷叶都说不上。编辑的作用往往都是大家看不见、看不到的，都是在一个没有人能够注意到的岗位上的"沉默的大多数"。古时候说："一将功成万骨枯。"今天一个作家的成名背后，其实有无数编辑辛苦的劳动，所以好的编辑就像泥土一样默默地滋养着文学，默默地滋润着好的作品。

一般来说，一个作家如果才华足够、文学能力足够，编辑只是助他走向成功的链条，走向成熟的跳板。这一含义对很多作家来说可能都是被忽略的。都说老师是蜡烛，燃烧了自己，照亮了别人，但是学生对于老师的奉献往往会记住的，往往会感恩的，然而编辑者是真正意义上的蜡烛，燃烧了自己，照亮了别人，却不会让人记住。极个别作家还会忌讳提自己过去成长的幼稚史。

所以佛家讲的“度人”，我想用在编辑的身上是非常合适的，所谓的“度一切苦厄”，就是要有一种奉献的精神，要有一种无私的精神，也就是为人民服务的精神。

# 穿越世纪的目光·张洁

时间：2021 年 8 月 28 日下午

地点：深圳福田图书馆

主持：王海东

嘉宾：饶翔　王干　南翔

**王海东**：请各位老师落座。

我来介绍一下参加今天活动的三位老师。

饶翔博士是第一次来到我们的活动现场。他的博士论文写的就是张洁。今天把饶博士请到现场，再加上另外两位评论家，在全国可能都是一场讨论张洁的权威的阵容。

王干老师大家都已经非常熟悉，已经来过很多次活动了。王干老师一直说，来参加这个活动的核心任务就是“打酱油”，其实不是这样的。恰恰是因为他相对来说比较超脱，所以对于我们每一期的主角，都能讲出许多客观公正的话。

南翔老师大家就更熟悉了，我们活动的主题就是南翔老师策划的。

今天这一期讨论的对象，我是稍微有点意外的。为什么呢？我们这个“穿越世纪的目光”系列讲座，已经做了很多年，讲了很多的文化老人、老作家、老学者。当我听到张洁这个选题的时候，为什么稍微有点意外呢？大家知道，张洁这个名字，在上世纪 70 年代尤其是 80 年代风靡一时。我们都读过或者听说过那个时候她的一些著名作品，像《爱，是不能忘记的》，这句话甚至可以说是改革开放 40 年来，不光是文学，也是中国人正常的情感生活、心灵生活的一句非常重要的 Logo。遗憾的是，近 20 年来，我们很少听到张洁这个名字了，这个名字渐渐地已经被我们有点淡忘了，它陌生了，它远去了。

我们今天为什么要选择张洁，她到底和别人有什么不一样，鉴于这个选题本身是由南翔老师来决定的，所以我的第一个问题就要请南翔老师好好的交代一下。

**南翔：**为什么选张洁呢？我们“穿越世纪的目光”活动，是一个季度讲一个文化或者文学长者，这是它的母题。我们为活动对象设定了三个条件：第一个是年长的；第二个是健在的；第三个是文化或者文学领域里杰出的人物。今年第一季度，讲了北大的教授谢冕，诗人、诗评论家。第二季度讲了岳麓书社的老社长钟叔河，学者、出版家。钟叔河先生 90 岁了，谢冕先生 89 岁。

我们一直想讲一下张洁。张洁两次荣获茅盾文学奖。《沉重的翅膀》获得 1982 年第二届茅盾文学奖，到了 2005 年，她又以另外一部长篇《无字》获第六届茅盾文学奖，所以是到目前为止唯一的一位两次获得茅盾文学奖的作家，今后可能不会再有，因为修改后的评奖规则只允许获奖一次。张洁的作品，长篇、中篇、短篇都有非常优秀的呈现。长篇之外，中篇像《祖母绿》，短篇像《爱，是不能忘记的》《捡麦穗》等，都非常棒。

选择张洁的第二个原因是，她是新时期文学绕不过去的作家。她的虚构和非虚构作品，都很优秀。我最近发现一个问题，我们在一个劲儿地追赶新的作家，这没有问题，但是我们也要留下一点喘息的、回望的时间和脚步，我们再去看一些改革开放以来的，1979 年就以《爱，是不能忘记的》获奖的这些作家和他们的经典作品，我们的“60 后”“70 后”“80 后”超越他们了吗？1937 年出生的张洁今年 84 岁。所以她无论从年龄、声望，尤其从作品的厚度、她的容量，她的异彩纷呈来说，她都应该成为我们绕不过去的作家。

**王海东**：接下来听听饶博士的交代，为什么您的博士论文会选择研究张洁？

**饶翔**：我说一下我为什么要研究张洁。第一个原因是我很早就开始读她的小说，很喜欢，尤其是读博士期间很偶然的机会见到了她。大概是在 2006 年，有一天我陪朋友去琉璃厂逛完回来，就在那个大街上，突然迎面看到一个老太太健步如飞，穿着牛仔裤特别潇洒，我一眼就认出这是我所喜爱的张洁老师。她都走过去了，擦肩而过，我追过去问，您是张洁老师吗？她说是。当时我还记得她是一个非常有神采的人，当时眉毛一挑就看着我，神采飞扬的那种状态，事实上 2006 年她已经 69 岁，我说我是北大中文系的博士生。我们交流了一会儿，然后请她给我签名，我觉得是特别有缘分的事情。

第二个原因是被她这样一个作家的个人魅力所感动。我觉得首先是她的人，我觉得讨论张洁不能离开她的人，作家本人，其实我很想谈的也就是作家自我建构的形象和她通过作品去呈现的形象，她的女性形象其实是有一个很有张力的地方，很有意思的地方，我更多的是被她文学里面呈现的那样一个个人作家的魅力所感动。

据我的了解，张洁是中国当代作家里面最有艺术气质的一个，不光是说她后来又画画，她整个的生活方式，她整个的文学感觉，她当然受俄罗斯、受西方小说的影响也很深，她其实是一个非常有个人魅力的女作家。

**王海东**：她不会那么中庸。

**饶翔**：她不中庸，她是完全反中庸。李敬泽老师写的很有意思，说张洁后来画油画就对了。你根本想象不到一个画国画的张洁，张洁怎么能画国画呢，那样一个轻描淡写的，那样一个意境。张洁一定是浓墨重彩的，一定是油画，一定是那个立体的，那样一个表现式的东西。

我选择她，是被作家通过文学、通过她个人的故事，当然也有很多张洁的故事流传在80年代的文坛或者现在的文坛，作家独特的魅力是我要选择研究她的原因。

**王海东**：可以用浓墨重彩四个字来概括。饶博士专门带了一些张洁的图片来到现场，请工作人员播放PPT，请饶博士给我们做简单的介绍。

**饶翔**：这是1979年第四次全国文代会上女作家的一张合影。左边是叶文玲，第二个是刘真，旁边是茹志鹏，这是冰心，这是张洁。其实冰心对张洁也非常照顾，张洁的第一本小说集，就是冰心写的序，对她非常提携的。

**王东海**：这张照片很有意思，因为这个时间点是1979年，其实张洁真正在文坛上有影响是1978年。

**饶翔**：1978年她发表第一篇小说叫《从森林里来的孩子》，那时候她41岁。我简单介绍一下张洁的背景，张洁其实不是学文学出身的，她是中国人民大学计划普及系计划统计学专业毕业的，毕业以后分到一机部，她从毕业一直到“文革”期间都是在一机部工作，后来开始写小说，第一篇小说《从森林里来的孩子》，就获得了当年的全国优秀短篇小说奖。

这是“文革”后第一次全国文代会，你看这个气质就非常新时期的气质，大家都喜笑颜开的。

**王干**：这张照片之前我看过，看照片我想起一个情况，大家注意到照片里只有五个女作家，当时参加全国作代会的大概就5～6个女作家。

**王海东**：这就是大合照了？

**王干**：当时女作家很少，所以就是为什么她们有这个合影。1979年到今天有一个巨大的变化，假如马上要再开作代会的话，女作家可能要占一半，打开现在的文学期刊一看目录，女作家特别多。张洁其实是40年前，改革开放以来的第一批女作家的形象代表，她们同时是可以跟男作家分庭抗礼的那么一批女作家，所以这个照片特别有意思。当时1979年就那么几个女作家，比例很少，现在就很多了，这个很有意思。

**饶翔**：这个第二张照片，可以看出张洁老师除了文坛，在当时还是一个非常知识女性、非常文雅的形象。这张照片更晚一点，可能80年代中后期，已经是非常时尚的女性。

**王海东**：我听到一个说法是外国人评论说张洁老师是改革开放以后中国最早的一批美女作家，也是当时中国最美丽的女性之一。

**饶翔**：是的，我当时看了很多资料，因为张洁老师当时很红，有很多的采访、很多的印象记。当时出现最多的词，就是说张洁长得非常漂亮，当时中美开作家笔会互访，美国作家到北京来，跟张洁认识之后就写了一个印象记，他说在见张洁之前就有人告诉我说张洁是全北京最时髦的女人，我现在见到她了，我相信这肯定是真的。

**王海东**：80年代，放到今天也一点不过时。

**饶翔**：这个也是她80年代中后期接受德国《明镜》周刊的采访，《明镜》周刊当时是德国一个特别重要的媒体，她当时接受采访是因为《沉重的翅膀》是新时期文学很早的一部被翻译到国外的小说，在当时的联邦德国发行得非常好，成了畅销书，所以张洁在德国名声特别大，当时的《明镜》周刊派了两个记者到北京专门采访她。这是当时她的照片，穿着很中式的衣服，就是穿着蓝色的旗袍，戴着松绿石的耳环。张洁说这是一个非常传统的中式的打扮。

**王海东**：您在博士论文中谈到她塑造整体形象的魅力，美丽是这个魅力的一部分吗？

**饶翔**：我觉得是形象，美丽是外在的，但是她怎么样通过塑造女性的自我去丰富那个形象，因为形象一定是外在和内在一起的。我相当于在论文导言里面用了很多篇幅去写当时人们对于张洁的评价，其实很多是集中在她的外貌，说这是一个美丽的形象，当然这个美丽在当时并不完全是一个好的事情，因为当时关于她的流言蜚语特别多，一个美丽的女性，她的婚恋也有很多的波折。一个单身美丽的女性，又是才女，你可以想象她会受到流言蜚语的非议。当然，她的个人经历，包括伴随着中国社会的整个巨大变迁，有很多可以讨论的地方。

这一张照片，已经是到 2014 年，张洁 77 岁，这是她最后一次在北京露面，因为她决定要告别了，她此前已经把北京的房子卖掉了，所有东西都清理掉，很多东西捐给了现代文学馆，包括《沉重的翅膀》的手稿。她最后一次露面就是中国作协给她在现代文学馆做了一个张洁油画作品展，规格也很高。

**王海东**：她在这个场合对着麦克风说出她要告别，感觉有一种很决绝的感觉。

**饶翔**：非常决绝，这也是张洁的特点，她是一个非常决绝的人。她的发言很短，就说各位朋友就此告别了。她的遗嘱说她以后去世之后大家不要开追悼会，她也不会通知任何人，也不需要再写任何文章来怀念她。

这跟她整个生命历程有关，因为她最后相当于是孤身一人在北京，因为个人的问题她也日益远离了中国文坛。大家为什么没有她的消息，以她这样的名望可以有很多消息出来，她一直是北京市作协的名誉主席。

**南翔：**她在美国是有什么人在那儿吗？

**饶翔：**她女儿在美国。她其实纠结了很多很多年，她在上世纪 80 年代就获得了美国文学艺术院的荣誉院士，随着院士的证书同时给了她一张绿卡，她当时就可以去美国，当然她这么多年也一直往返于中美两地，她可能半年在北京，半年在美国。刚开始也不是跟女儿住在一起，她女儿给她在哥伦比亚大学的旁边买了一个小公寓，她就自己住在那个小公寓里面，她女儿是住在郊区，大概每周过来看她一回。2013 年还是 2014 年上半年我去过美国，她邀请我去她的公寓，不大的一个房子，她那时候已经不怎么写作了。而且非常决绝，她其实手上还有一个长篇的初稿，后来一直不时地在唤醒她，但是她最后说我不能再写了，把那个文稿的文档给彻底删除了。

**王海东：**刚才饶博士花了很长时间通过一个 PPT 相当于把张洁的很多经历包括创作的经历做了完整的阐释，一手的资料，我们要向您表示感谢。

为什么是张洁，我们接下来请王干老师来聊一下。您觉得张洁最吸引您的地方是什么？您最愿意和大家分享的地方是什么？

**王干**：我觉得张洁作为一位新时期的杰出作家，特别有意思。

我最早读她的作品，是《从森林里来的孩子》，到后来的《爱，是不能忘记的》《捡麦穗》《方舟》，再到后来的《沉重的翅膀》。《沉重的翅膀》是德国汉学家阿克曼翻译的，翻译以后在德国成为畅销书，这在中国当代小说的翻译史上也是非常少见的。

从新时期这么多年来，我接触了很多作家，看过很多作家的作品，尤其是新时期开始，当时出了很多作家，有两大作家群。一大作家群就是“归来的人”，1957 年被打成“右派”后来平反的这批作家，有王蒙、邓友梅、汪曾祺、刘绍棠等一大批人，都是重新拿起了笔归来，叫归来派作家。还有一大作家群是“知青作家”，像张承志、张炜、王安忆、梁晓声等，当初这些人因为下放做知青，后来就变成作家群。当时作家的两大主要流派就是“归来的人”和“知青作家”。这两个作家群里的作家生活阅历都比较丰富，在生活里面有起伏、有沉浮，经历了人间的世态炎凉。

后来就出现了像张洁、刘心武这样的作家，张洁、刘心武他们不是知青，又不是“右派”，但他们成长起来的生活背景，基本是动荡，在“文革”前的动荡，是政治上的动荡。当时无论是“右派”作家，还是知青作家，包括刘心武也好，他们都有一个共同的特点，就是之前都写作过。像“右派”作家他们之前是因为写作才被打成“右派”；很多知青作家他们在“文革”期间都有作品发表，有的也很有名气。当时韩少功在“文革”期间也发表过很多小说，很多知青作家在“文革”期间也发表过小说，包括不是知青、不是“右派”的刘心武，在进入新时期之前也发表过小说。当时刘心武发表的小说我还看过，我记得上初中时看到的，名字叫《睁大你的眼睛》。睁大你的眼睛说的是可能身边有阶级敌人，时代性非常强。这个时候这些作家，都有创作的准备或者创作的潜意识，但是张洁是个例外。我看她的作品，有音乐修养，有美术修养，但是之前没有发表过作品。她发表《从森林里来的孩子》，一下子把文坛迷倒了，当时森林里的孩子那种艺术的气质、那种语言的感觉、那种美好的情感，是特别优美的，她非常有独特性。

**王海东**：像天外飞仙一样突然就降落到文坛。

王干：知青作家张承志、韩少功，包括王安忆，新时期之前也发表过作品，但是张洁是之前从来没有发表过作品，像突然到来的天外来客，而且一出手写得就这么好，她在 70 年代末、80 年代作家里面，属于天才型的。

我对张洁感兴趣，是因为新时期文学，实际上真正能代表新时期文学内涵和外延的确实是张洁。比如我们说王蒙，按道理应该是新时期的作家，但是王蒙前面有《青春万岁》《组织部来了个年轻人》，他不是一个新时期产生的作家。比如刘心武好像是新时期作家，但是刘心武在创作初期写的不是新时期的文本，他使用的话语不是新时期的话语，他有阶级斗争那么一种时代痕迹。张洁从一开始、从新时期开始的 1978 年她就开始写作，而且她使用的话语方式也是新时期的，不像有些作家新时期写的时候，其实使用的不是新时期话语，是过去的话语。我最近在研究汪曾祺，包括汪曾祺刚刚复出的时候写的《骑兵列传》《塞下人物记》等，其实使用的也不是新时期话语，是延续的60年代初的有生活气息的写普通老百姓生活的作品，汪曾祺当时的小说，没把自己放进去，到后来写《大淖记事》才进入新时期话语，把自己放进去了。张洁为什么是新时期作家，她把自己放进去了。张洁一开始就是一个新的，一看就是新时期的标志非常明显。

2018年，我在《小说选刊》做过一个活动“改革开放40年40部最有影响力的小说”，张洁有两部小说入选，一部是《爱，是不能忘记的》，一部就是《沉重的翅膀》。这两部小说非常能代表新时期文学所有的内涵跟外延。到写《无字》的时候，情况变了，我觉得《无字》其实是新时期文字的终结。

**王海东**：您的意思是开始她是标志，终结她也是标志？

王干：从她第一篇小说《从森林里来的孩子》开始，到后来的长篇小说《无字》终结，因为《无字》正好是对我们新时代，也是对她本人所有话语的一个颠覆、一个解构。《无字》是对她的小说《爱，是不能忘记的》以及《沉重的翅膀》的解构，她自己对自己解构。当时我们找了很多作家参与评选，邀请入选作家出席颁奖典礼。我请作家兴安跟张洁联系，问能不能回来参加领奖活动，兴安告诉我说，张洁现在不愿意提这几篇小说，她的文集都没有收入。

张洁在某种程度上是新时期文学的一个“文本”，可能是一个最规范的或者最有代表性的，也是最有弹性的一个“文本”。从《从森林里来的孩子》到《无字》，我跟王蒙对话谈到张洁的时候，用的是“从优美到放肆”来概括的。张洁一开始，《从森林里来的孩子》《爱，是不忘记的》，充满了那种女性的婉约，那种女性的柔情，那种女性的柔弱、美好、美丽和忧伤。最后到《无字》的时候，所有这些都没有了，全解构了。爱，是不能忘记的，但在《无字》里面，感觉爱是可有可无的，爱可能就是一个话语权，爱情也可能是生活一个多余的奢侈品，爱情本身就是一个喜剧。

我们都说新时期文学，真正做一个新时期文学的文本，从开始一直到终结，我觉得《无字》是对整个新时期文学所有的最后的解构，《无字》不但把自己解构掉了，把新时期很多作家，我们新时期写了很多改革小说，写了很多优美、缠绵，让人寸长寸断的那种爱情小说，都被她解构了，而正好新时期文学这么一个归结，也是张洁自己的一个创作的轨迹。饶翔刚才说她为什么那么决绝，我觉得她已经完成自己，她自己给自己画了一个句号，就此告别。

**王海东**：王干老师这一番极其精彩的描述，恰恰完全回答了刚才大家很感兴趣的话题，张洁之于现代中国的价值到底在哪里这样一个如此完整的过程，我们亲眼看到，她塑造了一个美好的世界，最后她又亲自打碎了，整个过程中她方方面面的行为、想法和变化都是极其耐人寻味的。

我想请南翔老师同样从作家的角度，而非学者的角度，来剖析一下张洁的文字写作技巧，您能不能结合她一两部作品来和大家分享。

**南翔**：刚才大家已经讲了不少她的作品，尤其是她的成名作，饶老师、王老师都说到《爱，是不能忘记的》，除了这个小说的标题还有她所写的内容在当时是非常轰动的。《沉重的翅膀》这一路过来的故事情节，场景、情感多多少少跟张洁的个人经历是有关系的，你可以看出来她有种深入骨髓的东西是什么呢？就是我们在日常生活中，包括我们现在也常见到的两种现象并置的，没有爱情的婚姻和没有婚姻的爱情。如果说没有爱情的婚姻是不幸的，那么没有婚姻的爱情是痛苦的。后来的《祖母绿》回旋的还是这样一个主题。

我觉得张洁小说有这么几点给我印象很深：第一，她受西方影响，我觉得她既受到俄苏文学的影响，又受到西方文学的影响。第二点，我觉得她既有社会的批判性，但是又有人性的温情，尤其是女性主题的这种东西。第三点，更重要的作为中短篇的艺术特质就是她既有现实的故事性、人物性、可看的一种现实形而下的描述，但是她又上升到一种形而上的东西。

**王海东**：现在我来请教一下饶博士，我们很确认张洁老师的写作主角大多数是知识女性，她非常关注，我们可以说在某种程度上她就是一位女性题材的作家，刚才王干老师又提到非常惊人的观点，她是新时期文学的开启者，最后终结的也是她。我们看到这个过程，从 1979 年《爱，是不能忘记的》开始，一位知识女性以一种柏拉图式的恋爱。用王干老师的话说，是如此的美好，如此的单纯，如此的干净。但 23 年之后的《无字》，我们看到她把所有的事关女性的美好的东西全部打破了，全部否定了，全部粉碎了。到底哪个是对的？到底《爱，是不能忘记的》里面那样的一种状态和价值观，那样的评判标准是对的，还是《无字》中的知识女性，包括她的母亲，包括她的外祖母在内所经历的这一切，最终是以她的发疯和自杀来作为一个结局，到底哪个是对的，我们要请饶博士来回答。

**饶翔**：我首先回应一下两位老师。王干老师刚才讲张洁是新时期特别典型的作家，我跟王干老师昨天在车站聊了我们对一些事情的看法，有一种英雄所见略同的感觉，平时跟他的交流也没有那么多。张洁的历史定位怎么去评述，当然她是中国当代女性写作的一个开启者，这个几乎没有疑问了。

第二，我知道王干说的新时期，主要是“文革”之后开始的，1978年开启的，一直到世纪末，这叫新时期，而不是延伸到现在。1970年代末到1990年代末这20年的历程里面，我觉得张洁即使不是所有作家中最典型的，但我觉得至少她在女作家里面是最典型的，她体现了新时期的审美特质的发生和变化，演变的过程，甚至于刚刚说的终结的过程，这是特别有价值的观点。

**王海东**：在文学史上的准确地位。

**饶翔**：她的第一篇小说是《从森林里来的孩子》，是一个从美学上、从故事上，都是全新的小说。故事讲的是一个被打成“右派”的一个教授到森林里结识了一个森林里的孩子，他把他所有的音乐理想都寄托在这个孩子身上，最后他在森林里病死了，孩子背负着老师所有关于音乐的理想。刚好这个时候又宣布恢复高考了，音乐学院开始要招生了，当然我们知道恢复高考也是新时期重要的标识，于是这个孩子带着所有关于音乐的理想和信念，在新时期踏入新时期的大门，被录取为一个音乐系的学生。她这样一个故事的风格和内容都是挺新时期的，包括后面的一些，我觉得王干老师的观点特别有意思。

关于张洁的自我解构，爱到底有没有价值，我觉得很难简单判断。特别重要的一点，是张洁一路不断地求索，不断地自我追问、自我反思、自我解构这样的能力。很多作家可能写到一定程度就顺着这个一直写，不管是从文体上还是从思想上没有变化，而张洁一直在不断地变化，不断地求索，不断地把她的求索通过她的人物形象，通过她的文学、文字去呈现出来。

我觉得张洁所谓颠覆、所谓超越，她不是很轻飘飘的，她是带着她所有这么些年整个生命的经历都灌入到她的文本里面，不是我们现在很虚无地说爱毫无价值、毫无意义。她可能有很多分析，比如她可能对理想的爱情是有解构，可能很多理想的爱情是来自于我们，那个女性从小听到的关于灰姑娘的故事、关于白马王子和白雪公主的故事，关于这样一些故事的这样一些文化，对于女性的塑造、对于爱情的塑造，张洁是要通过她自我的解构去沁入这样一些文化的解构中。

**王海东：** 我们聊到张洁的时候注意到她很多与众不同的地方，比如她个性鲜明的个人经历，从做人到文字的浓墨重彩，她在新时期文学上所表现出的独特地位，她到后期对于前期石破天惊的否定，她甚至连自己的成名作都否定掉了，当然所有这一切归根到底一句话，就是对于她作品中呈现出的女性，到底女性的价值应该是什么，女性美好的标准到底是什么，到底是在事业上还是家庭上，女性离开男性以后能否独立的达成美好的个体？我觉得她的作品从 1979 年一直到后期这 30 年来，始终在进行探索，我们能够看到她许多的挣扎。

我注意到《无字》里面没有什么特别优秀的男人，和早期优秀的老干部比，男人越来越渣，但是在《无字》里面张洁有一段话让我印象特别深刻，她说 20 世纪扬帆过，因为她是写于 21 世纪初，女生的生存花样不断翻新，遗憾的是本质依旧。20 世纪初的女人与现在的女人相比，与 100 年以后的女人相比，这一个天地未必更窄，那一个天地未必更宽。这句话是非常触动我的，是她对女性的生存到评判的一切的一切。

当我们的话题进行到女性这个角度的时候我就有点犹豫了，大家看一下我们舞台上面四个人都是男士，当我们谈论女性话题的时候我们很警惕，我们有点担心，担心我们因为自己的性别和年龄，会有一些不公正的观点出来，所以接下来，我会邀请在座各位一起探讨张洁的作品，探讨她的女性意识，但是我希望这个提问者是一位女士，我也希望各位能够表达自己的观点来和场上的嘉宾形成碰撞。

**提问：**非常荣幸听到在座的几位男士对于女作家的品评，因为张洁所有的作品我都有看过，来之前我在想一群男作家来评论张洁会是什么样的思路，我会担心出现性别角度的偏差，对她作品解读的偏差。我今天非常开心的是我来之后听到王干老师、饶老师和南翔老师的解读，我觉得你们说的完全跟张洁本身的文学存在没有任何的偏差。我读了三遍《无字》，第一遍完全是震撼，完全是蒙掉了，停了半年又看了第二遍，停了一年读第三遍的时候，我才意识到她在解构她写的东西，但她在解构什么东西，我没有找到那种答案。今天不枉此行，听到王干老师讲的，我觉得她解构了那个时代，我听完终于明白了。以前我一直不明白这部作品为什么能拿到茅盾奖，我虽然很喜欢张洁，我怀疑这部作品不值得拿这个奖，觉得一头雾水的感觉，我现在明白她真的是一个时代的终结。我想表达的是我觉得你们说得非常好，我觉得你们的角度在当今中国的文坛男性作家能够分析到这个程度都是很难的，今天不枉此行，非常值得。

**王海东**：我们请王老师做简单的回应。

**王干**：刚才这位女士担心我们对女作家有性别的偏差，照我看来其实男作家也好，女作家也好，真正的好作家，真正的好作品，不仅是不能用意识形态把它分割，也同样不能用性别来分割它。如果我们需要用意识形态去分割它，用性别分割它，正好说明这些作家、这些作品不够伟大，不够丰富，不够对人类有大贡献。真正对人类有大贡献的作家作品，不是简单的意识形态或者用简单的性别，或者用简单的男权女权，简单的西方的流派能概括的，伟大的作品它是包含全部，包含全人类。

**提问**：刚刚王干老师对张洁老师的评价让我感动到流泪，有太多的感触，说实话没读张洁老师的文章我觉得是我人生的遗憾。我今天是带女儿过来的，收获非常大。刚才王干老师点评了很多还在我的心中发酵，很多想法是混乱的。王干老师讲张洁在晚年的时候可以对她的整个人生进行批判、进行解构，超越男性、女性，超越所有的价值，包括各个阶段也好、各个经历也好可以做一个很决绝的切割。我觉得一个人可以对自己的这种经历也好，对自己的过往能有这样清晰的认识我觉得特别佩服，能够给我们留下这么多的作品，让我们沿着她作品的足迹去寻找生命的价值，我觉得也给我们提供了非常宝贵的财富。

**王海东**：请饶博士做一个回应。

**饶翔**：我觉得这也是文学的力量。前些年张洁老师身体还比较好，她现在年龄大了身体也更差一些，我们通信少了一些，前些年跟张洁老师在邮件上通信很多，有时候也聊到，我说事实上正是因为对您的阅读某种程度上改变了我的人生。文学的力量真的可以促进到人，可能张洁通过文学也塑造她自己，但是她在塑造她自己的时候也在塑造读者、影响读者。

所以我觉得张洁真的是一个具有巨大的真挚的生命激情的人，她的作品像主持人说的并不是都是圆熟的，她自己也说，《世界上最疼我的那个人去了》，我现在看有很多很啰唆的地方，但是我也不想再改，因为那个就是我当时最真实的感情。我想张洁打动这么多读者的原因就是因为她对生命的，对于情感的，对于人世这样真挚的感情，无论是爱还是恨都是绝对真诚和真挚的。

最后跟您说一句，您今天带女儿来听是对的，《无字》讲述了三代女性 100 多年来的故事，她们始终没有办法找到合理的出路，但是在第四代女性的身上我们已经看到了曙光，年轻的女性她们会拥有一个比我们更好的未来。

**王海东**：今天的聊天差不多要结束了，按照以往的惯例我会做一个简单的结尾。我知道饶博士现在还经常跟张洁老师有联系，您下次跟她联系的时候会告诉她您到深圳来参加了这个活动吗？您会把活动中一些什么样的感想，一些什么样的观点跟张洁老师做一些沟通和交流呢？

**饶翔**：确实这些年不太写信了，因为张洁的身体可能也不太好，病比较多，我觉得如果写的话我会说，张洁为什么那么决断，她会觉得这个经典的文学时代已经过去了，她要决断地告别，但是我依然觉得任何时代经典的文学永远都有读者，只是或多或少的问题，我觉得依然有人热爱她的文字。

**王海东**：再次感谢各位，再次感谢我们三位老师分享的精彩观点。

2021 年 8 月 28 日，深圳福田图书馆大家讲坛“穿越世纪的目光”系列讲座举办张洁专场，由饶翔、南翔和我在王海东主持下讨论作家张洁对新时期文学的贡献和影响。

不久，据媒体报道，张洁于 2022 年 1 月 21 日因病在美国逝世，享年 85 岁。

当时对谈内容没有来得及认真整理，迄今也没有见诸报刊。现将这次对谈的内容，根据录音整理成文，收录在这里，以免遗忘。内容有删节，未经参与对谈的饶翔、南翔和王海东审阅。

谨以此文，怀念张洁这位中国新时期文学的杰出代表！

——王干　2023.03.12 记于青岛

# 后　记

这本集子收入了我 2018 年到 2021 年间写的大部分文学评论、序言和访谈答问。还有一部分没有收进来的是写王蒙和汪曾祺的评论，因为要分别单独出书，所以没有收入。

这本集子内容比较广泛，有当时工作的痕迹，比如关于改革开放 40 年和新中国成立 70 年小说的论述，以及《经典回望》遴选的 10 部小说评点，都是当年在《小说选刊》留下的痕迹。还有一些对当下作品的及时性的评述，则是评论家这个身份所要承担的事情。《当代小说为什么少见景物描写》则是《光明日报》约稿的结果，刊出后反响之大，有点出乎我的意料。

篇数最多的则是序言。序言中，有一部分是工作任务，比如中国作协的《21 世纪文学新星丛书》的序言就是被布置的，必须完成。还有一部分则是熟人朋友，比如谢冕先生、田瑛兄等，让我写，属于“抬举”；有的则是觉得我是前辈了，有尊老之嫌。其实序言有时候比评论难写，我是怕把序言写成评论，才不愿意写的。

几篇答问，涉及很多新时期文学史的内容，也记录了我的一些点滴思绪，有保存的价值，也收在这里。谨向参与的几位朋友致谢。

是为后记。

2022 年 10 月 19 日于润民居